녹을 먹는 비스코

5

대해수(大海獸) 홋카이도,
식육(食陸)하다

코부쿠보 신지

SHINJI COBKUBO
PRESENTS

SABIKU

THE WORLD BLOWS THE WIND ERODES LIFE

BISCU
우리 북쪽 스포아코
대지의 배 속에 사는
신성한 짐승의 심복이니
홋카이도를 칭송하라
우~야아
우~야아
A BOY WITH A BOW RUNNING THROUGH THE WORLD LIKE A WIND.

부탁이야. 챠이카를
마을까지 데려다줘!!

비스코, 굉장해! 그런 몸으로!
어린 시절부터 나는 아카보시 비스코라고!!

학대하고, 짓밟겠다.
이번에는 우리 베니비시가…… 녀석들, 인간을.

SABIKUI BISCO

5

[일러스트] 아카기시K

[세계관 일러스트] mocha (@mocha708)

[지도 일러스트] 하테나토 키노

The world blows the wind erodes life.
A boy with a bow running
through the world like a wind.

DESIGNED BY AFTERGLOW

우~야아는

대지의 말

기쁨, 분노, 놀라움, 기도

모든 것을 목소리 속에 가진다

일단 읊어라

우~야아, 우~야아

—북쪽 스포아코의 제가(祭歌)

지난 줄거리

소녀는 왕이 되고, 수라로 변했다—.

규슈가 자랑하는 거대 감옥「육도수옥」.
인간에게 거역할 수 없는 숙명을 짊어지고
감옥에 수감되어 학대를 받아온
꽃의 백성에게 희망을 가져다준 것은
일심으로 왕의 길을 목표로 하는 베니비시 소녀 시시와
최강무비의 버섯지기, 아카보시 비스코 일행이었다.
겨울 동백꽃을 조종하는 애제자와 함께
폭주하는 옥장 사타하바키를 제정신으로 돌려놓은 그들은
버섯과 꽃, 인간과 베니비시의 공존의 길을 위한
첫걸음을 내디뎠다고 생각했다.
그러나, 옛 실수를 용서받고
왕위를 계승받은 시시는

왕이 된 자, 자신을 죽이고
백성의 행복을 위해서만
꽃을 바쳐야 한다.

아버지로서의 애정으로 그 가르침을 어긴
부왕(父王), 호센의 목을 베어버린다—.

육지가, 육지를 먹고 있다—.

그렇게 말할 수밖에 없었다.

깎아지르는 대지가 쓰나미처럼 밀려와 생물처럼 꿈틀대며, 모습을 바꿔서 마을을 어마어마한 스피드로 삼키고 있었다.

올려다보면, 천공에 지평선이 우뚝 솟아서 육지에 그림자를 드리워 태양조차 감춘 듯한 모습이다.

억지로 비유하자면 거대한 고래가 입을 크게 벌리고 다가온다고 해야겠지만, 눈앞의 경치는 아무튼 대지가 대지를 삼킨다는 형용할 수 없는 사태였기에, 그 압도적인 스케일은 인지를 초월한 것이었다.

"서둘러, 구조 수송기로 도망쳐!"

"저것에 삼켜지면 산산조각 나버린다고—!"

갑작스럽게 찾아온 천재지변 앞에서 카소현 사람들은 몸을 떨며 앞다투어 도망쳤고, 규슈 동맹군이 파견한 구조 헬기로 쇄도했다.

그러는 와중에도 『고고고고고』 하고 카소현을 잡아먹는 거대한 대지의 위턱은 현 전체에 거대한 그림자를 드리우면서 대지의 파편을 후드득 떨어뜨리며 건물을 차례차례 뭉개버렸다. 그 낙석의 충격으로 도망치는 게 늦었던 여자 한 명이 크게 넘어지고 말았다.

"꺄아—! 살려줘어—!"

"이런! 한 명이 도망치지 못했어!"

"틀렸어, 바위가 떨어진다! 늦었어, 서둘러!"

비명도 허망하게, 여자의 위로 비정하게 떨어지는 또 다른 낙석을 향해.

휘잉, 빠캉!

한 줄기 화살이 섬광처럼 그것을 꿰뚫었고, 활짝 피어난 붉은느타리버섯이 사방으로 터졌다.

"……어, 어라?!"

머리를 부여잡고 있던 여자가 의아한 듯 고개를 들려는 걸 「홱」 잡아채듯이…….

누군가가 새빨간 머리를 휘날리며 그 자리에 내려와 괴력으로 여자를 안고 뛰어올랐다. 누군가는 외투를 바람에 펄럭이면서 뒤에서 차례차례 떨어지는 낙석을 피하고, 혹은 걷어차면서 텐구처럼 재빠른 속도로 그 자리에서 달아났다.

"꺄앗! 다, 당신은 대체……?!"

"너무 날뛰지 마! ……지금의 완력으로는 떨어진다고!"

붉은 머리는 그렇게 외치며 여자의 입을 다물게 하고는 카소현의 지붕 위를 뛰어서 당장에라도 날아가려고 프로펠러를 돌리는 수송 헬기 앞에 가볍게 내려섰고…….

거기서, 주르륵!

"으갸학!!"

균형을 잃고 착지하지 못해서 여자를 감싸며 그대로 코를 처박았다.

"꺄앗?! 다, 당신 괜찮아?! 누가, 누가 치료를!"

"시끄러워! 호들갑 떨지 마. 낙법을 하지 못했을 뿐이야!"

붉은 머리는 쓸려서 새빨개진 코로 풀쩍 뛰어오르더니 규슈 군인에게 여자를 넘겨주며 외쳤다.

"도망이 늦은 건 네가 마지막이야! 당장 이걸 타고 튀어!"

여자는 헬기 승강구에서 겨우 정신을 차리고는, 재빨리 발을 돌려서 붉은 머리에게 외쳤다.

"당신은……? 당신도 빨리 타! 아빠나 엄마는 어디 있는데?!"

"쓸데없는 참견이야!"

그는 돌아보면서 킁, 코피를 삼켰다.

"나는 버섯 화살로 시간을 벌겠어. 꾸물대지 말고 빨리 타!"

"무모해! 얼마나 실력이 있는지는 모르지만, 당신은 아직 어린애잖아!"

그…….

「어린애잖아!」라는 한마디를 듣자, 그 붉은 머리 「어린애」의 관자놀이에 푸른 핏대가 빠직 솟아났다.

"……버섯지기 중에서 지금은 그 사람이 있다고 알려진, 나의……!"

부들부들 떨면서, 저도 모르게 몸을 돌리고는 외쳤다.

"식인버섯, 아카보시 비스코의! 어디가! 어떻게, 어린애라는 거야. 짜샤—!"

그러나, 눈을 부릅뜨며 윽박지르는 그 용모는…….

여자의 말대로, 어디를 어떻게 봐도 어린애의 모습이었다.

키가 작다.

얼굴도 앳되다.

험악하게 외치는 목소리도, 변성기 전이다.

신장은 아무리 잘 봐줘도 140센티미터 즈음이다. 나이로 따지면 10세 전후일까?

복장은 오래 입은 듯한 너덜너덜한 사냥꾼 옷. 외투는 지면에 착 달라붙었고, 얼굴도 눈초리는 험악하지만 개구쟁이에 귀여운 열 살배기 아이의 모습을 보여주고 있다.

(어디가, 라기보다는, 전부인데…….)

여자가 그 말을 해야 할까 고민하는 사이, 잠깐 멈췄던 지면이 다시 크게 흔들렸다.

"큰일이다. 저 녀석 또 움직이잖아. 빨리 날아가, 알았지!"

"기다려라! 이 사람의 말이 옳다. 어린애 한 명 정도라면 자리가 비어있으니 너도 올라타거라!"

"시끄럽다고오오—! 사람을, 꼬마 취급하지 마—!"

붉은 머리 어린이는 규슈 군인에게 그렇게 반박하고는 쓰나미처럼 다가오는 대지를 향해 과감하게 맞섰다. 뛰어오른 몸은 재주 좋게 빙글빙글 공중을 날면서 떨어지는 낙석을 발판으로 삼아 도약하더니 등에서 오래 사용한 것 같은 매끈한 단궁을 뽑았다.

"그렇게 배가 고프다면……! 이거라도 처먹어라아아!"

아이…… 본인 왈, 아카보시 비스코가 공중에서 깊이 숨을 들이쉬자, 반짝반짝 빛나는 태양색 포자가 그 몸에서 흘러나왔다.

빛나는 포자는 활과 화살에 전염되었고, 헐렁한 외투도 더욱 밝아지면서 비스코 한 명을 마치 작은 태양처럼 빛냈다.

"가라아아—!!!"

퍼, 어엉!!

발사의 충격으로 비스코까지 날려버린 태양의 화살은 거대한 대지의 벽을 향해 일직선으로 빨려 들어갔고, 그곳에서 『빠꿈!』 하고 연쇄적인 녹식을 피웠다. 피어난 녹식은 대지의 위턱과 카소현 사이를 간막이처럼 가로막아서 대지의 진행을 막아 세웠다.

"좋았어! 봤냐…… 어, 어라?!"

그러나.

비스코가 의기양양한 미소를 지은 건 잠시뿐이었다. 무적의 버섯이어야 하는 녹식은 빠직빠직빠직!! 하는 굉음을 내며 뭉개지더니 마치 맹수의 입에 들어가 부서진 것처럼 대지의 배속으로 들어갔다.

"이런. 피어나는 기세가 약했나?! 젠장…… 평소 몸이기만 했어도!"

멍하니 지면에 착지한 비스코의 바로 위에서, 대지의 위턱이 한입에 삼키려는 듯이 덮쳐왔다.

그때.

"비스코, 위험해!!"

빠꿈, 빠꿈, 빠꿈!!

다발로 발사된 새송이버섯 화살이 비스코의 눈앞에 꽂히면서 하얀 기둥처럼 수없이 피어나 대지의 위턱을 직전에 막아

세웠다. 그대로 가볍게 내려선 버섯지기 한 명이 비스코를 안고 다시 공중으로 도약했다.

"이 녀석—! 내가 없을 때는 무리하지 말라고 했잖아!"

살랑살랑 나부끼는 하늘색 머리를 햇살 밑에서 아름답게 반짝이는 건…….

미모의 소년 버섯지기이자 비스코의 파트너, 네코야나기 미로였다.

"이런 건 무리 축에도 안 들어간다고! 이거 놔, 알아서 뛸 수 있어!"

"잘 들어?! 아직 모르는 것 같으니까 확실히 말해두는데!"

미로는 비스코를 안은 채 카소의 빌딩 지붕 위에 착지하고는 아이의 시선까지 쪼그려 앉아서 비스코의 어깨를 강하게 흔들었다.

"지금의 너는 『어린애』야, 비스코! 지금까지의 파워로 버섯 화살을 쏠 수는 없어!"

"나는 꼬맹이가……!"

"자신을 믿는 건 좋아. 하지만 우선 지금의 몸을 자각해, 비스코! 자신의 역량을 그르치면 죽게 돼. 네가 한 말이야!"

미로는 그렇게 말하면서 마지막 수송 헬기가 멀리 날아가는 걸 보고 안도의 한숨을 내쉬었다. 비스코에게서 떨어져 자신이 살피던 헬기와 합친다면, 이걸로 모두 무사히 날아갔을 거다.

미로는 퉁명스러워하며 빵빵해진 비스코의 머리를 마구 쓰다듬고는 설득하듯이 말했다.

"괜찮아! 내가 반드시 너를 원래대로 돌려놓을게. 그때까지는 나한테서 떨어지지 않겠다고 약속해주겠어?"

"『같이 죽자』 같은 악랄한 약속이 벌써 있는데, 또 늘린다고?"

"융통성이 없네, 정말! 그럼 어쩌라는 거야?!"

"이번에는 네가 내 약속을 받아. 나를 되돌릴 때까지 절대 나한테서 떨어지지 마!"

"……저기 말이야. 그거 결국 똑같은 게…… 아앗, 비스코. 기다려!!"

또 혼자서 뛰쳐나가려는 비스코를 황급히 등에 짊어진 미로는 건물 사이를 뛰면서 마치 의지를 가진 듯이 떨어지는 낙석들을 계속 피했다.

"피해도 끝이 없잖아. 내려놔, 미로! 한 방 더 꽂아주겠어!"

"저 천재지변 같은 흙더미에는 아무리 녹식을 먹여도 소용없어! 지금까지 싸운 상대와는 질량이 너무 달라. 결국 짓눌려서 저 녀석의 먹이가 되어버려."

"그럼 어쩌라고?! 이대로 가면 규슈가 통째로 저 녀석에게 먹혀버린다고!"

"……정면을 노려본들 산에다 화살을 날리는 거나 다름없어. 그래도, 저 주둥이를 노린다면……!"

미로는 천천히 비스코의 이마로 손을 가져가서 「아앗, 야!」라는 비명을 무시하고 파트너의 고양이눈 고글을 빼앗더니 다가오는 육지의 쓰나미를 고글의 배율을 올려 관찰했다.

"역시, 호를 그리며 이쪽으로 다가오고 있는 저 주둥이 부분. 저기만 노골적으로 대지의 층이 얇아. 비스코, 보여?"

"보일 리가 없잖아!! 고글 돌려줘!!"

미로의 말대로 대지의 쓰나미 끄트머리는 크게 호를 그리며 전방에 늘어져 있고, 그 지층의 두께도 끄트머리로 갈수록 얇아지는 모양이었다.

"저 대지의 끄트머리…… 위턱 부분을 카소현에 묶어두자. 딱 스테이플러로 입을 틀어박듯이!"

"대식가에게 뜨거운 맛을 보여준다는 건가. 방식이 악랄하구만!"

미로는 고글을 제대로 비스코에게 씌워주면서 천공을 향해 오른손을 들었다.

들어 올린 손 위에서는 녹색의 큐브가 미로의 의지에 응해서 나타났고, 빙글빙글 고속으로 회전하며 햇살처럼 빛났다.

"진언궁과 죽창버섯이라면 가능할 거야. 저 위턱을 카소현에 꿰어버리는 거야!"

"너도 꽤 태연하게 무모한 소리 지껄이게 됐잖냐!"

"비스코라면 할 수 있을 것 같아서 말했는데, 착각이었어?"

"핫! 똑똑히 봐라, 바보 자식아. 바라는 대로 해주마!"

미로는 비스코의 대답에 호응하듯이 진언궁을 부르는 주언(呪言)을 읊조렸고, 어린애가 된 비스코의 양손에 쏙 들어왔다. 묵직한 활의 탄력을 느낀 비스코의 기합이 치솟았고, 미로의 등에 업힌 채 송곳니를 드러내며 웃었다.

"좋아, 딱 좋아. 이 진언궁이라면 손에 잘 맞네!"

(그야 어린이용 사이즈로 만들었으니까.)

파트너에게 들리지 않게 중얼거린 미로의 화살통에서 몇 발의 죽창버섯 화살을 뽑은 비스코가 거대한 육지 괴수를 향해 조준을 맞췄다.

"가라, 비스코!"

미로가 생성한 새송이버섯이 압력에 밀려서 쪼개지며 대지에 삼켜지는 모습을 노려보는 비스코의 두 눈이 번뜩 빛났다.

"이걸로오오오오—!!"

푸슈우우웅! 퍼엉, 퍼엉!

에메랄드로 빛나는 버섯 화살이 유성처럼 날아가서 카소현의 지면에 차례차례 꽂혔다. 비스코의 어린이 몸에 맞춰 만들어진 진언궁은 어른용보다 위력은 떨어지지만 대단한 정밀도로 버섯독을 발아시켰고, 창 같은 버섯이 홋카이도의 위턱을 힘차게 찔렀다.

『고고고고고.』

버섯에 꿰뚫린 대지의 위턱은 훌륭하게 그 자리에 묶여서 움직임이 제한되었다. 대지의 쓰나미가 카소현을 삼키는 스피드가 약간 둔해졌고, 흙이나 바위가 삐걱대는 소리가 맹수의 신음처럼 카소현 일대에 울려 퍼졌다.

"통하고 있어! 이 상태로 가자, 비스코!"

"그래!"

온 울 에로드 스네우
"won/ul/eroad/snew!"

미로가 진언을 읊으며 회전하는 큐브를 공중에 던지자, 그것은 그대로 미끄러지듯이 공간을 이동해서 에메랄드로 빛나는 길을 공중에 만들었다.

"공중에 길을 만들 수 있는 거냐?! 너, 술법이 깨작깨작 늘어나잖아!"

"연약하니까 1회용이야. 비스코, 집중해!"

비스코는 진언으로 이루어진 길을 매처럼 내달리는 파트너의 등에서 다발로 뭉친 활을 다시 뽑았다.

푸슈우웅!

퍼엉, 퍼엉, 퍼엉!! 카소현에 늘어선 건조물을 파괴하면서 치솟은 죽창버섯이 대지의 쓰나미를 꿰뚫었다. 꿰뚫린 대지에서 무수한 낙석이 쏟아지며 진언의 길을 달리는 두 사람을 덮쳤다.

"미로! 낙석을 부탁해!"

"알았어!"

미로가 외운 장벽의 진언이 쏟아지는 낙석에게서 두 사람을 지켰다. 그러는 와중에도 비스코의 죽창버섯은 정확한 조준을 자랑하며 대지를 꿰뚫었고, 마침내 육지의 쓰나미를 점점 카소현에 묶어버렸다.

『고 고 고 고 고 고 .』

"비스코, 조금만 더! 그 화살이 마지막이야!"

"그럼, 성대하게 끝내주마!!"

땀투성이가 된 비스코는 힘을 쥐어짜서 마지막 화살을 쐈다.

빠꿈!

필요 이상의 기합이 들어갔는지, 죽창버섯이었던 버섯 화살은 태양의 광채를 발하는 녹식으로 발현해서 훌륭하게 대지의 위턱 중심을 꿰뚫었다.

『고 고 고 .』
『고 고 .』
『고…….』

"……해냈다. 멈췄어, 비스코!!"
"헤엑, 헤엑…… 봤냐, 짜샤……! 런치타임은 이걸로 종료야!"
두 사람의 눈앞에는 거대한 육지의 입이 무수한 버섯 기둥에 의해 카소현에 묶여있는, 너무나도 장대한 광경이 펼쳐져 있었다.
"……그래서?! 이 무식하게 큰 대지의 덩어리는 대체 뭐야?"
비스코가 이마의 땀을 닦으며 파트너에게 묻자, 미로는 약간 곤란한 듯 대답했다.
"섬……이라고 생각해, 어딘가의."
"섬이라고오?! 섬이 갑자기 움직여서 규슈에 부딪쳤다는 거냐!"
"『돌격섬』이라는 병기가 있어. 일본의 전쟁 역사에서 몇 번인가 운용되었다던데…… 외딴 섬에 추진제를 실어서 섬을 통째로 돌진 병기로 삼았다는 기록이 몇 군데에 있거든. 분명 이게 베니비시들의 대(對)인간용 최종병기일 거야…… 와앗, 잠깐만. 비스코?!"

진언의 발판에 서 있던 미로의 어깨 위를 두 발로 훌쩍 올라탄 비스코가 고양이눈 고글을 들여다봤다. 높게 우뚝 솟은 대지의 벽 위, 그 지표에는 아무래도 지금 계절과는 전혀 맞지 않는 눈보라가 몰아치고 있는지라, 하얗게 쌓인 눈 때문에 전모를 엿보기가 힘들었다.

"……확실히, 지상이 있어! 이건 섬이야. 바보 같은 이야기지만……."

"뭔가 보여?"

"잠깐. 눈보라가 심해. 뭔가 단서가…… 으응?!"

"비스코, 저기!!"

미로의 목소리를 듣고 고양이눈 고글을 내리자, 머나먼 상부, 카소현에 묶여 솟구친 지상에서 호화로운 가운을 펄럭이는 작은 그림자가 두 사람을 내려다보고 있었다.

하얀 피부에, 붉은 눈동자. 그리고 귀에 피어난 동백꽃…….

그건 두 사람이 잘 아는, 베니비시 소녀의 모습이었다.

""시시!""

두 사람의 경악한 목소리가 과연 시시에게 닿았는가, 그건 알 수 없다. 그러나 시시는 그 얼음장 같은 표정을 조금도 바꾸지 않은 채, 아득히 먼 곳에서 두 사람의 모습을 몇 초간 바라보고는 가운을 펄럭이며 하얀 눈보라 속으로 모습을 감췄다.

"시시—!! 너 이 자식, 내려와! 나와 승부해라아—!"

"비스코! 나, 날뛰지 마! 떠, 떨어져, 떨어진다고!"

후두둑 무너지는 진언의 길 위에서 비스코는 귀여운 어린애 얼굴을 분노로 새빨갛게 물들이며 시시가 사라진 지표를 노려봤다.

“미로! 멍청히 있지 마. 저건 틀림없이 시시였어! 이 섬을 움직인 것도 저 녀석이 꾸민 일이 틀림없다고. 당장 위로 올라가서 저 녀석을 때려눕히겠어!”

“알았어, 알았어. 알았는데!”

미로는 겨우 어깨에서 비스코를 내려놓고는 설득하듯이 말했다.

“저 높이는 새송이버섯으로 날아가도 무리야. 나와 비스코의 화살을 합쳐도 발아력이 부족해. 하물며 그 어린애 몸으로는…….”

“그러니까아, 나는 꼬맹이가!”

“이야기 도중!”

“네.”

“새송이버섯이 닿지 않는다면, 우리가 할 방법은 하나.”

미로는 움직임을 멈춘 대지의 벽을 바라보며 살짝 눈을 가늘게 떴다.

“그 방법이 뭔데? 빨리 말해!”

“옛날의 위대한 사람이 말했어. 그곳에 산이 있으니까, 라고…….”

미로는 조바심을 내는 비스코를 돌아보며, 대답 대신 하나 물었다.

“비스코는, 클라이밍 경험 있어?”

녹을 먹는 비스코

SABIKUI
BISCO

The world blows the wind erodes life.
A boy with a bow running
through the world like a wind.

5

대해수(大海獸) 홋카이도, 식육(食陸)하다

코부쿠보 신지

SHINJI COBKUBO PRESENTS

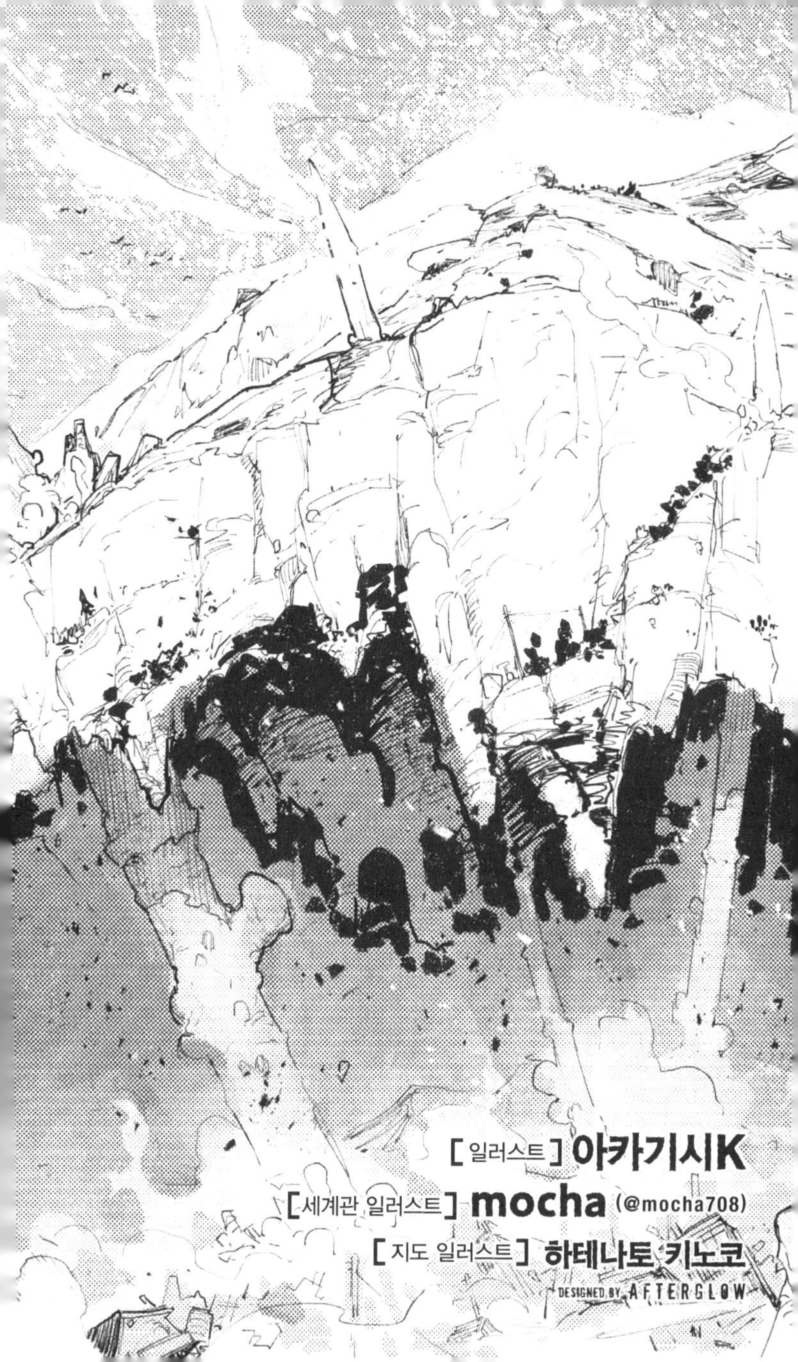
[일러스트] 아카기시K
[세계관 일러스트] mocha (@mocha708)
[지도 일러스트] 하테나토 키노코
DESIGNED BY AFTERGLOW

1

"그렇다고 정직하게 그냥 올라가는 거냐—!! 이 벽을!!"

호를 그리며 우뚝 솟은 대지의 쓰나미 중턱.

새송이버섯 화살로 거리를 벌어서 어찌어찌 절벽에 달라붙은 두 버섯지기는 불어오는 바람에 외투를 펄럭이며 몸뚱이 하나로 절벽을 오르고 있었다.

"절벽 등반이라면 몇 번 경험해봤다고 네가 말했잖아. 역시 그만둘까?"

"바보 취급하지 마, 이런 벽…… 우왓!"

"거봐! 집중해. 지반이 부드러우니까 방심하면 무너져!"

비스코의 말대로 절벽 등반은 아쿠타가와의 특기이지만, 막상 맨몸으로 오르려고 하면 버섯지기라 해도 그리 간단하지 않다. 만가닥버섯 화살을 맨손으로 절벽에 박고, 피어난 만가닥버섯을 손잡이와 발판으로 삼아 올라가고 있지만, 이걸 너무 강하게 박으면 발아력으로 떠밀려서 곧장 떨어져 버리므로 상당한 정신력이 필요하다.

"야, 미로!"

"뭔데에—?!"

"확인하는데! 우리의 목적은 시시 녀석을 쓰러뜨리는 거지?"

"맞는데?! 뭘 이제 와서. 베니비시의 야망을 막기 위해 둘이서 애쓰는 거잖아!"

"……그런데 뭐가 어떻게 되었길래, 이런 정체 모를 절벽을 오르고 있는 거야?!"

비스코를 설득하기는 했지만, 한편 미로도…….

「규슈로 돌격해온 무식하게 큰 섬 위로 올라간다.」

이런 상황에 적잖은 혼란을 느끼고 있었다.

(베니비시가 이런 대규모 공격 계획을 숨기고 있었다니. 우리가 이러는 사이에 혼슈도 공격을 받고 있을지도…… 이미하마는 어떻게 되었을까?)

미로의 마음속에서, 검게 나부끼는 장발과 날카로운 미소가 아른거렸다.

(……파우가, 걱정이야…….)

미로가 사타하바키에 의해 이미하마로 송환된 누나의 안부를 걱정하고 있는데…….

위쪽에서 돌멩이가 떨어져서 이마를 「퍽!」 때렸다. 위를 보자, 발판 만들기에 실패한 비스코가 절벽에 달라붙어서 버둥거리고 있었다.

"으기기긱…… 젠장. 성가신 바위잖아……!"

"비스코! 미안. 역시 그 몸으로는 무리였을지도. 거기까지 갈 테니까, 내 등을 잡아!"

"시끄러워~! 허세 부리지 마, 비실이 주제에!!"

"비실이……!!"

비스코는 미로가 걱정하는 게 더더욱 거슬리는지 갑자기 힘을 되찾은 듯 절벽을 올라갔고, 크게 튀어나온 바위 위까지 어찌어찌 도착하고는 아래쪽에 있는 파트너에게 「메롱~!」 하고 혀를 내밀었다.

(저, 저 녀서억~~!)

미로도 마음을 다잡고 벽을 올라가려고 했지만, 그때 대지의 벽 전체에서 전해지는 이질적인 기척을 깨닫기 시작했다.

먼저, 대지 전체가 가지는 열이 꽤 따스하다. 몸을 벽에 딱 붙이고 있는 미로와 비스코도 그 열기에 의해 땀을 흠뻑 흘리고 있다.

게다가, 아무래도 이 대지 전체는 「맥동하고 있었다」. 귀를 절벽에 대면 「두근, 두근」, 마치 인간의 심장 박동 같은 소리가 미로의 귀에 전해진다.

(……이 절벽은 이상해. 마치 살아있는 듯한…….)

"이봐~, 미로! 빨리 올라와. 기다리는 사이에 차라도 마시러 갈까나~!"

"이, 이게……!"

노골적인 도발에 사고가 흐트러져서 비스코를 올려다본 그 눈에.

비스코가 휴식하고 있는 바위 뒤쪽 절벽이, 갑자기.

「쩌억」 하고 크고 동그랗게 열려서 암흑의 터널 같은 입을 비스코에게 돌리는 모습이 비쳤다.

지면이 갑자기 열린다는 어처구니없는 사태가 벌어지자 미로의 움직임이 늦어졌다.

(……뭐야 이게?!)

미로는 입을 쩍 벌리며 놀랐고, 눈치챈 기색이 없는 비스코를 향해 크게 외쳤다.

“비스코—! 위험해! 거기서 도망쳐!”

“위험한 건 너야~! 만가닥버섯을 박을 때는 좀 더 허리에 힘을 줘서 말이지.”

“뒤쪽—! 뒤쪽 벽!!”

미로의 필사적인 외침을 들은 비스코가 뒤를 바라본 동시에, 열린 암흑의 터널에서 「푸화아아아악!!」 하고 터무니없는 기세의 돌풍이 뿜어져 나왔다.

「우와아아악?!!」 하고 외친 비스코의 목소리는 돌풍에 지워졌고, 어린애의 가벼운 몸은 바위에서 튕겨나 공중을 날았다.

“우오오오, 저건 뭐냐고. 빌어먹을!!”

비스코는 앵커 화살을 뽑아서 쐈지만, 암벽에 날린 그것은 어린애의 완력으로는 박히지 않고 튕겨나고 말았다.

“비스코—!”

미로가 화살을 당겨서 비스코에게 앵커 화살을 날리려 한 직전.

『잠~깐 기다려—!!』

갑자기 나온 여자 목소리와 함께 뒤편에서 소형 핑크색 드론이 쿠왕—! 하고 제트를 뿜어내며 공중을 날아왔다.

“이, 이번에는 뭐야?!”

『어린애 한 명 정도라면 내가 받아낼 수 있어~!』

크기 60센티미터 정도의 드론은 그 몸에 어울리지 않는 스피드로 비스코를 향해 일직선으로 활공했다.

『구조비는 확실하게 받을 거니까아, 각오하라고오!』

"에엑?!"

그것은 노이즈가 섞인 음성과 함께 사방에 장비한 해파리형 암을 멋지게 활용해서 떨어지는 비스코를 훌륭하게 공중에서 받아냈다.

"우오왁?!"

『세~이프! 봤느냐, 티롤 드론의 힘을!』

드론은 비스코를 들고 자랑스럽게 그 자리에서 빙글빙글 돌았다.

『와하하하하! 역시 너희는 내가 없으면 안 되나 보네!』

"그 목소리……!"

"티, 티롤이야?!"

드론에서 나오는 심술궂은 웃음소리는 확실히 두 사람의 악우, 오오챠가마 티롤의 목소리가 틀림없었다.

"너, 너. 어째서 여기에…… 우왓, 제대로 들어. 떨어지잖아!"

『파우한테 들어서 말이지. 이 녀석으로 카소현의 낌새를 정찰하면서 너희를 미행했거든…… 잠깐, 위에 올라간 사람, 빨리 내려와. 연료 떨어지잖아.』

"제, 젠장…… 불쾌한 녀석한테 빚이 생겼어……."

비스코는 식은땀을 닦으면서 탄탄한 바위에 제대로 내려섰고, 미로도 안전을 확인하고 그 자리에 섰다. 해파리를 본뜬 핑크색 티롤 드론은 거친 숨을 내쉬는 두 사람 앞에서 즐겁게 빙글빙글 돌더니 전면에 있는 디스플레이에 티롤의 모습을 비췄다.

“고마워, 티롤! 이건 원격 조작하는 로봇이야?”

『맞아. 목인의 기술을 응용한 특별제야. 굉장하지? 나 자신은 이미하마 현청의 VIP 룸에 있답니다~.』

“보고 있었으면 빨리 구해야지!! 언제부터 감시하고 있었어?!”

『마침 네가 그 사타하바키를 쓰러뜨리고…… 그 이후에 큐트한 남자아이로 변해버린 즈음이었던가~.』

“끄응…….”

티롤 드론은 뭐라 말하려다가 말이 막혀버린 비스코의 주변을 빙글빙글 돌았다.

『저기저기. 결국 얼마나 어린애로 변해버린 거야? 누나한테 잘 보여보렴.』

“그만둬!! 이쪽은 진지하게 곤란하다고!! 너, 분명히 웃을 거 아냐!!”

『잠깐. 얼마나 신용이 없는 거야?! 나도 같이 사선(死線)을 넘어온 동료잖아? 우리 쪽 기술로 손을 쓸 수 있을지도 모르니까 잘 보여달라고 말한 거야.』

“그래도……!”

『됐으니까 보여봐. 저어얼대! 웃지 않을 테니까.』

티롤 드론의 카메라가 거침없이 비스코의 얼굴을 줌인하자, 그곳에는 눈초리가 험악해도 어찌어찌 앳되고 귀여운 어린 비스코의 얼굴이 비쳤다.

잠시 침묵이 흐른 뒤.

『꺄~~~하하하하하하!!!』

"죽여버리겠어—!!"

"그러니까! 비스코, 떨어져. 떠, 떨어진다고!!"

티롤 드론이 공중에서 웃는 사이, 미로는 절벽에서 마구 날뛰는 비스코를 고생해서 만류했다.

한편, 이미하마현에서도 소란이 있었는지 건너편에서 쾅! 하고 문을 걷어차는 소리가 들리더니 드론의 음성 노이즈가 한층 심해졌다.

『들었다, 티롤! 이 자식, 남의 남편에게 무슨 짓이냐!』

『캐엑, 철곤녀! 자, 자물쇠 부수고 들어오지 마!』

『그게 카메라냐?! 비켜! 내가 대신한다…… 미로, 비스코! 무사한 거냐?! 아아, 다행이다…….』

""파우!""

티롤을 밀쳐내고 드론의 디스플레이에 비친 건, 이미하마 현지사·파우의 모습이었다. 앞선 사타하바키와의 싸움에서 입은 상처가 아직 낫지 않은 건지 붕대 등으로 치료한 흔적이 안타깝게 남아있지만, 그래도 눈동자는 강하게 비스코를 응시하고 있었다.

『비스코, 걱정하지 마라. 네가 그런 모습이 되어도 내 마음은 변하지 않아…… 나이 차가 뭐 어쨌다는 거냐?! 나와 너는 끊으려 해도 끊을 수 없는 맹세의 인연이…….』

"파우! 그 이야기는 나중에! 우리가 지금 오르고 있는 이 녀석의 정체를 알고 싶어. 이미하마의 위성으로 뭔가 안 보여?"

『그래. 그 이야기를 하려고 너희에게 접촉한 거였다…… 두 사람. 지금 차분하게 이야기할 수는 있을까?』

"네 눈에는 이게 가능한 상황으로 보이냐!!"

"지금 비바크 환경을 만들게. 파우, 잠깐 기다려."

미로는 그렇게 말하고는 다시 뒤쪽 벽에 귀를 댔다. 역시 「두근, 두근」 고동치는 벽의 맥동을 느낀 미로는 허리춤의 앰플집에서 하얀 액체가 든 앰플 하나를 꺼내 뒤쪽 암벽을 향해 힘껏 꽂았다.

(……이걸로, 얌전히 있어 준다면……!)

약을 암벽에 주입하고 벽에 귀를 대자, 조금 전까지의 「두근, 두근」 울리던 고동이 점점 약해지더니 조용해지고 있었다.

(다행이다. 통한 것 같아.)

"이봐, 미로. 암벽 상대로 뭘 쓴 거야?"

"마취야. 일단 만약을 위해……."

"뭐어어?!"

얼빠진 소리를 내지른 비스코를 생명줄 대신인 와이어 화살로 묶자, 그제야 두 사람은 바위 위에서 안정을 찾을 수 있었다.

『먼저, 너희가 지금 오르고 있는 벽의 정체 이야기인데…….』

"베니비시들의 비밀병기라는 건 알고 있어. 미로의 말로는, 어딘가의 외딴 섬을 통째로 움직여서 규슈에 부딪쳤다면서?"

『섬 같은 미적지근한 게 아니야. 이걸 봐라.』

파우의 목소리와 함께 드론 디스플레이가 전환되면서 규슈 일대의 위성사진을 비췄다. 그 모습을 들여다본 두 소년은 말문이 막히고 말았다.

"이봐, 이거 진짜냐…… 규슈가……!"

"먹히고 있어!!"

말로 꺼내면, 그렇게 표현할 수밖에 없었다.

뭔가 정체를 알 수 없는 거대한 육지가 동해 쪽에서 다가와 바다에 둘러싸인 규슈를 먹어치우겠다는 듯이 물어뜯고 있었다.

위성사진으로 보니 후쿠오카, 사가 주변은 완전히 그 몸에 삼켜지고 말았고, 길게 뻗은 주둥이 같은 것이 마침 카소현에 접어들고 있었다.

『이게 지금 너희가 달라붙은 것의 전모…….』

『우리는 대륙해수(大陸海獸)·홋카이도라 부르고 있다.』

""호, 홋카이도?!""

소년들이 다시 경악해서 외쳤다.

"홋카이도라면, 아오모리 위에 있는 무식하게 큰 대륙이잖아. 진화생물이 너무 위험해서 아무도 살아서 돌아온 녀석이 없다는……."

"두 사람 다 엉망진창이잖아. 일본 최북단 대륙이 왜 규슈에 있는데?!"

『에에잇! 동시에 말하지 마라. 티롤, 빨리 다음 사진을!』

『알았다니까! 자, 이거!』

이어서 드론이 비춘 것은, 조금 전 위성사진을 서모그래피로 비춘 것이었다.

"이건 대체 뭐야……."

비스코는 그렇게 말을 잇다가 파트너의 눈이 사진에 못 박혀버린 걸 발견했다.

"미로, 왜 그래? 이게 뭔가 이상해?"

"비스코. 이, 홋카이도는……."

미로는 믿을 수 없다는 듯이 몇 번이고 고개를 내저으면서, 내뱉듯이 대답했다.

"홋카이도는, 살아있어!!"

『그 말대로다. 비스코.』

「갑자기 무슨 소리를 하는 거야, 바보야!」라고 따지려던 비스코의 불평을 가로막은 파우의 목소리가 미로의 말을 이어받았다.

『이 사진에 찍힌 홋카이도를 잘 봐라. 명백하게 체온이 있고, 자율적으로 활동하는 걸 알 수 있다. 좀처럼 믿을 수 없는 일이지만…… 우리가 오랜 옛날부터 대륙이라고 생각했던 건, 어마어마하게 거대한 하나의 생물병기였던 모양이다.』

"뭣…… 뭣……."

『이 녀석이 움직이기 직전, 마침 너희가 있던 육도수옥에서 생물병기를 불러들이는 유인 물질이 나온 걸 관측했어. 아무래도 일종의 「꽃가루」인 것 같다…… 아카보시의 말대로, 이 대해수가 베니비시들의 최종병기라는 추측은 틀리지 않을 거야.』

"이상하다고 생각했어. 대지 자체가 고동치고 있고, 체온도 있어. 아까 비스코를 날려버린 것도, 호흡구를 열었기 때문이야."

"너희들, 작작 좀 해—!"

비스코는 세 사람의 현실에서 동떨어진 이야기를 견디지 못하겠다는 듯 외치고는 드론을 보더니 깎아지르는 절벽을 가리켰다.

"잠꼬대는 자면서 하라고, 바보야! 이 절벽의 모습이 안 보이냐?! 이 흙과 바윗덩어리가 대체 어떻게 해야 생물로 보이는 건데!"

"비스코! 위, 위!!"

"아앙?!"

비스코는 자신이 가리킨 아득한 위쪽을 바라보더니, 말하던 도중에 굳어지고 말았다. 크게 튀어나와서 비스코 일행에게 그림자를 드리우던 절벽 일부에 자그마한 균열이 가더니, 명확한 의지를 가지고 위아래로 열린 것이다.

그것은 절벽에 열린, 거대한 「안구」였다.

"뭐……야, 저건?!"

"홋카이도의 눈이야. 비스코, 숨어!"

미로는 망연자실해진 비스코를 안고 바로 암벽에 달라붙었고, 티롤 드론도 발판 밑에 들어가서 안구의 시선에서 벗어났다. 한동안 숨을 죽이고 있자, 안구는 두리번두리번 주변을 돌아보는 걸 그만두고 다시 암벽의 일부로 돌아갔다.

"……비스코. 파우의 말대로 이 벽은 살아있어. 당장 올라가지 않으면 위험해."

"……저, 정말인 거냐. 정말로 생명이 있는 건가. 사, 살아있는 육지라니…… 시, 신, 같은 부류 아니야……?"

"비스코! 휴식 끝! 가자!"

"아, 알았어!"

『아무튼 이대로 가면 규슈는 물론이고 혼슈까지 홋카이도에 삼켜질 수도 있다. 어떻게든 두 사람의 힘으로 베니비시와 대해수의 움직임을 막아다오!』

"말할 필요도 없어. 시시를 때려눕히지 않으면 내 몸도 계속 어린애라고. 원래부터 쓰러뜨리러 갈 작정이었어!"

『그 마음가짐이다, 비스코! 여정을 걱정할 필요는 없어. 티롤이 이 드론을 써서 너희를 서포트할 거다. 홋카이도 상공에서 위치 정보를 너희에게…….』

파우가 거기까지 말한 순간.

공중에서 떨어진 커다란 낙석이 드론의 윗부분에 콰앙! 하고 힘껏 부딪혔다.

"“"앗."”"

『우와악—??!?!』

핑크색 티롤 드론은 그대로 낙석에 뭉개지면서 아득한 절벽 아래로 낙하했다. 파우와 티롤의 겹친 비명이 점점 멀어지더니 이윽고 완전히 들리지 않게 되었다.

"……아차아……"

"……뭐, 상관없잖냐. 본인들한테 바위가 맞은 것도 아니고."

"어린이는 담백하네."

"됐으니까 집중해서 올라가! 이 벽은 살아있다고. 언제 뭐가 날아올지 모른단 말이야!"

"내가 했던 말을 자기 말처럼 하지 마!!"

두 소년은 티롤 드론의 행방 자체는 그리 염두에 두지 않은 채 서서히 험준해지는 절벽에 달라붙어서 열심히 암벽을 올랐다.

"자, 비스코. 조금만 더…… 좋아, 붙잡아!"

"쓸데없는 짓 하지 마―! 스스로 오를 수 있어!"

도중에 크게 열린 거대한 아가미 같은 것에 빨려 들어갈 뻔하기도 하고, 뜨거운 증기를 뿜어내는 호흡구에 화상을 입는 등 목숨을 건 클라이밍이었지만, 소년들은 땀범벅이 되면서도 마침내 지표까지 몸을 끌어올려 함께 거친 숨을 몰아쉬었다.

"겨, 겨우 올라오긴, 했는데……."

"추…… 추워어어어……!!"

등반에 성공한 두 사람을 기다리던 건, 축복은커녕 눈보라가 몰아치는 극한의 대지였다. 눈은 깊게 쌓여서 미로가 한 발짝 걸을 때마다 무릎 위까지 파묻힐 정도였다.

"카소현은 맑았잖아. 어째서 이 홋카이도 위만 눈보라가 부는 거야?!"

"표고가 높아서 그런 걸까. 비스코, 걸을 수 있어?"

"내가 영감이냐! 왓, 퓹."

"안 되겠네. 자, 등에 업혀. 거의 묻혀버렸잖아!"

"쓸데없는, 푸읍, 참견이야!"

"억지 부리지 말라니까! 얼어버려."

강제로 등에 업힌 비스코는 퉁명스러운 표정을 지으면서도 고양이귀 고글을 내려서 눈보라 속을 응시했다.

"역시 티롤의 드론이 없어진 건 아프네. 이 맹렬한 눈보라가 부는 홋카이도에서 어떻게 시시 일당을 찾아야 할지……."

"……아니, 미로. 아무래도 이쪽에서 찾을 필요는 없는 것 같아."

"뭐어?"

"저쪽에서 기다린 모양이라고."

비스코는 그렇게 말하며 고양이귀 고글을 벗고, 비취색 눈으로 눈보라 너머를 노려봤다.

그 시선 너머에서…….

사각, 사각, 사각. 두꺼운 눈을 헤치고 몇 명의 그림자가 비스코 일행 앞에 모습을 드러냈다.

그 선두에는, 보라색의 선명한 머리와 호화로운 가운을 눈보라 속에서 휘날리며 비스코와 미로를 응시하는 소녀의 모습이 있었다.

""시시!""

소녀…… 지금은 베니비시의 왕·시시의 하얗고 아름다운 얼굴은 예전의 활기는 어디로 가버렸는지 얼음장처럼 차가워져서 아무런 감정도 읽을 수 없었다.

(이게…… 그 시시인 건가……!)

그 모습은 미로가 그런 생각을 할 만큼, 차가움과 위엄을 겸비하고 있었다.

"마중 나왔다, 시시. 나에게 마무리를 짓지 않았던 건 실수였어!"

비스코는 미로의 등에서 뛰어내려서 눈 위에 푹 내려서더니 등의 활을 뽑았다. 그 비취색 눈은 분노의 불꽃으로 활활 타오르고 있었다.

"네놈을 쓰러뜨리고 원래 몸을 되찾겠어! 리턴매치다, 시시! 네놈도 검을 뽑아!"

눈보라의 굉음에 지지 않는 비스코의 외침을 듣자, 시시의 표정이 살짝 움직였다. 귀의 동백꽃이 펼쳐지며 꽃가루를 하늘하늘 흩날렸고, 붉은 눈동자가 비스코에게 호응하듯이 번뜩 빛났다.

시시의 입술이 약간 열리며 하얀 숨을 내쉬자, 한 손에 순식간에 짙은 녹색 덩굴이 모이더니 한 자루의 검이 되어 태양의 색으로 빛났다.

(서, 설마 여기서 시작할 셈이야?! 안 돼. 지금의 비스코로는 당해낼 수 없어!)

미로가 비스코를 지키려고 그 앞으로 나선 순간, 시시 쪽에서도 거대한 그림자가 그녀를 감싸듯이 앞으로 걸어왔다.

그 거대한 그림자의 형상을 확인하자 미로도, 전의로 불타오르던 비스코조차도 동시에 외쳤다.

"저, 저 사람은……."

"사타하바키?!"

트레이드마크인 푸른 투구에, 노출된 하얀 기둥 같은 이빨은 틀림없는 육도옥장·사타하바키 소메요시의 모습이었다.

그러나 결정적으로 다른 건 부서진 갑옷 안쪽. 벚꽃 눈보라 문신이 새겨져 있던 육체 한 면에 겨울 동백꽃이 그려져 있다는 것이다. 이건 벚꽃의 화력(花力)을 덮어씌워서 시시의 화력으로 조종하고 있다는 증거나 다름없었다.

"야, 인마. 법무관! 뒤에 있는 그 녀석은 대죄인이라고. 왜 편들고 있는 거야!"

"비스코, 안 돼! 법무관은 조종당하고 있어…… 지금은 시시의 부하야!"

사타하바키는 비스코의 말은 안 들린다는 듯이 시시의 귓가에 뭐라 속삭였다. 시시는 무표정하게 그 말을 듣더니, 한 번 미약하게 끄덕이고는 덩굴 검을 풀었다. 그리고 곧바로 비스코에게는 흥미를 잃은 듯이 그 자리에서 발길을 돌렸다.

"시시! 이 자식, 도망칠 셈이냐!!"

"흐으음!"

시시를 쫓아가기 위해 내달린 비스코의 앞을 사타하바키의 거구가 가로막았다. 사타하바키는 통나무 같은 양팔을 들어서 눈보라를 향해 힘껏 내리쳤다.

"캑. 이 녀석!"

"비스코, 물러나!"

"우우오오오오오!"

펑, 콰아아아앙!!

대지를 깨부수는 굉음과 함께 사타바하키의 일격이 대지에 일자로 된 균열을 만들었다. 균열은 점점 구멍을 크게 벌리며 퍼졌고, 두껍게 쌓인 눈이 차례차례 균열 속으로 빠지며 마치 빙설의 폭포 같은 광경을 만들었다.

"균열을…… 발을 묶을 셈인가!"

"비스코, 떨어져! 나를 잡아!"

근처에 난 나무에 앵커 화살을 휘감은 미로와 달리, 비스코는 이를 갈면서 유유히 떠나는 맞은편의 사타하바키를 바라봤다.

"안중에도 없다고 말하고 싶은 거냐…… 이 나를! 빌어먹을, 얕잡아 보기는!"

"비스코! 시시에게 가세한 법무관이 상대라면, 아무튼 어린애 몸으로는 당해낼 수 없어! 뭔가 작전을 세워야……!"

"몸이 어쨌다고. 꼬맹이가 된 게 어쨌다는 거야! 이길 때까지 물어뜯는다면 이기지 못할 싸움은 없어!"

미로는 비스코의 무슨 일이 있어도 시들지 않는 전의를 맞닥뜨리자, 저도 모르게 타이르는 말을 잊어버렸다.

"그리고 이 정도의 균열이라면 뛰어넘을 수 있어. 뒤쫓자, 미로!"

"에엑?!"

"우물쭈물하면 놔두고 갈 거니까!"

눈사태가 멎은 것을 가늠한 비스코는 미로의 손을 빠져나가 재빨리 내달리더니, 아름다운 폼으로 활을 당겨서 빠꿈! 하고 새송이버섯의 기세를 타고 도약했다.

(맞아. 비스코는 언제 어떤 상황에서도 버섯처럼 뻗어나갔

어…… 이번에도 비스코는 분명 넘어설 거야.)

미로는 겁을 먹고 있던 자신의 사고를 전환하고 비스코를 쫓아갔고, 균열로 생긴 골짜기를 가볍게 넘어가려는 비스코의 모습을 응시했다.

비스코는 외투를 펄럭이며 공중을 날았고…….

“ 미 로 ～ .”

“에엑, 비스코?!”

“ 안 닿 아 아 아 ～ ～ ! ”

그대로 균열 맞은편 직전에서, 아득한 지저의 암흑 속으로 빨려 들어가고 말았다.

비스코는 완전히 평소와 똑같은 버릇으로 새송이버섯을 쐈지만, 어린애의 완력으로는 피어나는 기세가 약했던 것이다.

얼마간 멍하니 골짜기 밑으로 빨려 들어간 파트너를 바라본 미로는…….

“……자, 잠깐—!! 믿자마자 이렇게—!!”

즉시 안색을 바꿔서 균열을 들여다보고는, 망설임 없이 지면을 박차서 골짜기 밑으로 뛰어들었다. 뛰면서 절벽에 거꾸로 생성한 새송이버섯으로 더욱 가속했고, 외투를 펄럭이며 날아가서 떨어지는 비스코를 간발의 차이로 안았다.

“으～음. 실수했네. 괜찮아, 미로. 이제 알았어. 다음은 될 수 있어!”

“다음 같은 건! 이제 없다고오—!!”

미로는 낙하하면서 자신과 비스코 주변에 진언 방벽을 쳤고, 두 사람은 균열의 벽에 차례차례 튕기면서 아득한 지저로 낙하했다.

2

카소현·육도수옥.

이미 강철의 문은 부서지고, 감옥으로서의 권위를 잃어버린 정문 앞 광장에서는.

겨울 동백꽃이 베니비시의 승리를 드높이 외치듯이 피어나면서 지면만이 아니라 돌벽에까지 덩굴과 꽃을 피웠다.

검투장 무대처럼 채색된 그 꽃의 씨름판 중앙에서—.

한 명의 수라와 버섯지기가 갈고닦은 서로의 영혼을 맞부딪치고 있었다.

"죽음의 꽃을 피워라, 아카보시, 비스코오!!"

"버섯지기의 목숨에 꽃이 피어나게 둘 것 같냐아아!!"

푸욱! 사자홍검(獅子紅劍)이 어깻죽지에 박혔는데도 여전히 눈을 번뜩인 비스코는 그 괴력으로 덩굴 검을 튕겨내고는 빙글 공중제비를 돌면서 시시의 가느다란 목덜미를 향해 질풍처럼 필살의 돌려차기를 날렸다.

"……끄윽!!"

"이걸로오오—!!"

빠킹!

섬광 같은 발차기의 일격이 시시의 목에 꽂혔다. 빠직빠직빠직, 시시의 뼈가 부서지는 감촉이 비스코의 다리에 전해졌다.

"커……헉!"

그러나.

거목조차 부러뜨리는 일격을 맞았건만, 시시는 입에서 피를 뿜으면서도 눈동자의 불꽃을 꺼뜨리지 않았다. 그뿐만 아니라, 그 의지는 뿜어내는 피에 맞춰서 한층 불타올라 붉은빛으로 비스코를 비췄다.

"굉장한…… 굉장한, 힘이야…… 하지만."

"뭣이이…… 이 녀석!"

"나는, 버텨…… 냈다고…… 형님의 발차기를……!!"

시시는 비스코의 발차기가 자신에게 작렬하기 직전, 한 손에 든 사자홍검을 풀고 그 빛나는 강인한 덩굴을 목 주변에 발현해서 간발의 차이로 충격을 상쇄한 것이다.

(큰일이다!)

건곤일척의 발차기가 막혀버린 비스코의 몸은 공중에서 잠시 균형을 잃었다.

"이건, 봉화다……!"

시시의 방패가 되었던 빛나는 덩굴이 다시 사자홍검으로 돌아갔고, 방어 자세를 취할 수 없는 비스코를 향해 크게 들어 올렸다.

"일본 최강의 인간에게. 베니비시가, 이긴다. 우리의 패도를 알리는 봉화는, 형님의 피보라야!"

"시시, 이 자시이이익……!"

"발화(發花)! 사자, 홍거어어어어엄!!"

좌아악!!

"크으오오아악―!!"

비스코는 시시가 날린 필살의 사자홍검 대각선 베기를 정통으로 맞고 공중을 빙글빙글 회전하며 날아갔다.

"꽃의 씨앗이 파고들었다. 끝입니다, 형님……!"

시시는 다시 몸을 돌려서 날아가는 비스코에게 한 손을 내밀고는, 자신이 가진 모든 화력을 해방했다.

"발화, 사자동배애액―!!"

빠움, 빠움, 빠움!

사자홍검에 의해 몸에 파고든 종자가 차례차례 발아하며 비스코의 몸에 새빨간 동백꽃을 무수하게 피웠다. 날아가던 비스코의 기세가 그것으로 인해 더욱 가속했고, 돌벽에 부딪혀서 그걸 무너뜨리고는 뭉게뭉게 연기를 피워올렸다.

"나의 겨울 동백꽃이 가진 화력은, 예속의 힘. 피워낸 자의 『정신』을 퇴행시키고, 노예로 삼는다……."

시시는 어깨로 숨을 헐떡이면서 승리를 선언하고는 조용한 목소리로 비스코에게 말했다.

"체크메이트입니다. 형님. 당신은 이제, 나에게 저항할 수 없어."

시시는 뭉게뭉게 피어오르는 연기를 한동안 노려보고는, 오른손의 사자홍검을 풀려고 하다…… 갑자기 반짝인 화살촉의 광채를 보고는 눈을 크게 떴다.

"이걸 처먹고도 그렇게 말할 수 있겠냐, 짜샤—!"

연기 속에서 한 줄기 화살이 날아가 시시를 노렸다. 아무리 시시라도 놀라서 사자홍검을 반짝여 그 화살을 튕겨냈고, 빗나간 화살이 뒤쪽 지면에 꽂혀서 작은 만가닥버섯을 피워냈다.

"아직 승부는 끝나지 않았어. 예속의 꽃인지 뭔지 모르겠지만…… 나의 영혼을 지배할 수 있다고 생각했다면 큰 착각이야, 시시!!"

"……놀라운, 일뿐이야……!"

시시는 경악하며 이를 갈면서도, 여전히 여유를 잃지는 않았다.

"……너무나 강인한, 마음의 힘이야. 역시 내가 일찍이 스승으로 모신 남자. 나의 화력으로도 영혼까지는 빼앗지 못하나……."

"다른 녀석들과 똑같이 보지 말라고. 나의 몸은 어디도 조종당하지 않았어! 제2라운드다! 거기 가만히 있어, 시시—!"

하얀 연기 속에서 확 뛰쳐나와 외투를 펄럭이며 시시 앞에 선 것은 천하무쌍의 버섯지기, 아카보시 비스코…….

였을, 것이다.

버섯지기의 복장이나 타오르는 듯한 붉은 머리, 비취색으로 빛나는 두 눈이 무엇보다도 그것을 증명해준다…… 그러나, 이제까지의 비스코와 지금의 비스코는 결정적인 차이가 있었다.

어린애다.

높은 신장은 10세 전후 수준까지 줄어들어서 버섯지기의 옷이 헐렁헐렁 남아돌고 있다. 시시를 향해 당기는 활은 너무 커서 도저히 몸에 맞지 않는다.

"……으응?!"

비스코는 활로 노리는 시시의 모습을 보면서 뭔가 얼빠진 말을 꺼냈다.

"시시, 너…… 뭔가, 갑자기 커졌는데?! 그것도 꽃의 힘이냐?!"

"그렇지만, 앞선 일격으로 승부가 끝났다는 건, 변하지 않아."

시시의 손이 사자홍검을 스르륵 풀어서 하얀 피부로 돌아갔다.

"내 예속의 화력은, 어설프지 않아. 상대의『정신』에 빈틈이 없다면, 대신해서『육체』를 퇴행시키게 되어있지…… 지금의, 형님처럼."

"……응??"

시시는 이미 비스코에게 향하던 살의조차 없애고 완전히 싸움이 끝났다는 듯이 더러워진 바지를 털고 있었다.

"지금의 당신은, 아무런 힘도 없는 어린애 한 명에 불과해…… 이미 죽일 가치도 없어."

"육체를, 퇴행시켰다고……?!"

비스코는 서서히 자기 몸의 위화감을 느끼고는 변성기 전 목소리로 외쳤다.

"무슨 뜻이야……?! 나한테 무슨 짓을 한 거냐, 시시!"

시시는 발길을 돌리면서 전장에 부서진 커다란 유리 조각을 주워 비스코를 향해 던졌다.

비스코는…….

유리를 들여다보고, 그곳에 비치는 게 자신이라는 걸 인식하지 못해서 한동안 의아하게 바라봤다.

그러나, 이윽고—.

"……."

"……뭐."

"뭐……!"

"뭐야—! 이게에에—?!!"

＊＊＊

"나를, 원래대로 돌려놔라. 시시이이—!!"

벌떡! 일어난 비스코의 온몸은 땀투성이에다 내쉬는 숨도 헥헥 거칠었다.

자기 몸이 어린애가 되어버린, 이제 몇 번째인지도 모를 꿈을 반추하던 비스코는 한동안 똑같은 자세로 굳어져 있다가 이윽고 흐트러진 사고를 진정시키고는 몸을 돌렸다.

그리고…….

"여…… 여기는 어디야?!"

어둡고, 뭔가 비릿한 공간을 돌아보고는 의아한 듯이 눈을 깜박였다.

"……미로!"

비스코는 즉시 파트너의 안부를 떠올리고는 앰플집에서 등불버섯 가루를 입에 넣고 바닥을 향해 뿜었다. 뽀글뽀글 돋아난 등불버섯의 불빛을 의지하여 찾자, 파트너는 근처에서 의식을 잃고 있었다.

비스코는 곧바로 파트너에게 달려가서 맥박을 확인하고는 뺨을 찰싹찰싹 두드렸다.

"미로! 미로…… 일어나. 야!"

"으, 응……."

미모의 판다 의사는 눈을 살짝 뜨고는 멍하니 비스코를 바라보더니, 기쁜 듯 웃으며 대답했다.

"비스코…… 다행이네. 우리 둘 다 지옥으로 왔구나! ……아얏!!"

멍하니 눈을 뜬 미로의 코를 손가락으로 꽉 꼬집었다. 어린 애면서도 터무니없는 힘으로 콧대를 비틀자, 미로의 의식이 단숨에 각성했다.

"아야야, 아파아파—! 뭐, 뭐 하는 짓이야! 파트너한테!"

"이런 위기 상황에 잠꼬대하지 말라고, 멍청아! 아무래도 우리는 아직 안 죽은 모양이야."

"어라, 진짜네…… 비스코. 여기는 대체 어디일까?"

몸을 일으켜서 다시 주변을 돌아보자, 소년들은 약간 검붉은 빛이 나는 동굴 안에 있었다. 그 검붉은 바닥은 미지근하게 두근, 두근 꿈틀대면서 일정 간격으로 두 사람에게 고동을 전했다.

"균열에서 떨어졌잖아? 태양이 안 보여…… 게다가 뭔가 비릿해."

"이럴 때 급하게 전진하는 건 위험해. 장비를 점검해야…… 어라? 내 의료 가방이 없어. 떨어뜨린 건가?"

"기다려, 지금 비춰볼 테니까."

어린이 비스코가 폴짝폴짝 뛰면서 뺨에 가득 머금은 등불버섯 포자를 뿜어내는 모습은 옆에서 보면 대단히 귀여웠지만, 그런 말을 하면 또 코를 꼬집을 것 같았기에 미로는 입을 꾹 다물고 그 자리에서 침묵을 지켰다.

"야, 미로. 네 가방, 저거 아니야?"

"정말이네. 저런 높은 곳에……."

그렇게 해서 찾은 미로의 의료 가방은 새하얗게 솟아난 거대한 기둥 같은 것에 끄트머리가 걸려있었고, 그 높이는 대략 10미터 정도는 되어 보였다.

(이, 이 하얀 거, 뭐지……? 뭔가 기억에 있는 것 같은데.)

"기다려. 지금 가져올 테니까."

비스코는 자기 때문에 골짜기 밑으로 낙하한 것에 조금은 미안함이 있는지, 하얀 기둥 사이를 뛰어서 가방 쪽으로 향했다.

미로는 묘한 술렁임을 느끼며 그 모습을 지켜봤고, 이윽고 뭔가 떠올렸는지 아득한 천장을 올려다보고는 저도 모르게 소름이 돋았다.

"미로! 있어. 이거지?"

"비스코!! 빨리, 빨리 내려와!!"

"은혜도 모르는 녀석이네. 고맙다고 말하는 게 먼저잖아!"

"워이이—!!"

미로의 심상치 않은 모습을 본 비스코는 의아한 듯 위를 올려다봤고…….

그곳에서, 두 눈을 확 부릅떴다. 아득한 어둠이 펼쳐진 천장에서, 무식하게 큰 하얀 기둥 같은 것이 자신의 위치를 향해 내려오고 있었다.

"우오오오아아앗!!"

비스코가 그 자리에서 뛰어 내려온 것과, 하얀 기둥이 뒤에서 낙하한 건 거의 동시였다. 펄럭이는 외투가 위아래의 하얀 기둥 사이에 끼어버렸고, 비스코는 기둥 옆에 매달린 채로 목을 졸려서 얼굴을 새빨갛게 물들이며 버둥거렸다.

"비스코—!"

이윽고 떨어졌던 하얀 기둥이 『고고고고』 소리를 내며 다시 올라가자, 비스코의 외투도 풀려나서 떨어졌다. 그걸 간발의 차이로 받아낸 미로는 안도의 한숨을 내쉬었다.

"위, 위험했네…… 비스코가 다진 고기가 될 뻔했어."

"콜록, 콜록! 지, 지금 이건 뭐야!"

"저건 『이빨』이야. 비스코."

"이…… 이빠알?!"

"주변을 봐. 겨우 알았어…… 우리는 지금 홋카이도의 입안에 있어."

미로의 목소리를 듣고 주변을 돌아보자, 조금 전의 하얀 기둥은 크기의 차이는 있어도 규칙적으로 늘어서 있다는 걸 알 수 있었다. 어안이 벙벙해진 사이에 다시 『콰악!!』 하고 위아래 이빨이 맞물렸고, 두 사람은 그 충격으로 입 안을 데굴데굴 굴렀다.

“노, 농담하지 말라고! 이런 곳에 오래 있을 필요 없어. 당장 튀자!”

“응! ……근데 잠깐만…… 이빨이 있다는 건, 여기에는…….”

미로와 비스코는 갑자기 오한을 느껴서 어두운 동굴 뒤쪽을 돌아봤다. 어둠 속에서 등불버섯이 주변을 비췄고…….

『즈 오 오 오 오 .』

거대하고 끈적한 고깃덩어리가 모습을 드러냈다. 그것은 터무니없는 박력으로 두 사람의 시야를 메웠고, 곧바로 도망치려던 두 사람을 휘감았다.

“역시나! 혀어어어어!!”

미로는 비명을 지르면서 필사적으로 비스코의 몸을 당겨와서 꽉 끌어안아 보호했다. 홋카이도의 혀는 그런 건 아랑곳하지 않고 두 사람을 입 안쪽으로 밀어서 어금니의 감옥에 가두고는 뚜껑을 덮듯이 막아버렸다.

“으아아악. 갇혀버렸어!!”

“멍청히 있지 마, 미로! 새송이버섯으로 맞춰!”

“아, 알았어!!”

두 사람은 즉흥적인 판단으로 어금니 하나를 새송이버섯으로 후려쳤고, 빠꿈! 하고 훌륭한 새송이버섯을 세로로 피워냈다. 『따악!!』 하고 맞물려야 했던 어금니는 새송이버섯에 차단되어서 아슬아슬하게 두 소년을 지켜냈다.

“턱 힘이 엄청나잖아. 새송이버섯이 부러졌어!”

"비스코. 이 혀, 꿈쩍도 하지 않아!"

만가닥버섯 화살을 열심히 쏘던 미로가 외쳤다. 끈적하고 거대한 고깃덩어리는 어느 정도의 버섯 대미지로는 아랑곳하지 않았고, 두 사람을 어금니에 가둬둔 채 놓치려 하지 않았다.

"어쩌지. 다음에 물리면, 사이좋게 다진 고기가 될 거야!"

"학자 선생은 위기가 닥치면 머리가 안 돌아가는 모양이구만. 조금은 머리를 쓰라고."

"너한테 듣고 싶지는 않거드은?!"

"이 녀석은『혀』잖아? 그럼 이 화살로!!"

비스코는 화살통에서 신기한 녹색 깃털이 붙은 화살을 몇 개 꺼내더니, 그걸 다발로 단궁에 메겼다. 그리고 꽉 들어찬 눈앞의 고기벽을 향해 푸슝! 하고 화살을 강력하게 쐈다.

퐁, 퐁!!

비스코가 날린 녹색 깃털의 화살은 두꺼운 혀의 표피를 뚫고 살을 파고들더니 만가닥버섯처럼 군생하는 녹색 버섯을 피웠다. 버섯은 마치 이끼가 돋아나듯이 순식간에 혀 위에 퍼졌지만, 그래도 미로의 눈에는 그게 상황을 타파할 위력이 있다고는 도저히 보이지 않았다.

"비스코. 역시 틀렸어! 이렇게 되면 진언궁으로……."

"그~러니까, 힘으로 밀어붙이는 건 관두라고. 버섯지기의 진수는 번뜩이는 지혜에 있다니까."

"그런 소리를 해도오!!"

"잘 봐…… 이제 왔다!"

비스코의 녹색 버섯이 거대 혀를 어느 정도까지 뒤덮자, 갑자기 혀가 꾸물거리며 어금니에서 떨어지더니 좌악! 좌악! 하고 입 안에서 버둥거리며 날뛰었다.

미로가 영문도 모른 채 그걸 바라보자, 비스코는「바보, 죽는다고!」라고 외치더니 옷자락을 잡아당겨서 어금니에서 뛰어내렸다. 간발의 차이로 미로의 뒤에서 어금니가『따악!!』하고 맞물렸다.

"혀, 혀가, 날뛰고 있어……?! 비스코, 저 버섯은 뭔데?!"

"염라왕겨자버섯이라는 버섯이야. 군생해서 금방 퍼지지."

"염라, 왕겨자……."

"이름대로 망나니라고. 어마어마하게『맵거든』! 입에 하나만 넣어도 향후 1년은 밥맛이 떨어질 정도로 말이지!!"

비스코가 그렇게 말하며 악동처럼 웃더니 뒤에 있던 미로에게 왕겨자버섯 화살을 몇 개 던져줬다. 비스코의 뜻을 파악한 미로는 그와 두 패로 갈라져서 도약하더니 거대한 혀의 양옆에서 연속해서 화살을 쐈다.

『즈 오 오 오 오 .』

혀는 몸통을 이빨에 문지르면서 버섯을 떨어뜨리며 덮쳐오는 매운맛에서 도망치려고 필사적으로 날뛰었지만, 드디어 왕겨자버섯의 녹색으로 표면이 죄다 뒤덮이자 쿠웅! 하고 힘이 다한 듯이 입 중심에 쓰러지고 말았다.

"해…… 해냈다……! 쓰러뜨렸어. 저런 터무니없는 녀석을!"

"완전히 뻗어버린 모양이구만. 경천동지의 대해수도 매운

건 거북한 모양이야."

비스코는 완전히 마비된 혀 위에 올라타서 작은 몸으로 뽕뽕, 살을 밟고는 반응이 없나 확인했다. 한편 미로는 완전히 감탄했는지 활짝 웃는 비스코를 향해 물었다.

"비스코, 굉장해! 이런 상대를, 어린애 몸으로……."

"버섯지기의 강함에는 어른도 아이도 없어! 완력으로 못 당한다면 기술을 쓰면 돼. 이쪽이 어린 시절부터 아카보시 비스코라는 건 변하지 않는다고!"

오랜만에 파트너에게서 기세등등한 목소리를 듣게 되어서 기뻐하던 미로의 발밑에 뭔가 끈적한 액체가 주륵, 주륵 다가왔다.

액체는 점점 미로의 버섯지기 부츠에 휘감기더니 치이익! 하고 연기를 피워올렸다.

"앗?! 우왓!"

"왜 그래? 미로!"

"이건……!"

미로는 바로 혀 위로 뛰어서 비스코 옆에 착지했다. 부츠를 녹이던 노란색 액체를 바라본 미로는 약간 신음했다.

"이건, 타액이야. 비스코. 왕겨자버섯에 반응해서 분비되는 거야…… 터무니없는 소화성을 가졌어. 이런 걸 맞으면 짓물러서 죽을 거야."

"큰일인데."

혀 위에서 입 안을 돌아본 비스코가 혀를 찼다.

"타액이 점점 올라오고 있어. 뼈도 남기지 못하고 해수의 영양분이 되는 건 사양이야."

미로는 비스코의 말과 현재 상황을 합쳐서 고민하고는 뒤를 돌아봤다. 쓰러진 혀 안쪽에는 아득히 먼 곳까지 이어지는 장대한 고기 터널이 입을 벌리고 있다.

미로는 결의를 다진 듯 끄덕이더니 비스코에게 말했다.

"좋아. 가자, 비스코!"

"간다니. 너, 어디로 가려고?!"

"식도야. 아니면 더 안쪽."

미로는 태연하게 말하더니 비스코의 손을 잡아서 혀뿌리를 향해 뿅뿅 뛰었다. 비스코는 눈을 깜빡이며 뒤를 쫓으면서 어느 의미로는 당연한 의문을 미로에게 던졌다.

"식도라니 너……?! 왜 일부러 거대 해수 안에 삼켜지려고 하는 거야! 위에서 떨어졌으니까, 위로 돌아가서 시시를 쫓는 게 순서 아니냐?!"

"그러면 후수에 몰리게 돼, 비스코. 장수를 쏘려면 먼저 말부터, 라고 말하잖아."

"응? 그런 말 안 하는데. 버섯지기는 장수부터 쏴."

"아무튼!"

미로는 시작부터 꺾여버렸는데도 마음을 다잡고 말했다.

"시시를 쓰러뜨리기 전에, 먼저 홋카이도의 움직임을 막자는 거야. 그러면 시시 일행의 꿍꿍이도 빗나가고, 우리가 파고들 빈틈도 생길지 몰라."

"그렇게 말해도 너! 이런 정체 모를 내장 속을……!"

"정체를 모른다고 하셨습니까."

미로는 비스코의 손을 당기면서 돌아보더니, 무척 유쾌한 듯 키득키득 웃었다.

"괜찮아. 너의 파트너는 평범한 버섯지기가 아니라…… 이미 하마가 자랑하는 판다 대선생이니까! 동물의 몸에 대한 건 맡겨두라고!"

"오, 오오."

비스코는 거기서 오랜만에 파트너가 의사라는 걸 떠올리고는 남자아이의 순수한 눈을 반짝반짝 빛냈다.

"굉장하네, 미로! 대해수의 내장도 진단한 적 있는 거냐?!"

"없는데? 뭐, 생물인 건 틀림없으니까 대체로 똑같겠지."

"거기서는 대충 넘어가는 거냐, 너 이 자식아—!"

두 소년은 그런 말다툼을 하면서 홋카이도의 거대한 입 안을 지나…… 지혜와 용기를 무기로 삼아 광대한 체내로 뛰어들었다.

3

검붉게 맥박치는, 거대한 동굴이었다.

피부를 투과하는 두꺼운 혈관 같은 것이 몇 줄기나 내달리고, 두근두근 맥박칠 때마다 주변을 밝게 비춰서 등불버섯의 광원은 필요가 없어졌다. 동굴 안은 하얀 풀꽃이나 이끼 같은 것들이 지면이나 벽에 드문드문 나 있었는데, 그 모습은 그야말로 생물과 대지를 융합시킨 것 같아서 학자로서는 매우 신기한 광경이라 할 수 있었다.

그 광경을 신기하게 만드는 최대의 요소가…….

공중을 둥실둥실 무수히 떠다니는, 기묘한 하얀 구체였다.

"봐봐!! 저건 혈구야. 비스코!!"

다양한「둥실둥실」하나를 잡은 미로가 크게 흥분하며 바라보고, 끌어안고, 쓰다듬었다. 마치 장난감을 받은 햄스터 같은 모습이어서 비스코는 질색하며 눈썹을 실룩거렸다.

"홋카이도의 피는 하얗구나. 게다가 떡 같은 감촉! 대해수의 혈구를 끌어안은 의사라니, 일본에서 나밖에 없지 않을까?!"

"판다 대선생님께서는 연구 열심이라 참 좋긴 한데 말이지."

한편 비스코는 어떠냐면, 아무튼 익숙하지 않은 신기한 광경에 시종일관 압도당하고 있는지라 서둘러 가자며 미로의 소매를 잡아당겼다.

"당장 일을 끝내고 이런 곳은 빨리 나가자고. 언제 뭐가 나올지 모르잖아! 애초에 제대로 있기는 한 거야? 그 홋카이도를 막는 플랜 말이야."

"생명의 신비 한가운데에 있는데, 로망이 없는 파트너네."

미로는 뭔가 얼빠진 소리를 하더니 자랑스럽게 품에서 어떤 종이 한 장을 꺼냈다. 비스코가 그걸 강탈하듯이 받아 가자, 그곳에는 미로가 직접 쓴「대해수 홋카이도 대해부도!」라는 묘하게 들뜬 글자가 있었고, 그 밑에는 뭔가 동물 해부도로 보이는 것이 정밀하게 그려져 있었다.

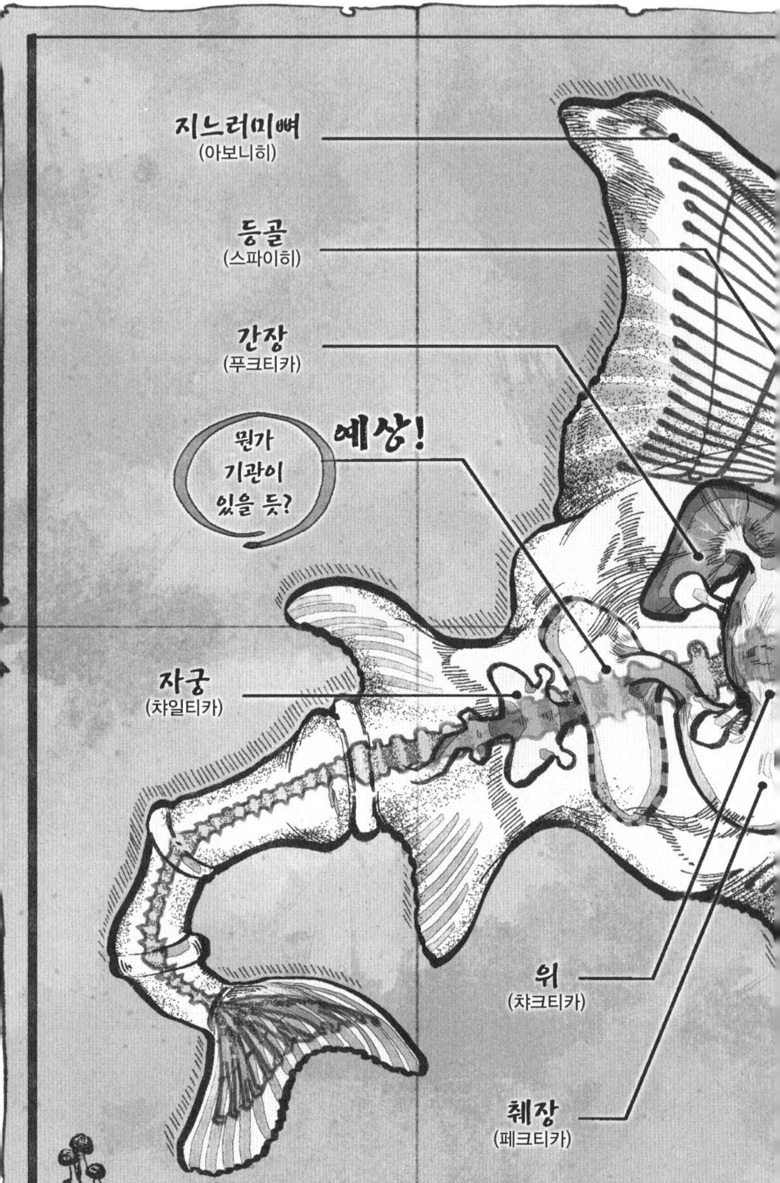
지느러미뼈
(아보니히)
등골
(스파이히)
간장
(푸크티카)
뭔가 기관이 있을 듯?
예상!
자궁
(챠일티카)
위
(챠크티카)
췌장
(페크티카)

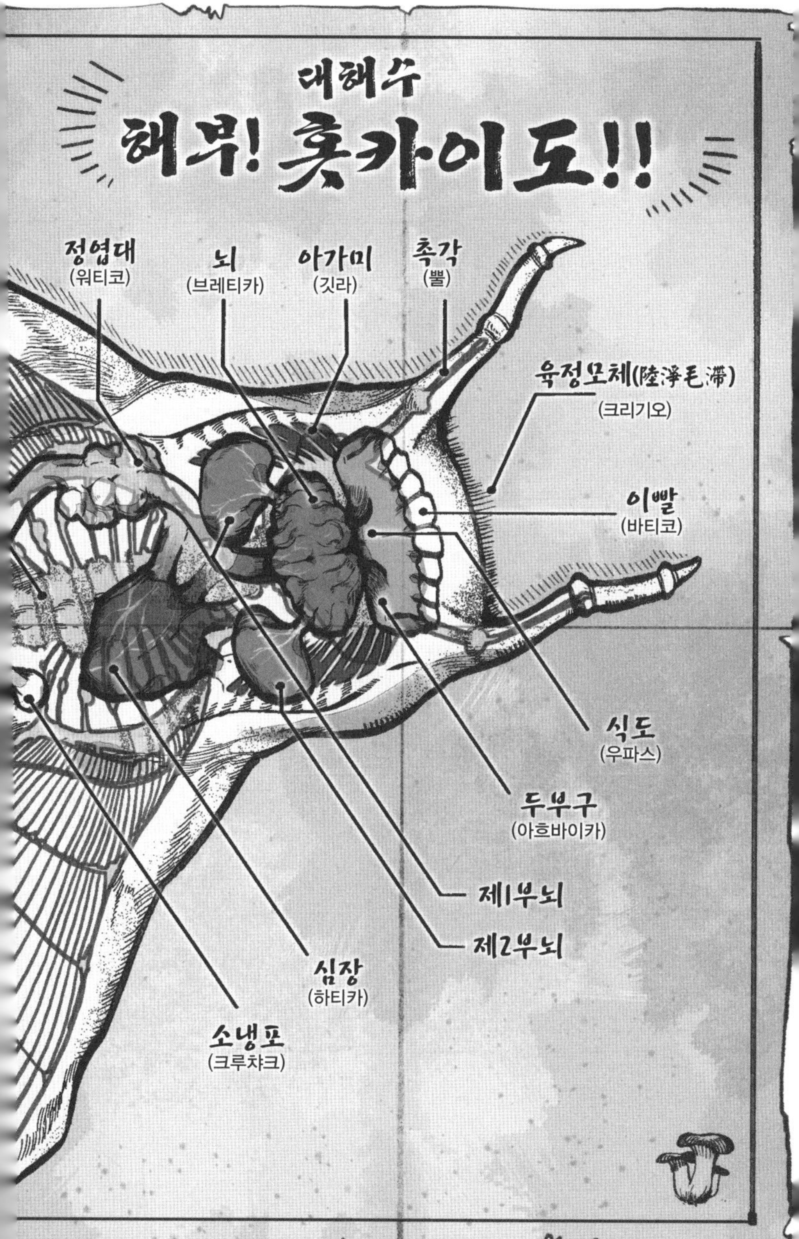
대해수
해무! 홋카이도!!
정엽대
(워티코)
뇌
(브레티카)
아가미
(깃라)
촉각
(뿔)
육정모체(陸淨毛滯)
(크리기오)
이빨
(바티코)
식도
(우파스)
두부구
(아흐바이카)
제1부뇌
제2부뇌
심장
(하티카)
소낭포
(크루챠크)

"……시, 심장. 폐. 등골…… 혀…… 현? 현장(腎臟)?"

"신장(腎臟)이야. 체내의 내부 조직 같은 것으로 판단하건대, 이 홋카이도는 백금 달팽이라든가 북해 해우 같은 연체진화속에 가까운 조성이라고 추측할 수 있어."

미로는 잡아먹을 듯이 해부도를 노려보는 비스코의 시선까지 허리를 숙이고는 손끝으로 가리키며 그림을 따라갔다.

"여기가 식도 라인. 지금 우리가 걸어가는 곳인데, 이건 어딘가에서 반드시 호흡기 쪽과 이어져 있고, 거기서 뇌간과 접속되어 있을 거야. 대부분의 생물병기는 뇌간에 신경 제어핀을 찔러서 움직이니까, 그걸 뽑는다면 홋카이도를 막을 수 있겠지."

"……정말이냐~?! 그치만 이거, 네가 추측한 그림이잖아?!"

"판다 선생을 믿으라니까. 앗! 또 혈구!!"

적당한 높이에서 혈구를 찾은 미로가 홱! 달려가자, 비스코는 때때로 보이는 미로의 천연 기질에 한숨을 내쉬었다.

바로 그때…….

비스코의 시선이 아득한 전방에서 달려오는 작은 사람 그림자를 포착했다. 눈을 가늘게 뜨고 따라가 보니, 아무래도 그림자 뒤편에서 무수한 하얀 것들이 우글우글 튀어나오는게 보였다.

우글우글 튀어나온 하얀 것들은 명백하게 공격이나 배제의 의지를 가지고 그림자를 덮치려 하고 있었다.

"미로…… 미로, 야!"

"으응?"

"사람이 있어! 저건, 아직 꼬마야…… 무언가의 습격을 받고 있다고!!"

"앗! 사람이…… 이런 곳에 어째서?!"

"내가 알겠냐! 아무튼 구하자!"

비스코와 미로는 얼굴을 마주 보고는 각자 공중의 혈구를 「퐁!」 하고 박차면서 가속해서 달려오는 전방의 그림자를 향해 서둘러 다가갔다.

"꺄아아!"

안쓰러운 그림자는 지면에 돋아난 이끼에 발이 걸려서 전방을 향해 그대로 엎어졌다. 바로 근처까지 다가온 하얀 것 한 마리가 그 가느다란 몸을 향해 노출된 이빨을 크게 벌리며 덮쳐왔다.

"꺄아아아아—!!"

파아앙!!

하얀 것의 이빨이 그 소녀에게 닿기 직전, 비스코의 화살이 날아와 그 머리를 꿰뚫어서 하얀 것을 아득한 저편으로 날려버렸다. 하얀 것은 식도 벽에 부딪혀서 빠꿈! 하고 붉은느타리버섯을 크게 피웠다.

벽에 꿰여서 움직임을 멈춘 하얀 것은 탐스러운 체모로 가득 덮여있어서 형태만 보면 백곰을 연상케 했다. 그러나 얼굴을 보니, 있어야 할 곳에 두 눈이 없고 대신 무식하게 큰 입과 노출된 이빨이 얼굴 전체를 덮고 있는 걸 알 수 있었다.

"아아, 아……?"

상황을 이해하지 못한 소녀가 목소리를 내자…….

"멍청하게 있지 마! 일어서, 달려!"

비스코가 크게 외쳤다. 소녀는 영문도 모른 채 목소리에 따라서 다시 일어나 열심히 달렸다. 버섯지기 두 사람의 화살이 머리나 목덜미를 퓽퓽 스치면서 날아갔고, 소녀는 바람이 몸을 스칠 때마다 「히이익!」 하고 목이 멘 듯한 비명을 질렀다.

"비스코! 저 백곰, 계속 튀어나오고 있어!"

"큰일이야. 뒤에서도 오고 있어…… 협공당하겠다고!"

버섯의 작렬에 반응했는지, 눈 없는 백곰들은 식도 벽 틈새에서도 슬금슬금 기어 나와 숫자를 늘렸고, 두 소녀를 새로운 표적으로 삼아 덮쳐왔다.

"통과시키자. 비스코! 연기버섯은 어때?!"

"연기로는 안 돼! 저 녀석 눈이 없잖아. 시야를 막아도 의미가 없어…… 그래도, 입이 있다면, 이걸로!"

비스코는 화살통에서 바로 핑크색 깃털 화살 몇 발을 꺼내서 두 개를 자기 뒤쪽에, 다른 하나는 소녀의 발밑을 향해 쐈다.

빠움!!

"꺄아아앗?!"

버섯의 발아에 밀려서 날아오른 소녀를 비스코의 몸이 받아냈다.

"좋~아, 이제 괜찮…… 우와아악?!"

바로 지면에 내려서려고 했지만, 비스코는 어쩌면 자기보다 무거울지도 모르는 소녀의 몸을 받아내지 못하고 함께 식도 바닥을 데굴데굴 굴렀다.

"싫어어, 죽고 싶지 않아, 죽고 싶지 않아아! 이거 놔아!"

"진정해! 강한 만취버섯을 피워냈어. 숨 멈추고 있어, 섣불리 들이쉬었다가는 한동안 숙취가 멎지 않을 테니까!"

"그런…… 히이익?!"

비스코에게 저항하려던 소녀의 눈앞을 백곰 세 마리가 가로막아서 두 사람에게 그림자를 드리웠다. 이미 궁지에 몰려서 체념했는지 눈을 꼭 감은 소녀 옆에서, 백곰 한 마리가 「쿠웅!」 소리를 내며 쓰러졌다.

"히왓?!"

(쉿. 저 녀석을 잘 봐.)

비스코의 속삭임을 듣고 소녀가 백곰을 바라보자, 아무래도 백곰은 무식하게 큰 입을 벌린 채 얼굴을 붉히고는 잠든 모양이었다. 다른 백곰들도 모두 휘청휘청 불안정한 움직임을 보이더니 꽈당, 꽈당 주변에 쓰러져서 크게 코를 골기 시작했다.

(포자 때문에 취기가 돈 거야. 녀석들이 취한 사이에 여기서 튀자.)

(……아, 아…….)

(멍청하게 있지 마. 달릴 수 있지?!)

(……아!!)

소녀는 들은 대로 고개를 끄덕이고는 비스코의 뒤를 따라서 몰래 백곰 무리에게서 도망치려 했다. 만취한 백곰들은 이미 적과 아군의 구별도 전혀 되지 않는지, 서로 장난을 치듯이 얽혀서 그대로 바닥에 쓰러지고 있었다.

(이 녀석들은 백모항체(白毛抗體)야. 비스코.)

(백모항체?)

(체내에 이물질이 들어왔을 때 그걸 배제하는 자들이야. 함부로 쓰러뜨리지 않은 게 정답이었어…… 악성이 아니니까 얼마든지 나올 수 있거든.)

미로는 비스코 근처를 달리면서 의료 가방에서 꺼낸 마스크를 썼다. 비스코가 손을 잡은 소녀에게도 마찬가지로 마스크를 씌워주려고 했는데…….

꽈당!

갑자기 소녀가 식도 바닥에 쓰러지고 말았다.

(앗?! 뭐야? 어떻게 된 거야? 야!)

(얼굴이 새빨개. 만취버섯의 포자를 조금 들이마신 것 같아.)

(어쩔 수 없는 녀석이구만! 좋아, 내가 업고…….)

(안 돼! 체격에서 뒤떨어지잖아! 무리하지 마. 내가 업을게.)

(캐액!)

소녀가 쓰러지는 소리를 들은 백곰 몇 마리가 이쪽을 돌아봤다. 미로는 재빨리 소녀를 안아서 파트너와 시선을 마주했고, 두 사람은 그대로 소리를 내지 않고 식도 안을 내달렸다.

쏴아아아아…….

맑은 물줄기가 흐르며 폭포에 떨어지는 듯한 소리였다.

"나는 그 백곰들보다 이 녀석이 더 꺼림칙해. 어째서 이런 괴물의 배에 여자애가 있어? 게다가 혼자서!"

"그건 나도 몰라. 우리처럼 삼켜진 게 아닐까?"

"이게 카소 현민의 차림새냐?! 이 피부색은 아무리 봐도 북방인이잖아."

어린 소년 같은 속삭임이 소녀의 귀를 간지럽혔다.

피부에 닿는 서늘한 바람과 때때로 날아오는 차가운 물방울에 맞은 소녀는 「으으응」 하며 신음하고는 이윽고 눈동자를 천천히 떴다.

"앗, 알았다. 잘 들어, 미로. 이 녀석은 요괴야. 그림책에서 본 적이 있어…… 간 빼먹는 동자라고 하는데, 조그만 꼬마로 둔갑해서 업어준 녀석의 심장을……."

"쉿! 비스코. 정신을 차린 것 같아!"

"……."

"야, 괜찮은 거냐? 취한 건 아니지? 물 마실래?"

"꺄아아아—! 데비카—!!"

소녀가 성대한 비명을 내지르자 비스코는 날아가서 데굴데굴 굴렀고, 영문도 모른 채 일어나서 눈을 깜빡였다.

"데, 데비카?"

"희귀한 말이네. 고대 카라후토어야. 확실히, 소귀(小鬼)?를 뜻하는…… 말이었을 거야."

"소귀? ……뭐라고, 인마!"

미로에게 번역을 들은 비스코의 앳된 얼굴이 새빨갛게 불타올랐다.

"생명의 은인한테 소귀라고 부르는 게 어딨어?! 적어도 귀신이라고 해."

"싫어, 죽이지 마……! 마을로 돌아가고 싶어. 챠이카를 페크티카로 돌아가게 해줘!"

"괜찮아, 진정해…… 아무도 너를 다치게 하지 않아. 자, 물을 마셔."

미로가 패닉에 빠지려는 소녀를 들여다보면서 별처럼 빛나는 눈동자로 응시하자, 신기하게도 소녀는 거친 숨을 진정시키고는 내민 물병을 저도 모르게 받았다.

"여기는 정엽대(淨葉帶)라는, 연체속이 가진 특유의 기관이야. 마신 물을 깨끗하게 정화하기 위한 곳이지. 그 물은 영양분이 녹아있는 데다, 차가워서 맛있어."

소녀는 물을 마시고는 조금 불안한 듯 미로를 올려다봤지만, 방긋! 하고 웃는 판다 선생을 보자 경계심을 풀고 한 모금, 두 모금…… 이윽고 메말랐던 목을 축이듯이 꿀꺽꿀꺽! 하고 단숨에 마셔버렸다.

"와. 굉장히 잘 마시네! 비스코~! 새로 떠와!"

"시키지 마! 젠장~!"

불만을 늘어놓으면서도 의외로 얌전히 살의 폭포로 가서 물을 떠오는 비스코와 그걸 보고 웃는 미로를 교대로 바라본 소녀는 의아한 듯 입을 열었다.

"다, 당신들, 누구야…… 베니비시는, 아니네. 그렇다고 마을의 스포아코도 아니고……. 혹시 사우샤카인이야?"

"사, 사우샤카……?"

"홋카이도 밖에서 왔는지 묻는 거야!"

(에에엑…… 카라후토어 수업 같은 건 제대로 못 들었다고……!)

미로는 소녀의 입에서 차례차례 나오는 고대어를 어떻게든 필사적으로 따라가면서 고심하며 소녀를 안심시키기 위해 말을 골랐다.

"그, 그래! 우리는 사우샤카, 남방인이야. 나는 이미하마 출신의 전직 의사인 네코야나기 미로. 판다 선생이라 불리고 있지!"

"……네코야나기, 미로? 저 데비카는?"

"저 광포한 녀석은 아카보시 비스코. 꽃의 저주로 어린애가 되어버렸지만, 사실은."

"아카보시, 비스코라고……!"

소녀는 갑자기 안색을 바꾸더니 무시무시한 표정으로 미로에게 따졌다.

"거짓말하지 마!! 아카보시 비스코와 네코야나기 미로는, 사우샤카 중에서는 최강의 스포아코라고 들었어. 저런 조그만 어린애일 리가 없어. 당신, 역시 챠이카를 속였구나. 사실은 베니비시의 부하고, 챠이카를 데리고 돌아가려는 거지!!"

"으으. 저기, 아냐, 그런 게 아니고……!"

"진정했다가 화냈다가, 바쁜 녀석이구만~!"

추궁을 들어서 당황한 미로와 소녀 사이에서 축축한 고기 바닥을 뛰어온 비스코가 끼어들었다. 비스코가 「자!」 하고 물병을 내밀자, 소녀는 고개를 「홱!」 돌렸다. 비스코가 어깨를 으쓱하며 자기가 물을 마시려 하자, 소녀의 손이 살짝 뻗어서 비스코에게서 물병을 가로채고는 단숨에 꿀꺽꿀꺽 마셔버렸다.

"뭐야, 이 녀석!! 구해줘서 손해 봤어. 미로, 이런 녀석은 내버려 두고 빨리 가자!!"

"저기, 얘. ……으음, 뭐라고 불러야 좋을까?"

분노로 으르렁대는 비스코의 머리를 꽉 누른 미로가 웃으며 소녀에게 물었다. 소녀는 소녀대로 불만스러운 표정은 풀지 않았지만, 이 두 사람이 사악하지 않다는 건 전해졌는지 마지못해 자기 이름을 두 사람에게 밝혔다.

"……『영박(靈雹)의 손』 카비라칸의 아이, 챠이카…… 다들, 그냥 챠이카라고 불러."

챠이카는 그렇게 말하며 자신을 지키기 위해 몸을 웅크렸다.

비스코는 거기서 다시금 챠이카의 모습을 빤히 바라봤다. 나이로 따지면 너츠나 프람과 비슷한 정도일까? 날씬하고 단련한 혼슈인과는 모습이 다르고, 어린애면서도 글래머한 몸매를 가졌다. 세미롱 머리는 눈부신 금색이고, 하얀 피부와의 콘트라스트가 아름답다. 몸은 두꺼운 모피 코트와 부츠로 덮고 있었는데, 그것들은 꽤 화려한 장식이 들어가 있어서 비스코의 소감으로는 「설국 마을의 좋은 집 아이」 같은 외견이었다.

"……잠깐! 빤히 보지 마, 캬비! 베데레로!"

"캬비…… 베데레로……?"

"으~음. 변태, 비겁자, 라는데."

"뭣! 누가 너 같은 꼬마의 몸 따위를!"

"꼬마는 너잖아!! 바보, 에로 꼬맹이!!"

"와악—! 잠깐잠깐! 두 사람 다 너무 자주 싸우잖아!!"

미로는 두 사람 사이에 끼어들어서 다시 한번 챠이카의 얼굴을 들여다봤다.

"챠이카. 일단 아까 싸움에서 다친 곳이 없나 알고 싶어. 나는 의사니까, 검진해줄게. 어딘가 아픈 곳은 없어?"

"다친 곳……. 앗!"

챠이카는 미로의 말을 듣자 갑자기 떠오른 듯이 코트를 뒤집더니 자신의 어깨 피부를 보고는 「아…… 아아앗!」 하고 공포에 몸을 떨었다.

챠이카의 아름다운 하얀 어깨에는 약간이지만 덩굴이 뒤덮고 있었고, 그 위에는 붉게 피어난 겨울 동백꽃이 달려있었다.

"이건……!"

"꽃이야. 시시의 겨울 동백꽃이야!"

두 소년은 그 모습에 무심코 숨을 삼켰고, 챠이카 본인은 완전히 혼란에 빠져서 눈물에 젖은 채 흑흑 울었다.

"도망쳤을 때, 베니비시의 단검에 베였어. 꽃이 붙었으니까, 곧 베니비시의 슬레비가 되고 말 거야…… 싫어. 싫어어어. 챠이카, 그런 건 싫어."

"챠이카, 진정해! 분명 치료할 방법이……."

"부탁이야. 챠이카를 마을까지 데려다줘!!"

챠이카는 경계심조차 잊고는 옆에 있는 미로의 양팔을 꽉 끌어안았다. 그 몸은 꽃에 침식당한 공포와 불안감에 덜덜 떨리고 있었다.

"『영박의 손』인 아버님의 힘이라면 베니비시의 화력을 없앨 수 있어. 이렇게 됐으니 당신들이 사우샤카의 스포아코라도 상관없어. 빨리 마을로 데려다줘. 챠이카를 치료해줘."

"챠이카……."

떨리는 챠이카의 몸을 다정하게 안아준 미로를 본 비스코가 끼어들었다.

"여느 때의 남 돕기 버릇이 나왔구만~. 야, 샛길로 빠질 여유가 있냐? 우리는 당장 뇌로 가서 이 덩치를 막아야만 하잖아?"

"안 돼!! 홋카이도의 브레티카는 이제 틀렸어. 뇌간도 해마도 굉장한 숫자의 덩굴이나 꽃의 뿌리에 덮여서 지배당하고 말았어. 홋카이도를 막을 방법은 그 밖에도 있겠지만, 그건 아버님밖에 몰라…… 저기, 챠이카는 이렇게 멀리까지 온 적이 없어서 여기가 어딘지도 몰라. 챠이카를 페크티카까지 돌아가게 해줘! 아버님을 만나고 싶어!"

"페크티카……는, 확실히 췌장이었을 거야. 췌장에 너희 부족의 마을이 있어? 저기, 챠이카, 챠이카!"

완전히 겁을 먹어서 미로에게 달라붙어 울고만 있는 챠이카를 본 소년들은 곤란한 듯이 얼굴을 마주 봤다.

"방언투성이라 파악이 안 되잖아. 게다가 대해수 안에 사람 사는 마을이 있고, 부족이 살고 있다고?"

비스코가 인상을 찌푸리며 목을「뚜둑」꺾었다.

"좀처럼 믿기지 않는 이야기야. 그렇지만 이 녀석을 여기에 내버려 둘 수도 없으니까."

"그래도 비스코. 의외로 멀리 돌아가는 건 아닐지도 몰라."

미로는 챠이카의 등을 쓸어주면서 조금 고민하다가 말했다.

"챠이카의 말을 보면, 이 아이의 아버지는 화력을 없애는 힘이 있는 모양이야. 어쩌면 비스코의 몸도 원래대로 돌아가게 해줄지도 몰라."

"……흐~응? 어디까지 믿어야 할지……."

비스코는 턱을 긁적긁적 긁으면서도 미로의 주장에 딱히 반론할 걸 찾을 수 없었는지 눈동자를 마주 보고는 고개를 끄덕였다.

"네가 하려는 말은 알겠어. 이 녀석을 구하자. 하지만 말이지. 이 녀석의 마을, 췌장에 있다고 하지 않았냐? 네가 그린 이 그림에서는 여기서 꽤 멀리 있다고."

비스코가 팔랑팔랑 흔드는 미로의 해부도를 보자, 머리 근처에 존재하는 이 「정엽대」와는 달리, 「췌장」은 홋카이도의 복부에 위치한다. 거대 해수인 홋카이도의 크기를 고려하면, 그리 간단히 도착할 거리는 아니다.

"괜~찮아! 나는 의사라고. 여기가 인공적인 대미궁이라면 나도 항복이지만, 생물 안이라는 걸 알고 있으니까 얼마든지 방법이 있어."

"너, 대단한 자신감이잖아?!"

"학교 나왔으니까."

"캐액. 또 나왔구만요……."

미로의 간판 대사가 나오자 으에엑, 하고 기겁한 비스코를 무시한 미로는 챠이카를 일으켜 세워서 코트에 묻은 먼지를 털어줬다.

"걱정하지 마. 나랑 비스코가 반드시 너를 마을까지 보내줄 테니까."

"저, 정말로……?"

"그러니까 너도 우리를 믿어줘. 자, 가자…… 비스코, 등을 부탁해."

"알았어!"

"어, 어…… 꺄아!"

미로는 당황하는 챠이카를 등에 업고는 그대로 정엽대의 고기 폭포를 뛰어올라서 안쪽 장기를 향해 내달렸다.

처음에는 미로에게 달라붙어서 눈을 꼭 감고 있던 챠이카도 서서히 그 부유감에 익숙해졌는지 이윽고 뒤를 돌아보며 나지막하게 중얼거렸다.

"……우~야아! 굉장해, 날고 있는 것 같아……."

챠이카는 그대로 뒤를 바라보다가, 이윽고 뒤쫓아온 비스코와 눈이 마주쳤다. 비스코는 내장이 고동하는 빛에 맞춰서 송곳니를 번뜩이더니 챠이카를 향해 말을 던졌다.

"꼬마는 꼬마답게 눈이나 감고 있어! 또 겁먹고 울어버리면 손쓸 수가 없으니까."

"……읏. 당신도 어린애인 주제에!"

챠이카는 안정을 되찾은 마음을 단숨에 분노로 불태우면서 얼굴을 새빨갛게 물들이며 비스코를 노려보더니, 그대로 고개를 「홱!」 돌려버렸다.

4

"비스코, 따라오고 있어?!"

"당연하지! 쓸데없는 걱정은 하지 말고 달려!"

비스코가 주변을 돌아보면서 미로와 챠이카의 뒤를 쫓았다.

"그보다도 여기는 어디야? 달릴 때마다 바닥이 물컹해서 기분 나쁘잖아!"

"마침 지금 사맥(死脈)이라는 부분으로 들어왔어. 피가 통하지 않는 혈관을 말해. 연체진화속은 오래된 혈관을 체내에 새로 생성하는 희귀한 습성이 있거든."

"너 말이야. 일일이 그 의기양양한 표정 그만둬!"

"어째서야! 공부가 되잖아? 아무튼 이 사맥을 지나서 홋카이도의 심장까지 갈 거야!"

"시, 심장…… 하티카로 간다고……?"

바람처럼 내달리는 미로의 등에서 챠이카가 불안한 듯 중얼거렸다. 비스코는 달리면서 미로 옆에 나란히 서서 챠이카의 불안을 대변하듯이 물었다.

"근데 그 심장까지 가서 어쩔 셈인데"

"해부도를 보면 알겠지만, 대동맥이 딱 췌장 근처까지 뚫려

있을 거야. 혈관의 흐름을 타고 거기까지 이동하기로 하자."

"동맥…… 에, 에, 에에엑?!"

챠이카는 이번에야말로 불안감을 억누르지 못하고 미로의 등에서 큰소리를 질렀다. 저도 모르게 떨어질 뻔한 챠이카의 등을 비스코가 황급히 받쳐줬다.

"야, 인마! 손을 놓지 말라고 했잖아!"

"브, 브라디코의 흐름을 탄다니…… 다, 당신들. 정신 나갔지!! 아니면 사우샤카인은 다들 정신 나간 거야?!"

"챠이카. 겨울 동백꽃의 침식은 빨라. 꾸물댈 수가 없어. 그래도 괜찮아. 이렇게나 커다란 생물이라면 혈류의 스피드도 터무니없이 빠를 거야!"

"그러니까 불안한 거잖아아아아아—! 챠이카네가 브라디코의 혈류를 사용하는 건 커다란 물건을 옮길 때뿐. 인간이 들어가면 피에 빠져 죽어버려!"

"미로! 눈앞에 뭔가 보여!"

비스코의 목소리에 따라서 앞을 보자, 달리던 사맥의 막다른 곳, 동혈의 통로에 뚜껑을 닫은 듯이 두꺼운 살의 문 같은 것이 세 사람의 앞을 가로막고 있었다.

"도착했어! 이게 심장의 판막이구나."

"닫혔어. 이 녀석을 어쩌지?"

"어떻게든 열어젖히고 싶어. 비스코, 좋은 버섯 있어?"

"알았어. 폭파버섯으로 날려버리자."

"자, 자자잠깐, 잠깐 기다려어어!!"

이미 얼굴이 새빨개진 챠이카가 미로의 목을 흔들었다.
“하티카의, 판막을, 열어젖힌다고?! 그런 짓을 하면 피가 흘러넘치잖아!! 모두 한꺼번에 휩쓸릴 거야!!”
“그런 거야? 미로.”
“뭐, 흘러넘치긴 하겠지만. 죽을 정도는 아닐 거야.”
“그러냐.”
“그러냐, 가 아니잖아!! 당신들의 자신감, 어디에서 오는데?!”
““서로에게서.””
“하, 하몬나아!”
비스코는 물론이고 벌레도 죽이지 못할 얼굴로 어처구니없는 소리를 하는 미로에게 밀린 챠이카는 마침내 말문이 막히고 말았다. 그러는 사이에도 미로가 쏜 죽창버섯 화살이 퍼엉! 발아하면서 계속 천장에 꽂혀서 튼튼한 하나의 기둥이 되었다.
“챠이카, 이걸 잡아. 내가 뒤에서 흘러가지 않게 너를 받쳐줄게.”
“자, 잠깐. 거짓말거짓말, 농담이지……!!”
“비스코, 판막을 부탁해! 딱 알맞게 구멍을 뚫어!”
“응. 맡겨둬.”
“따, 딱 알맞게라니 뭔데에—?! 이제 싫어어—!”
비스코가 매끄럽게 뽑은 활을 강하게 당겨서 파슝! 하고 폭파버섯 화살을 날리자.
퍼엉!!

거대한 폭발이 대해수의 심장 판막에 구멍을 뚫었다. 공간 전체가 두두두두 흔들리더니 무언가가 쏟아지는 기척이 세 사람을 감쌌다.

"비스코, 꽉 잡아! 어린애니까 생각보다 버틸 수 없어!"

"그건 이미 학습했어! 두 번 똑같은 실패는 안 해!"

"꺄아—!!"

챠이카의 비명을 지워버리는 굉음과 함께 홋카이도의 혈액이 일제히 사맥으로 흘러들었다. 인간과 달리 우유 같은 백색의 피는 밀려오는 강처럼 죽창버섯을 붙잡은 세 사람의 몸을 집어삼켰다.

"와아. 역시 피가 하얘! 어떻게 하면 이런 색이 되는 걸까?"

"느긋한 소리 하지 말라고오! 어푸, 푸앗!"

"너무 당황하잖아, 바보! 익사할 양이 아니야!"

미로의 추측대로, 홋카이도의 혈액은 적은 양이 사맥으로 들어왔을 뿐이고(그래도 인간에게는 어중간한 양이 아니었지만), 대략 1분 정도가 지나자 세 사람의 몸은 탁류에서 해방됐다.

"헉, 헉. 주, 죽는 줄, 알았어…… 옷도 흠뻑……!"

"『딱 알맞게』라고 했잖아. 우리를 믿으라고. 의심해봤자 위에 구멍이 뚫릴 뿐이야."

챠이카는 당연한 결과라는 비스코의 얼굴을 보자 기가 죽으면서도 뺨을 부풀렸다.

"이, 이런 건 우연일지도 모르잖아! 챠이카의 몸은 아직 어린애라고! 이런 무모한 짓을 시켰다는 걸 아버님이 아시면……!"
"몸이 꼬마인 건 피차일반 아니었냐."
챠이카는 눈앞의 붉은 머리 남자아이가 놀려서 말문이 콱 막히자, 얼굴을 새빨갛게 물들이며 고개를 홱 돌려버렸다.
"비스코, 챠이카! 이쪽으로 와. 상상한 대로 굉장한 경치야!"
미로가 부르는 소리에 따라 찢어진 판막을 통해 심장 내부를 들여다본 세 사람은 그 안에서 찰랑찰랑 소용돌이치는 하얀 바다에 시선을 빼앗겼다.
"굉장하네. 우유의 바다 같아!"
"역시 대해수의 심장 정도 되면 스케일이 다르구만."
비스코와 미로는 그 장엄한 광경에 저도 모르게 넋을 잃고 한동안 그 광경을 지켜봤다. 그러나 하얀색 빛에 비친 두 사람의 표정과는 달리, 챠이카의 표정은 어두웠다.
"미로, 비스코…… 유감이지만, 당신들의 생각처럼 되지는 않겠어."
"응? 챠이카, 무슨 소리야?"
"하티카의 움직임이, 매우 약해졌는걸."
챠이카는 하얀 혈액의 흐름을 눈으로 지켜보며 걱정스럽게 중얼거렸다.
"옛날에 아버님이 보여주셨던 하티카는 좀 더 힘차게 움직였어. 분명 베니비시의 꽃에 대지의 힘을 흡수당해서 움직임이 둔해진 거야."
"하티카??"

"심장을 말하는 거야."

"심장이 약해졌어? ……에엑. 이런데도?!"

"불쌍하게도, 맥박의 고동도 약해. 이 흐름으로는 피의 기세가 부족해서 브라디코에 짐을 올려놔도 잠겨버릴 거야……."

챠이카의 쓸쓸한 목소리를 들은 두 소년은 얼굴을 마주하며 고민했다.

"야, 판다 선생! 이럴 때는 어쩔 거야!"

"심장의 움직임이 둔할 때 어떻게 하느냐. 으~음……?!"

미로는 심장 내부를 돌아보고는 고민하면서 말을 꺼냈다.

"이 자리에서 제일 먼저 생각나는 건, 심장 마사지일까…… 아무튼 심장에 강한 쇼크를 줘서 소생시키면 되는 거야. 근데 이렇게 커다란 심장을 어떻게……."

"그거라면 우리의 특기 분야잖냐. 야, 이리 와. 당장 하자!"

"앗, 잠깐, 와아앗, 비스코?!"

미로의 말을 마지막까지 듣지 않은 채, 비스코는 미로를 잡아당기고는 둘이서 하얀 바다로 뛰어들었다.

「에엑. 다, 당신들. 뭘 할 셈이야?!」라고 외치는 챠이카의 목소리를 배경 삼아서, 비스코는 파트너의 어깨에 올라타더니 물줄기 속에서 미로에게 외쳤다.

"미로, 진언궁이다! 할 수 있냐?!"

"할 수야 있지만! 어쩔 셈이야? 비스코?!"

"활로 하는 거야 하나뿐이지. 심장에 녹식을 발아시켜서 그 쇼크로 심장을 움직이겠어."

"에에엑."

미로는 흐르는 하얀 바다를 헤엄치면서 머리 위에 있는 비스코에게 말했다.

"그건 아무리 그래도 너무 거친 치료 아닐까?! 비스코의 녹식이 가진 위력은 장난이 아니야. 마사지는 고사하고, 심장이 찢어……."

미로는 거기까지 말하다가 비스코의 생각을 깨닫고 크게 고개를 끄덕였다.

"그렇구나. 어린애 몸이라면. 지금의 비스코가 쏘는 녹식이라면 저 두꺼운 심장벽을 찢을 수 없어. 반대로, 딱 좋은 쇼크가 될 거야!"

"알았으면 하는 거야, 미로! 꾸물대다간 심장이 멈춰버린다고!"

"……좋아. 알았어. won(온)/shad(샤드)/viviki(비비키)/snew(스네우)!"

미로의 진언이 끝난 순간, 반짝이는 입자가 한쪽 손에서 치솟으며 자세를 잡은 비스코의 손으로 모이더니 에메랄드로 빛나는 소형 활을 만들어냈다.

"……앗?! 뭐, 뭐야……?! 무(無)에서, 활을 만들었어……?!"

판막 쪽에서 놀라는 챠이카의 시선 너머에서, 비스코는 심호흡을 하고는 몸 안쪽에서 녹식 포자를 불러냈다. 포자가 모여서 현현한 태양의 화살이 진언궁에 메겨지자, 녹색과 오렌지색 콘트라스트가 심장 안에서 반짝였다.

(굉장히, 아름다워…….)

그러나, 그 아름다움에 넋을 잃은 이후…….

챠이카는 소년들의 터무니없는 발상을 겨우 알아채고는 정신을 차리고 외쳤다.

"자, 잠깐 기다려. 하티카에 화살을 쏘겠다는 거야?! 다, 당신들. 정말로 정신 나갔지! 대체 무슨 생각으로!"

"할 수 있어, 비스코!"

"잠깐, 기다……!"

"좋~았어! 움직여라, 인마—!"

퓨웅, 빠꿈!

비스코의 어린애 몸이 하얀 바다 밑을 향해 오렌지색으로 빛나는 신속의 화살을 날렸고, 홋카이도의 심장 바닥에 커다란 녹식을 피웠다.

빠꿈, 빠꿈, 빠꿈!

챠이카의 하얀 피부가 그 발아의 기세, 터지는 태양의 포자에 비치며 반짝반짝 빛났다.

(……이럴 수가! 이건 『천양(天陽)』의 포자?! 하지만 설마, 이런 아이가…….)

챠이카가 주변에 퍼지는 태양색 포자에 놀라는 사이, 비스코는 하얀 바다를 비추면서 성대하게 피어난 녹식 무리를 보면서 약간 얼굴이 파래졌다.

"기합이 들어가 버렸어. 너무 지나쳤나?!"

"그렇지 않아, 비스코! 고동이 돌아왔어!"

미로의 말대로, 이윽고 심장 전체에서 두근두근하는 고동이 돌아왔다. 고동은 점점 빨라지더니 하얀 혈액을 대동맥으로 밀어냈다.

“심장이 완전히 되살아났어! 바로 커다란 흐름이 올 거야!”

“좋아! 챠이카—! 뭐 하고 있어. 얼른 와!”

챠이카는 녹식 포자에 비쳐 반짝반짝 빛나는 비스코의 위용에 한동안 넋을 잃었다가 이윽고 헉, 하고 정신을 차리더니 찢어질 만큼 붕붕 고개를 내저었다.

“싫어…… 역시 싫어!! 사우샤카가 생각하는 건 엉망진창이야! 하티카가 살아나서 어쨌다는 거야. 이 흐름을 타고서 익사하지 않을 리가 없어!”

“괜찮아. 우리가 너를 확실하게 지켜줄게! 빨리 와, 이제 흘러가겠어!”

“싫어, 싫어어. 누가 살려줘. 챠이카를, 아버님이 계신 곳으로 돌아가게 해줘어…….”

공포와 혼란으로 퇴행을 일으키며 주저앉아 울음을 터뜨린 챠이카를 건너뛰도록 발사된 화살이 재주 좋게 호를 그리며 날아갔고…….

퐁!

“갸와아아앗?!”

절묘하게 조절된 만가닥버섯의 발화로 챠이카의 몸이 판막에서 심장 안으로 날아왔다. 챠이카의 몸은 공중에서 파닥파닥 날뛰면서 하얀 바다로 날아와 화살을 날린 장본인인 비스코에게 안겼다.

“정말이지 성가신 꼬마라니까. 우리를 믿어. 이 정도는 언제나 한다고!"
"어린애 주제에 홋카이도의 뭘 안다는 거야! 이비! 살인자!!"
"심술쟁이, 살인자."
"후반은 알아!! 일일이 번역하지 마!!"
"흐름이 빨라졌어! 비스코, 챠이카. 준비는 됐어?"
"싫어, 무서워!! 꽉 안아줘…… 챠이카를 놓지 마!!"
챠이카는 하얀 흐름 속에서 조금 전까지 토닥토닥 두드리던 비스코의 몸에 양팔을 돌려서 꽉 끌어안았다. 비스코가 「끄엑!」 하고 고통스러운 목소리를 내는 걸 본 미로는 살짝 웃으면서 두 사람의 몸을 감싸듯이 다정하게 끌어안았다.
두근!
직후, 한층 커다란 맥동이 하얀 혈액의 파도를 거대한 동굴로 밀어 넣었고, 세 사람은 그대로 휩쓸려서 뒹굴며 홋카이도의 대동맥 안으로 미끄러졌다.

5

"푸하앗! 생각대로야. 홋카이도의 하얀 피는 제대로 인간이 뜰 수 있는 농도로 만들어졌어. 흐름은 엄청 빨랐지만, 날뛰지만 않으면 빠지지 않아!"
"어푸푸푸푸푸! 어푸! 어푸푸푸푸~!!"
"대놓고 날뛰는 녀석이 있는데?! 이런 녀석에게 안겨있다가는 나까지 빠지겠어!"

세 사람은 홋카이도의 심장에서 대동맥 혈류를 헤엄쳐 광대한 체내를 돌파했다. 미로의 생각대로 동맥은 상당한 지름길로 작동했지만, 아무래도 가녀린 소녀에게는 조금 험난한 경로였다는 건 틀림없어 보였다.

"이런 상태라면 챠이카의 체력이 떨어지겠어. 물에 빠져버리면 꿈자리가 사나워."

"어쩔까? 맞다. 슈노르헬이라도 만들까! ……슈노르헬의 진언은 어떻게 하는 걸까? 온, 샤다, 켈…… 으~음?"

미로가 느긋하게 고민하는 사이, 비스코는 멀리 있는 동맥 안쪽으로 시선을 돌렸고…… 이윽고 『두두두두두』 하고 굉음을 내지르며 다가오는 위협을 빨리 눈치챘다.

"……미로!! 큰일이야. 저쪽을 봐!"

"에엑?! 뭔데, 뭔데?!"

"피가 간헐천처럼 분출되고 있어. 저건 무슨 일이야?!"

미로가 비스코의 손이 가리킨 방향으로 시선을 돌리자, 그것은 지금까지 격류처럼 흐르던 피의 강이 동맥의 구멍을 넘어서 하늘 높이 분출되는 것처럼 보였다.

"저건……?! 큰일이야. 동맥이 도중에 찢어진 것 같아!"

"동맥이, 찢어졌다고오?!"

"피가 지상까지 뿜어지고 있어! 이대로 가면 우리도 배출될 거야!"

"그러냐. 그럼 어떡하지! 판다 나름대로 비책이 있을 거 아냐!"

비스코는 숨을 헐떡이는 챠이카를 안으면서 파트너를 올려다봤다. 미로는 잠시 뜸을 들이다가, 믿음직하게 끄덕이고는…….

"……뭐. 분출되더라도 죽지는 않으니까! 나중에 생각하자, 비스코!"

"임시변통 판다아아—!!"

"남 듣기 안 좋은 소리를. 네 영향이거든."

미로와 비스코는 엄청난 속도로 뿜어져 나오는 피의 간헐천을 눈앞에 두자, 둘이서 함께 챠이카를 꽉 안고는 그 치솟는 피의 흐름 속으로 뛰어들었다.

""우와아아아아아악—?!""

"푸하아앗?! 뭐, 뭐야, 뭐야?!"

세 사람은 예상을 뛰어넘은 피의 기세를 타고 아득한 상공까지 날아올랐고, 홋카이도의 지상, 그 광대한 등을 맞닥뜨렸다.

그러나, 그 경치가…… 소년들의 등골에 약간의 오한을 만들었다.

아득한 상공에서 내려다보이는 홋카이도의 등 경치는, 비스코와 미로가 상상했던 설국의 자연이 넘치는 광경과는 완전히 다른 모습이 되어버렸다.

"뭐,…… 뭐야, 이 꼴은?!"

"비스코. 홋카이도는, 이미 정복당했어……!"

미로와 비스코가 둘이 합쳐서 침을 삼켰다.

"여기는 이미, 시시의 뜰이야. 그냥 일대가 전부."

""꽃밭이야!""

광대한 눈의 대지를 뒤덮으면서 일대에 피어난 화원을 본 소년들은 전율을 감추면서, 그대로 설원을 향해 점점 낙하했다.

＊＊＊

홋카이도의 지상, 깊은 눈에 뒤덮인 극한의 땅.

그 본래의 모습을 말하자면…….

이른바 대해수의 등에 해당하는 그 광대한 대지는 계절과 상관없이 끊임없는 눈에 뒤덮여 있다. 맑은 날인데도 천천히 쌓이는 눈의 알갱이는 조금의 탁함도 없고, 하나하나가 보석처럼 아름답다.

더욱이 정기적으로 맥박치는 홋카이도의 고동이 쌓인 눈을 흔들기 때문에, 끊임없이 유동적인 눈의 이동이 일어나며 마치 유사(流沙)처럼 대지 여기저기를 흐른다. 빙글빙글 흐르는 눈의 강이 햇살에 반짝이는 모습은 형용할 게 없을 만큼 아름답고, 이 경치도 전인미답의 땅·홋카이도의 땅이 보여주는 기적 중 하나라고 말해도 지장이 없으리라.

그러나…….

그 경이로운 자연의 아름다움을 자랑하던 홋카이도의 등도, 지금은 침략자·베니비시의 손에 의해 경치가 크게 비틀리고 말았다.

"화원은 순조롭나."

"네…… 이거, 사타하바키 님!"

거대한 베니비시 한 명이 내려다보자, 베니비시 전사 한 명이 고개를 숙였다.

"기뻐해 주십시오. 홋카이도의 동맥 하나를 파냈습니다. 이 하얀 피는, 꽃에는 무엇보다 큰 영양분. 분명 곧바로 이곳도 만족하실 수 있는 화원으로 자랄 겁니다."

"으으음."

희색으로 가득한 전사의 말을 듣자, 사타하바키는 짧게 끄덕였다.

그 눈앞에는 설원 일대에 빼곡하게 번진 덩굴과 겨울 동백꽃 화원이 펼쳐져 있었다. 겨울 동백꽃의 뿌리는 적설을 뚫고 홋카이도의 등에 파고들어 양분을 빨아들이고 있다.

더욱이 베니비시 전사들의 말대로, 화원 중앙에서 홋카이도의 하얀 피가 분수처럼 치솟아서 마치 스프링클러처럼 화원에 피를 뿌리고 있었다.

"좋은 성과이지만, 방심하지 마라. 우리의 패도 성취를 위해서는 아직 화원이 부족하다."

사타하바키는 그렇게 말하면서 시찰을 마치고 발길을 돌렸다.

"더욱 꽃을 기르고, 홋카이도에서 화력을 빨아들여라. 명심하고 힘쓰도록."

"예!"

베니비시 전사는 사타하바키를 배웅하고는 분출되는 피의 분수를 돌아봤다.

"이런 규모의 맥동이라면 상처를 더 벌려도 되겠어. 그러면 더 넓은 범위에 피의 영양분이 공급되어……."

베니비시가 거기까지 중얼거린 다음 순간이었다.

""우와악—?!""

"꺄아아—!!"

푸른 하늘에 울려 퍼지는 비명과 함께 소년, 아이, 소녀. 세 개의 그림자가 머나먼 상공에서 떨어졌다. 그중 한 명, 붉은 머리 아이는 외투를 펼쳐서 재주 좋게 소녀의 몸을 끌어들여서 감싸주며 설상의 화원을 뒹굴었다.

그 일련의 모습을 본 베니비시 전사는 입을 쩌억 벌렸다가 「헉!」 하고 정신을 차렸다.

"누…… 누구…… 동포가 아니구나! 다들 나와라! 인간이……!"

푸슝!

베니비시 전사가 외치기 전에 소년이 재빨리 던진 앰플 하나가 그 목덜미에 꽂혔고, 그는 비명도 지르지 못하고 그 자리에서 혼절했다. 그 모습을 본 소년은 하늘색 머리를 쓸어올리며 후우, 하고 한숨을 내쉬었다.

"죽였어? 수라로구만. 식인 판다는 폼이 아니었어."

"농담하지 마! 재웠을 뿐이야. ……대지의 동맥을 찢은 것도 베니비시의 짓인 모양이네."

"진짜로 어딜 봐도 꽃투성이잖아. 베니비시 녀석들이 재배한 건가?"

소년들이 터무니없는 규모, 일대에 퍼진 화원을 돌아보는 반면…….

"아아. 아아, 이럴 수가……."

챠이카는 이 광경에 매우 쇼크를 받았는지 몇 발짝 걷다가 무릎을 꿇고 기도하듯이 눈물을 흘리기 시작했다.

"야. 야, 챠이카! 왜 그래? 어디 아파?!"

"당연히 아프지. 챠이카가 아니라, 홋카이도가……! 하얗고 아름답던 등이, 생명을 빨아들이는 꽃으로 가득 차고 말았어……."

챠이카가 펑펑 눈물을 쏟는 모습을 본 비스코는 의아한 듯이 미로를 올려다봤다. 한편 미로도 고개를 끄덕이고는 턱을 누르며 화원을 노려보면서 고민에 잠겼다.

"홋카이도를 생물병기로 쓴다면, 꽃을 피워봤자 힘이 줄어들 뿐일 텐데. 이런 규모의 화원을 어째서…… 아니, 잠깐만……!"

해답이 번뜩인 미로는 저도 모르게 중얼거리는 소리를 키웠다.

"그렇구나! 홋카이도로 규슈를 습격한 건 작전의 포석에 지나지 않았어…… 시시의 진짜 목적은, 이 홋카이도 자체를 꽃의 양분으로 빨아들이는 거야!"

"대해수의 힘을, 빨아들여? 베니비시가 말이야?"

"……맞아. 녀석들 베니비시는 홋카이도의 생명을 빨아들이고, 대신해서 자신들의 화력을 강화할 생각이야. 홋카이도는 얌전한 아이…… 스스로 사우샤카의 흙을 먹거나 하지 않아. 지금은 그저 본의 아니게 조종당해서, 괴로워하며 버둥거리고 있을 뿐이야!"

챠이카의 목소리가 점점 커졌고, 커다란 눈물을 펑펑 쏟으며 눈밭을 적셨다.

두 소년이 얼굴을 마주 보고는 어떻게든 챠이카를 위로하려 한, 그 직전에.

"있다! 인간이다!"

"저건 아카보시, 네코야나기가 틀림없다. 여기서 죽여라! 저 목, 우리 시시 왕께 헌상해라!"

화원 저편에서 대거 몰려온 베니비시 무리를 본 두 사람은 깜짝 놀랐다.

"캑, 큰일이다. 들켰어!"

"싫어어, 베니비시 녀석들! 살려줘, 저 녀석들한테서 챠이카를 지켜줘!"

"챠이카, 내 등에 업혀. 도망치자!"

미로가 즉시 챠이카를 업고 비스코와 함께 화원을 내달렸다. 버섯지기의 강한 다리는 눈 위에서도 재주 좋게 달려서 스피드가 줄어들지 않았지만, 추격자는 화원 여기저기에서 튀어나와 이미 포위망이 되어 세 사람을 감싸고 있었다.

"녀석들, 화력이 늘어나서 엄청 빨라졌어! 이래서는 포위당해!"

"그럼 돌파구를 열 뿐이야. 귀 막고 있어, 챠이카!"

"기다려…… 기다려, 두 사람! 챠이카네는 운이 좋아!"

이마에 땀을 흘리는 소년들과는 달리, 챠이카는 초조함 속에서도 미소를 보였다.

"발밑을 봐! 지금 챠이카네는 마침 노디코 위에 있어. 이 안으로 들어가면, 베니비시들도 들어오지 못해!"

"……노디코?"

"호흡구를 말하는 거구나."

"당신은 정말 머리가 나쁘네! 일일이 말하지 않으면 몰라?!"

"이런 미개지의 말을 알겠냐. 시골뜨기 계집애야!"

비스코의 짜증은 내버려 두더라도, 확실히 챠이카의 말처럼 마침 소년들이 있는 부분 일대는 기묘한 원형 돌기에 둘러싸여 있었다. 미로도 챠이카의 말에 수긍하며 덮쳐오는 베니비시를 경계하면서 비스코에게 말했다.

"좋아. 챠이카를 믿자. 그럼 챠이카, 노디코를 열려면 어떻게 해야 해?"

"으에?"

챠이카는 거기서 허를 찔렸는지 곤란한 표정을 지었다.

"……그런 건 몰라. 아무튼 숨을 쉴 때 열려."

"너 말이야—!! 이 자식, 여는 법도 모르면서 잘난 척하고 있었냐!"

"그런 건 당신들이 할 일이잖아—!! 당신들도 버섯을 사용하는 스포아코 일족이잖아. 사우샤카류의 버섯 기술로 확실하게 해보라고!"

"이 녀석, 나불나불 멋대로……!"

"……맞아. 비스코, 간지럼버섯이야!"

미로가 바로 번뜩였는지, 화살통에서 주홍색 깃털 화살을 뽑았다.

"조금 억지지만, 홋카이도에게 「재채기」를 하라고 하자. 그 틈에 안으로 들어가는 거야!"

"진짜냐! 캑—. 오싹한 작전이구만……."

비스코는 그렇게 말하면서도 다가오는 베니비시의 포위망을 보고 각오를 다졌는지, 파트너와 눈과 눈으로 타이밍을 맞추고는 간지럼버섯 화살을 호흡구 주변에 쐈다.

작은 노란색 버섯이 퐁, 퐁! 피어났고, 그곳에서 흩날리는 포자가 점점 호흡구에 빨려 들어갔다.

"와아, 예쁜 포자……."

"바보, 다가가지 마! 모기보다 천 배는 가렵다고!"

챠이카를 지키며 지켜보는 소년들 앞에서 이윽고 호흡구는 『보 보 보 보』라는 소리를 내며 열렸고, 눈을 폭포수처럼 삼키면서 홋카이도의 등에 커다란 구멍을 드러냈다.

"좋아, 열렸다! 공적이야, 챠이카. 가자!"

"어, 어. 이 안에 들어간다고? 정말로? 잠깐, 싫어! 어디에 떨어질지도 모르는데! 그만둬. 이, 이거 놔!"

"너 바보냐아아—! 네 녀석이 꺼낸 말이잖아—!"

"하나~둘~로 가자. 하나~, 둘!"

"싫어어어어어—!!"

미로의 신호는 호흡구가 재채기를 위해 숨을 들이쉬는 타이밍과 정확히 맞아떨어졌고, 세 사람은 그대로 호흡구 안쪽, 긴 터널로 들어가서 홋카이도의 몸 안쪽으로, 안쪽으로 굴러 떨어졌다.

"앗?! 녀석들, 어디로 사라졌지?!"

"거대한 구멍이 있다! 여기로 들어간 모양이야!"

"가라, 겁먹지 마라. 쫓아라 쫓아!!"

한편, 일동의 뒤를 쫓아온 대량의 베니비시 전사들은…….

『에 취 이 이 .』

호흡구에 떨어지려 할 때, 홋카이도의 성대한 재채기에 맞아서 한 자릿수는 가볍게 넘는 인원이 머나먼 설원 저편으로 날아가 버렸다. 그 후 호흡구는 굳게 닫혔고, 아무래도 소년들은 무사히 베니비시 추격자를 뿌리칠 수 있게 된 모양이었다.

6

"콜록, 콜록!"

챠이카가 기침할 때마다 삼켰던 홋카이도의 하얀 혈액이 입에서 쏟아졌다. 내장이 발하는 빛에 비치는 하얀 피는 지면에 떨어지자 표피에 흡수되어 사라졌다.

호흡구의 기나긴 터널을 데굴데굴 굴러서 빠져나온 세 사람은 이윽고 터무니없이 광대한 살의 광장에 내동댕이쳐졌고, 한동안 챠이카의 반고리관이 원래대로 돌아가는 걸 기다렸다.

"누, 눈이 핑핑 돌아…… 피바다를 헤엄치고, 베니비시에게 쫓기고! 오늘 하루 만에 10년 치의 터무니없는 경험을 했어……."

"그래도 살았잖냐. 몸에 상처도 없어. 감사를 아직 듣지 못했는데?"

"말할 리가 없잖아!! 챠이카를 이렇게 엉망진창으로 만들다니……! 너희는 아버님에게 일러서 너덜너덜하게 두들겨 패줄 거야!!"

"너 말이야—!! 우리는 너를 위해 일부러!"

"비스코, 챠이카! 좋은 뉴스야. 빠르게 쇼트커트한 것 같아!"

당장 싸움을 시작하려는 두 사람 사이에 끼어들듯이 미로의 목소리가 날아왔다. 미로는 눈앞의 해부도(하얀 피로 질척질척했지만)를 두 사람에게 보여주면서 현재 지점으로 보이는 위치를 가리켰다.

"지금 우리는 이 한가운데쯤…… 홋카이도의 대복강(大腹腔)에 있을 거야."

"그래서? 이 녀석의 마을까지 이제 가까운 거냐?"

"꽤 거리를 줄였지만, 췌장까지는 좀 더 걸릴 것 같아. 대복강은 넓어…… 뭔가 쇼트커트할 수단이 있으면 좋을 텐데."

"……지름길이라면, 있어."

""……에엑?!""

챠이카가 뺨을 확 부풀리면서 갑자기 그런 말을 꺼내자, 소년들은 저도 모르게 목소리를 높이며 그 표정을 들여다봤다. 챠이카는 두 사람의 노골적인 리액션에 조금 놀라서 조심조심 말을 이었다.

"……챠이카도, 알고 있는 건 있어. 스토마글…… 대복강?은 마을 사람들이 자주 쓰는 경로니까. 몇 번 온 적도 있어서 기억이 나."

"그래서, 이 넓은 고기 평야의 어디에 지름길이 있다는 거야?"

"으!"

샤이카는 묘하게 화난 듯이 천장을 가리켰다. 소년들은 그에 이끌려서 대복강 천장을 올려다봤고…… 저도 모르게 「오오!」 하고 감탄의 목소리를 냈다.

지평선이 보일 듯한 커다란 동굴 천장에는 거대한 흰 기둥 같은 뼈가 늘어서 있고, 살과 뼈가 진홍의 콘트라스트를 형성하고 있었다.

"저게 홋카이도의 스파이히. 등골이야."

샤이카가 놀라는 두 사람을 보더니 갑자기 자신감을 되찾고 흐흥, 하고 코웃음을 날리며 말했다.

"마을 사람 모두는 저 스파이히를 타고 여러 내장의 상태를 보러 가. 홋카이도 안에서는 상식이거든."

"등골을 타고 간다고? 거꾸로? 어떻게?"

"어린애는 관찰력이 없어서 곤란하네. 좀 더 잘 봐! 스파이히에 레일이 똑바로 깔린 게 보일 거야."

샤이카의 말대로, 그 거대한 하얀 기둥 — 등골이라고 한다 — 에는 철의 레일이 거꾸로 깔려있었다. 그리고 마침 소년들의 머리 위에는 그 레일에 걸려있는 상자형 차량 같은 게 매달려 있다.

차량 좌우에는 꾸물꾸물 움직이는 하얀 곤충의 다리 같은 게 나 있어서 저게 일종의 개조생물이라는 걸 나타내고 있었다.

"마침 야생 차량이 멈춰 있네. 저게 스파나고이캬파레야. 사우샤카의 말로 하면, 그래…… 등골벌레, 라고 불러야 할까?"

"드, 등골벌레?!"

"그래. 홋카이도의 기생충을 탈것용으로 개조했어. 마을의 스포아코는 저걸 타고 이 광대한 홋카이도를 자유자재로 돌아다니지."
"오, 오호라……!"
비스코와 미로는 다시금 이 홋카이도가 가진 대지와 생물의 중간 같은 구조, 그리고 그 이상으로 여기에 사는 주민들의 환경 적응력에 감탄을 금치 못했다.
"그러니까, 저걸 타자. 자, 데려다줘."
"저걸 타라니, 저런 높은 곳까지 어떻게 가는데?!"
"……그, 그러네. 여기는 정류장이 아니니까 언덕을 올라서 정류장까지 가야……."
"그런 감질나는 짓을 할 수 있겠냐!"
비스코는 그렇게 말하고는 자기 활에 와이어 화살을 메기고는 천장을 향해 쐈다. 와이어 화살은 멋지게 차량 근처 천장에 꽂혔고, 와이어를 되감자 비스코의 가벼운 몸이 위로 올라갔다.
"미로! 그 녀석 업고 빨리 와!"
"아, 그렇게…… 과연……."
"자, 잠깐! 또 무서운 일을 하려고?! 요, 용서하지 않을 거야. 챠이카는 마을 제일 워리아트의 딸이란 말이야!"
"챠이카, 꽉 잡고 눈을 감아. 바로 끝날 테니까."
"싫어—!!"
푸슉! 미로의 와이어 화살이 멋지게 천장에 박혔고, 업은 챠이카와 함께 몸이 위로 올라갔다. 천장까지 도달한 미로는 튀어나온 벌레 다리를 능숙하게 지나서 그대로 등에 접속된 차량 안으로 들어갔다.

"자! 탔어. 수고했어, 챠이카!"

"하, 하티카가 몇 개 있어도 부족하겠어."

"구조가 이런 것치고는 조작계가 복잡하잖아. 이 녀석은 어떻게 움직이는 거야?"

"정말! 빌려줘!"

챠이카가 비스코를 밀어내고 조종 패널을 탁탁 켜자, 등골 벌레는『모오오오오오』하고 기적(汽笛)을 대신하는 울음소리를 내며 천천히 움직였다. 세 사람을 태운 철의 상자는 천장 레일을 타고 점점 속도를 올렸다.

"……하아. 이제 돌아갈 수 있어…… 페크티카까지는 외길이야."

"쉐장까지 직통이래, 비스코! 다행이네, 챠이카. 이제 우리도 안심이야!"

"……. 미, 미로. 저기……."

기억에 남은 귀로에 도착해서 갑자기 긴장감이 풀렸는지, 챠이카는 급격하게 얌전해지더니 거북한 듯 미로를 살짝 올려다봤다.

"고, 고마워…… 당신이 없었다면 챠이카는 거기서 죽었을 거야…… 마을에 도착해서 챠이카를 구했다고 밝히면, 뭐든지 원하는 걸 받을 수 있을 거야."

"……저기, 챠이카. 의아한 건, 어째서 챠이카가 뇌에서 도망쳤는지야. 어째서 챠이카 같은 아이가 그런 위험한 곳에?"

"……브레티카에…… 홋카이도의 뇌에 말을 걸러 갔어. 홋카이도와 대화할 수 있는 건 챠이카뿐이니까."

"뇌에, 말을 건다고?!"

챠이카는 외부인에게 말해도 되는지 망설이고 있었지만, 미로의 별 같은 눈동자가 응시하자 끝내 견디지 못했는지 자연스레 입을 열었다.

"챠이카는…… 홋카이도의, 무녀야. 생물병기인 홋카이도와 유일하게 의사소통할 수 있는 인간…… 마을에서는 그렇게 자랐어. 그래서 이번에, 유인 꽃가루에 조종당해서 갑자기 움직인 홋카이도를 멈추려고 수많은 호위를 데리고 브레티카로 향했어."

"……."

"그래도, 무리였어…… 홋카이도의 브레티카는 이미 베니비시가 깔아둔 덩굴과 꽃의 뿌리에 지배당하고 있어서, 챠이카의 말이 닿지 않았어. 매복하고 있던 베니비시들의 함정에 걸려서 호위들은, 모두……."

"챠이카…… 챠이카! 미안, 이제 괜찮아. 괴로웠겠네……."

떨면서 이야기하던 챠이카의 말을 미로가 가로막자, 그녀는 떨리는 몸으로 미로를 꽉 끌어안았다.

(이 홋카이도와 대화하고, 줄곧 다스려온 일족이 있다는 건가……?)

"야, 미로. 뭔가 낌새가 이상한데."

(그나저나, 믿을 수가 없어. 이런 거대 해수와 공존하는 민

족이라니…….)

“야, 인마—! 미로, 멍하니 있지 마! 뒤야 뒤!”

“으에엑?!”

비스코가 외치자, 미로는 챠이카를 놓고 뒤를 돌아봤다. 두 사람의 시선이 포착한 것은, 레일 위를 무시무시한 속도로 추적하고 있는 등골벌레 한 마리였다. 그 스피드는 장난이 아니라서, 레일 위에 어마어마한 불똥이 튀겼다.

“차간 거리가 너무 가깝잖아. 매너가 나쁜 벌레구만!”

“잠깐만, 비스코! 저걸 봐!”

미로가 가리킨 곳을 보자, 쫓아오는 열차의 선두 차량에 핀 거대한 겨울 동백꽃이 눈에 들어왔다. 덩굴에 뒤덮인 차량은 여기저기에 동백꽃이 붙어서 꽃가루를 반짝반짝 날리고 있었다.

“그, 그럴 수가…… 저 캬파레에는, 아무도 타고 있지 않아.”

두 사람 사이에서 들여다보던 챠이카가 경악하며 말했다.

“베니비시의 화력이야! 홋카이도와 마찬가지로 저 벌레도 꽃에 조종당하고 있는 거야!”

“기생충까지 길들였다는 거냐?! 대체 시시의 힘은 어디까지인 거야!”

콰직!!

뒤에서 힘껏 부딪치자, 세 사람이 탄 차량이 크게 흔들리면서 등골벌레의 『모오오오』 하는 비명이 터져 나왔다. 미로가 즉시 후방에 있는 등골벌레의 머리로 화살을 날렸지만, 빠끔! 하고 피어난 잎새버섯의 독은 순식간에 덩굴에 뒤덮여서 양분으로 흡수되고 말았다.

"틀렸어. 역시 꽃 상대로는 버섯이 통하지 않아!"

"야, 챠이카!! 어떻게든 막을 방법은 없는 거냐?!"

"캬파레 안에 들어가서 긴급 정지 레버를 당기면 벌레도 멈춰! 그래도, 저런 스피드에 저런 좁은 창문으로 들어가는 건 불가능해!"

챠이카의 시선을 쫓아가자, 확실히 등골벌레에 달린 차량의 창문은 매우 좁고, 튼튼해 보이는 덩굴에 뒤덮여 있기도 했다.

"과연. 어린애 한 명이 아슬아슬하겠네……!"

"자, 잠깐만. 비스코! 설마 당신, 저런 곳에 뛰어들겠다는 거야?!"

"다른 방법이 없으니까! 미로! 진언으로 창문의 덩굴을 잘라줘!"

"알았어, 비스코!"

"거, 거짓말이지? 기다려, 당신들, 어째서 그렇게나—!!"

비스코가 파트너의 와이어 화살을 생명줄 대신으로 삼아 배에 묶는 사이, 미로는 자신의 오른손에 의식을 집중해서 진언을 읊었다.

"won(온)/ul(울)/viviki(비비키)/snew(스네우)!"

에메랄드 입자가 미로의 오른손에 모이며 녹색으로 반짝이는 손도끼를 형성했다.

그걸 시종일관 지켜보던 챠이카는 그 모습에 전율했다.

"노…… 녹을, 녹을 조종하고 있어?! 그런 건 외법(外法)의 기술이야. 분명 천벌 받을 거야!"

"문화의 차이려나. 사우샤카인은 당연하게 쓰고 있거든. 챠이카, 됐으니까 보고 있어!"

"……녹을 자기 뜻대로 조종하다니. 괴, 굉장해……!"

미로는 챠이카를 (거짓말로) 달래면서 곧장 녹 손도끼를 들어서 덩굴에 뒤덮인 후속 차량의 창문을 향해 힘껏 던졌다.

쨍그랑! 입자의 도끼는 두꺼운 덩굴 벽을 뚫고 창문의 강화유리를 깨부쉈다.

"비스코!"

"으랴아압!"

폭주 등골벌레가 다시 돌격하는 타이밍에 맞춰서, 비스코가 힘껏 뛰었다.

비스코의 어린애 몸은 마치 빨려 들어가듯이 작은 창문으로 들어갔고, 그는 그 기세를 살려서 조종실로 뛰어들었다.

"우, 우~야아! 굉장해, 비스코! 정말로 안에 들어갔어!"

"챠이카—!"

챠이카가 환성을 내지르자, 차량 창문에서 고개를 내민 비스코가 목소리를 높였다.

"조종석의 레버가 너무 많잖아! 어느 거야! 어느 레버를 당기면 돼!"

"그, 그런 말을 해도…… 챠이카도 보지 않으면 몰라……!"

챠이카는 겁먹은 듯이 중얼거렸지만, 그래도 어찌어찌 비스코의 결사적인 결의에 응해주기 위해 있는 힘껏 소리 높여 외쳤다.

“모르지만! 어느 하나가 정답인 건 틀림없어! 닥치는 대로, 모든 레버를 반대로 당겨!”

비스코는 「그렇게 대충 말하기냐?!」라고 중얼거리면서도 덩굴에 덮인 조종 패널의 레버를 닥치는 대로 꺾었다. 덩굴이 뚝뚝뚝 끊어질 때마다 녹색의 즙이 튀어서 비스코의 옷과 피부를 더럽혔다.

콰앙!

“와앗!”

충돌의 기세 탓에 비스코의 몸이 데굴데굴 뒤로 날아갔다. 황급히 좁은 창문에서 미로가 탄 등골벌레를 보자, 이미 차체가 벌레의 등에서 떨어져서 비스듬하게 기울어진 채 대롱대롱 흔들리는 게 보였다.

“비스코—! 이제 못 버텨! 다음에 부딪히면 벌레가 죽거나, 차량이 떨어지거나 둘 중 하나야!”

“재촉하지 마! 이쪽도 필사적이라고오!”

비스코는 레버투성이 조종실을 돌아보더니, 그중에서도 한층 커다란 레버를 발견하고 덩굴에 얽힌 그것을 단도로 자르고는 전신의 힘을 써서 달라붙었다.

“멈춰……라아—!!”

뿌득뿌득뿌득!! 두꺼운 덩굴이 녹색 즙을 흩뿌리면서 찢어졌다. 비스코는 어린애 몸이 가진 힘을 모조리 쏟아부어서 이를 악물고 두꺼운 레버를 당겼다.

"으으랴압—!"

콰, 직!!

레버를 끝까지 쓰러뜨리자마자 차체가 단숨에 기울어졌다. 스피드가 줄어드는 차량을 보면서 챠이카가 외쳤다.

"에엑?! 서, 설마 벌레 푸는 레버를 쓰러뜨렸어?! 안 돼, 스파나고이와 함께 떨어져 버려! 빨리 거기서 도망쳐!"

"그런 게 있으면 먼저 말하라고—!!"

"비스코! 와이어 당길게, 빨리!"

덩굴투성이 등골벌레가 『모오오오오오오』 하고 외치면서 불똥을 튀기는 레일에서 벗어나 낙하했다. 그 차량의 창문에서 비스코가 간발의 차이로 빠져나온 것과 미로가 와이어 화살을 당긴 타이밍은 거의 동시였다.

미로는 아래로 떨어지는 등골벌레를 내려다보면서 올라온 비스코를 끌어안았고, 그제야 일동은 깊은 한숨을 내쉬었다.

"우하아아…… 벌레까지 떼어버리다니, 또 무리하고!"

"시끄러워! 알고 있었으면 그런 레버는 안 당겼다고!"

"……벌레 푸는 레버는 어른이라도 몇 명이 달라붙어야 하거든. 설마 어린애 힘으로 그걸 당길 줄은 몰랐어……."

챠이카는 미안한 듯 비스코를 올려다보고는 조심조심 말했다.

"미…… 미안해, 비스코. 당신, 어린애인데…… 굉장히, 용감하네……."

"그러니까 나는 꼬마가……!"

비스코는 외치려다가 챠이카의 움츠러든 얼굴을 보고는 그 말을 삼켰다. 그리고 잠시 관자놀이를 긁으며 생각을 정리하고는 서툴게 외쳤다.

"잘 들어, 챠이카. 몸이 꼬마라든가, 힘이 부족하다든가, 그런 건 무언가를 해내는 것하고는 직접적인 관계가 없어."

"……."

"필요한 건, 그곳으로 향하는 영혼뿐이야. 너의 영혼을 믿는다면, 그건 번개가 되어 가로막는 벽을 반드시 뚫을 수 있어."

"……믿는, 것……."

"어렵냐?"

"……아니. 알 것, 같아……."

챠이카는 그렇게 말하고는 비스코의 비취색 눈을 바라보더니, 이윽고 조금 불만스럽게 두 뺨을 부풀렸다.

"……그래도, 왠지 아니꼽네. 연하인 애한테 설교를 듣다니."

"네 녀석은 뭘 들었던 거냐. 이 짜샤—!!"

"비, 비스코! 챠이카! 곤란해졌어. 큰일이야!"

"네놈도 시끄럽다고! 조금은 진정을…… 오오옷?!"

비스코는 식물의 즙으로 젖은 얼굴을 닦고는 미로의 말대로 전방을 바라봤고…… 그리고 곧바로 머리털을 곤두세우며 말문이 막혔다.

"우와아악! 챠이카도! 앞을 봐, 앞!"

"너무 초조해하고 있잖아. 페크티카까지는 아직 한동안 걸려."

"그게 아니야—! 벌레야. 맞은편에서 등골벌레가!"

의아한 표정으로 전방을 본 챠이카의 눈에 날아든 것은, 조금 전과 완전히 똑같이 덩굴에 뒤덮인 등골벌레였다.

『모오오오오오오.』

그것도 이번에는 진행 방향에서 울부짖으며 어마어마한 기세로 다가오고 있었다.

"이봐, 어떻게 해? 챠이카! 뭔가 방법은 없는 거냐?!"

"……꾸우."

"아앗?! 이 녀석, 실신해버렸어!!"

"뛰어내리자, 비스코! 와이어로 챠이카를 나에게 묶어!"

미로의 행동은 제일 빨랐다. 챠이카를 업고 비스코가 와이어로 빙글빙글 감아주는 사이, 미로는 얼굴에 걸맞지 않은 호쾌한 앞차기로 차량의 문을 걷어차고는 내달리는 등골벌레 차량에서 아래쪽 어둠을 내려다봤다.

"미로! 이 아래에는 대체 뭐가 있는 거야?!"

미로는 하늘색 머리를 바람에 펄럭펄럭 나부끼면서 잠시 고민하고는, 꽃이 피듯이 비스코에게 활짝 웃어줬다.

"으~음. 모르겠어! 떨어진 뒤에 기대해봐야겠네!"

"살아서 돌아가면 의원을 접어, 바보 판다!!"

"가자, 비스코. 나를 안고 있어! ……won(온)/shared(샤레다)/shed(셰드)/snew(스네우)!"

미로의 진언이 바로 번뜩이자, 낙하의 충격에 대비하여 세 사람을 에메랄드색 막으로 덮었다. 두 소년은 호흡을 맞춰서 열린 문의 바닥을 박차고 입을 크게 벌린 어둠 속으로 도약했다.

콰아앙! 퍼어엉!

뒤에서 차량끼리 부딪친 굉음이 들렸고, 세 사람은 산산이 부서진 차량의 파츠를 입자 배리어로 튕겨내면서 머나먼 아래층의 암흑으로 소리 없이 떨어졌다.

7

""우와아아악—!!""

아득한 상공, 척추에서 커다란 구멍 속으로 떨어진 세 사람은 서서히 밝아지는 지면에 부딪혔고, 예상 밖의 부드러움 덕분에 포옹, 하고 크게 튀었다.

미로가 전개한 진언의 막은 착지의 충격을 흡수해줬지만, 상당한 높이에서 떨어진지라 세 사람의 몸은 지면에 착지할 때까지 서너 번은 더 튕겨야 했다. 세 사람은 완전히 눈이 핑핑 돌아간 채 한동안 그 자리에서 거친 숨을 내쉬었다.

"헤엑, 헤엑…… 살아있어. 도박에는 이겼구만."

"여, 역시 죽는 줄 알았지만. 지면이 부드러워서 살았어!"

미로는 그렇게 말하며 자기 손에서 연약하게 빛나는 큐브를 보고는 한숨을 내쉬었다.

"그 대신, 녹의 힘을 다 써버린 것 같아. 한동안 화려한 진언은 못 쓰겠어……."

"그나저나 여기 엄청 덥잖아……! 미로, 여기가 어딘지 짐작은 가냐?"

"으~음."

미로는 등에 업은 챠이카가 무사한 걸 확인하고 한숨을 내쉬고는, 일어나서 주변을 돌아봤다.

이 내장은 지금까지의 어두운 분위기와는 달리, 고동칠 때마다 살의 벽에서 눈부신 오렌지색 빛을 발하고 있다.

그리고 비스코의 말대로, 벽의 명멸에 맞춰서 피부를 태울 듯한 열기가 춤추고 있는지라, 세 사람은 구슬 같은 땀을 흘리고 있었다.

"……으~~음. 그리 좋지 않은 곳에 떨어진 걸지도 몰라."

"확실하게 말해! 뭐가 안 좋은 건데."

"귀도 밝네! 여기는…… 위야, 비스코. 연체진화속의 소화기를 빠져나가는 건, 조심스럽게 말하면 엄청 위험해."

"캐액, 위……!! 왜 하필이면 이런 곳에 떨어진 건데. 바보야!"

"어쩔 수 없잖아, 그런 상황이었으니까! 그래도 안심해. 여기서 췌장까지는 코앞이야. 뭔가 나오기 전에 당장 여기서 빠져나가자!"

"이런 지옥의 가마솥에서 뭘 어떻게 안심하라는 거야. 나 참……!"

비스코가 투덜대면서 다시 주변을 돌아보자, 빨갛게 달아오른 활화산 같은 지면에 마그마 같은 강이 몇 줄기 흐르고, 여기저기에 마그마가 웅덩이를 만들고 있었다. 공기는 기운 빠질 만큼 뜨거워서 허파를 태우고, 달궈진 지면은 맨발로는 도저히 걸을 수 없을 정도다.

"이 마그마 같은 건 위액이네. 당연하지만 인간과는 구조가 전혀 달라…… 활화산을 걷는 것 같아. 이게 홋카이도의 위라니, 재미있네!"

"태평한 소리나 하고 있네! ……야, 미로. 챠이카의 얼굴이 새빨갛잖아. 물이라도 마시게 하는 게 좋지 않을까?"

"어!"

비스코의 걱정하는 말을 듣자 미로는 황급히 와이어를 풀고 힘이 쫙 빠진 챠이카를 바닥에 살며시 눕혔다. 비스코의 말대로 얼굴은 위험할 정도로 빨갛게 물들었고, 「헉! 헉!」 하고 가늘고 거친 숨을 내쉬고 있었다.

"큰일이다. 열사병이야…… 겨울 동백꽃에 당해서 저항력이 약해진 거야!"

미로가 챠이카의 옷을 걷어 올리자, 처음 만났을 때는 미약했던 베니비시의 덩굴이 이미 어깨 전체를 덮고 있었다. 덩굴은 열로 약해진 챠이카의 몸을 좀먹듯이 눈에 띄는 속도로 슬금슬금 하얀 피부를 침식했다.

"챠이카가 약해진 탓에 꽃의 침식이 빨라……! 빨리 시원한 곳을 찾지 않으면 챠이카가 꽃의 노예가 되어버려!"

"좋아. 미로는 여기서 챠이카를 봐주고 있어! 나는 달려서 서늘한 동굴이 없나 찾아볼……."

비스코가 진지한 표정으로 짐을 다시 짊어진 순간…….

뭔가 살색의 동그란 것이 비스코의 말을 가로막으면서 천장에서 홱! 떨어지더니, 비스코의 안면을 덮어 가렸다.

"으으읍—?!"

"비스코?!"

"푸아앗!! 뭐, 뭐야 이 녀석은?!"

비스코는 안면을 덮은 살색 찹쌀떡 같은 것을 곧장 떼어내서 눈앞에 들었다. 살펴보니 살색 찹쌀떡은 지방질의 살로 되어있고, 눈이나 코 같은 기관은 전혀 없는 대신 몸 아래쪽에 작은 돼지 다리 같은 게 잔뜩 붙어있었다. 찹쌀떡은 돼지 다리를 난폭하게 움직이며 어떻게든 비스코에게 달라붙으려고 안간힘을 썼다.

"미로, 뭐야 이거?! 요괴냐?!"

"아카고다마시야."

미로는 순식간에 안색을 바꾸고는 비스코에게 외쳤다.

"비스코. 그대로 있으면 뼈까지 녹아버려! 그 녀석을 멀리 던져!!"

"뭣이라고오……?!"

비스코가 미로의 말을 듣고 아카고다마시에게 시선을 옮기자, 그 녀석은 이미 조금 전보다 두 배는 부풀어 올라서 살색 체표를 새빨갛게 물들이고 있었다. 피부에 빠직, 빠직 균열이 가며 오렌지색 빛이 새어 나왔다.

"우왓, 대체 뭐냐고 빌어먹을!!"

비스코의 돌려차기가 아카고다마시를 뻐엉! 걷어차자, 그것은 공중에 날아올라서 「퍼어엉!!」 하고 작렬했다. 작렬한 아카고다마시에게서는 위에 드문드문 존재하는 위액 마그마와 똑같은 것이 나와서 주변에 흩어졌다.

"위…… 위험했어. 폭탄 같은 녀석이잖아!"

“아카고다마시는 연체진화속이 위에 기르는, 소화를 보조하는 균이야.”

미로가 평소의 여유를 잃어버린 목소리로 말했다.

“위 안에 있는 것에 닥치는 대로 달라붙어서, 그 녀석을 녹여버려…… 비스코, 저걸 봐!”

비스코가 눈을 돌려 미로가 가리킨 방향을 바라보자, 조금 전 함께 낙하했던 등골벌레와 그 차량에 아카고다마시 무리가 몰려드는 게 보였다. 아카고다마시는 등골벌레 위에서 차례차례 작렬하여 소화액을 흩뿌렸고, 벌레든 차든 순식간에 흐물흐물한 소화물로 바꿔버렸다.

“캐애액!”

“차량을 다 녹이면 이리로 올 거야…… 저 무리에게 붙잡히면 끝장이야. 서두르자!”

“젠장, 하필이면 이럴 때!”

다시 챠이카를 업은 미로와 비스코는 재빨리 달리면서도 소리를 내지 않는 버섯지기 특유의 발놀림으로 어찌어찌 아카고다마시 무리에게서 멀어졌다.

“좋았어. 이걸로 어떻게든!”

“비, 비스코, 큰일이야……!”

목이 막힌 듯한 미로의 목소리를 듣고 전방을 돌아본 비스코도 경악해서 표정을 잃었다.

조금 전 격돌해서 떨어진 또 하나의 등골벌레가, 눈앞에 크게 쓰러져 있었던 것이다. 그 몸은 단단한 뼈를 남긴 채 대부분 소화되어서 이미 아카고다마시에게 당했다는 걸 알 수 있었다.

그, 시체 뒤에서.

슬금, 슬금, 슬금…… 아카고다마시 몇 마리가 위의 빛을 받으며 모습을 드러냈고, 이윽고 수십 마리, 수백 마리의 무리가 되어 소년들을 표적으로 삼았다.

"……어쩌지? 미로?! 돌아갈까?!"

"안 돼…… 뒤에서도 아까 놈들이 쫓아오고 있어! 도망칠 곳이 없어!"

"캑. 그렇다면. 각오를 다지고 맞붙을 수밖에!!"

비스코의 노성을 선전 포고로 받아들였는지, 등골벌레 시체에서 무수한 아카고다마시가 뛰어올라 소년들을 덮쳤다. 등을 맞댄 비스코와 미로는 시선만으로 대화를 나누고, 같은 색의 화살을 위의 바닥을 향해 당겼다.

푸슝, 퐁!!

비스코와 미로가 피운 것은, 예전 중유 문어 무리를 격퇴했을 때 사용한 「은산 나도팽나무버섯」 무리였다. 강산성을 가진 나도팽나무버섯은 위 바닥에 부채꼴로 퍼져서 앞뒤에서 덮치는 아카고다마시를 맞받아쳤다.

푸쉭, 푸쉭! 나도팽나무버섯을 건드린 아카고다마시는 표피가 산에 찢어져서 작렬했다. 균인 아카고다마시에게 독성을 가진 나도팽나무버섯을 피해서 이동한다는 지능은 없는지, 비스코 일행의 노림수는 멋지게 적중했다.

그러나, 그렇더라도.

"빌어먹을, 숫자가 너무 많아!"

"점점 늘어나고 있어…… 완전히 포위당했어!"

아카고다마시는 작렬한 동료의 시체를 넘어서 숫자로 밀어붙이며 차례차례 다가와서 이미 살색의 바다가 되어 세 명을 삼키려 하고 있었다.

"이거 슬슬 틀렸나. 세 번이나 일본을 구한 버섯지기가 시원찮게 끝나는구만!"

"그런 법이야, 비스코! 나는 어떻게 죽는지는 아무래도 좋아…… 너와 함께라면!"

마지막 나도팽나무버섯 화살을 날린 두 사람은 등을 맞대고 이마의 땀을 닦으며 다가오는 아카고다마시의 바다 앞에서 신기하게도 재미있다는 듯 웃었다.

"……좋아. 우리의 몸을 모판 삼아서 버섯의 벽을 피우자. 그래서 챠이카만이라도 이 녀석들에게서 지키겠어!"

"알았어, 비스코!"

미로가 챠이카를 눕히고, 둘이서 그걸 지키기 위한 대각선상에 섰다. 살색의 바다가 다가오는 가운데, 서로 활을 당겨서 심장을 노리고 상대의 눈을 바라봤다.

비취색 눈동자와 별의 눈동자가 마주치며, 거기서 반짝반짝 빛났다.

"……미로! 마지막이니까 말해두는데!"

"뭔데?!"

"나는……."

"……."

"나는, 너를 만나서……!!"

"……."

"……어라? 뭐야, 저거……."

"나를 만나서, 뭔데!! 중요할 때 멈추지 말고. 빨리 말해야지!!"

"잠깐 기다려, 미로! 뭔가……, 아니, 누가 와!!"

비스코가 시선으로 포착한 것은, 아카고다마시의 바다 위를 뛰어넘으며 다가오는 작은 그림자였다. 오렌지색 빛 속에서 은발을 휘날리며 버섯지기에게도 밀리지 않는 뛰어난 도약력을 발휘해 이리로 다가오고 있다.

"……비스코, 저건!"

"온! 샨다리바! 세드! 스나우!"

그림자는 광대한 위에 울려 퍼지는 목소리로 진언을 외치더니 두 소년 사이에 쿵! 내려섰다. 착지와 동시에 진언으로 구축한 방어벽이 돔처럼 일대를 뒤덮어서 간발의 차이로 덮쳐오는 아카고다마시들을 타타타타탓! 하고 받아냈다.

"쿠사비라슈의 교리 첫 번째."

반짝이는 은발이 땀을 튀기며 반짝반짝 흩날렸다.

"그곳에 생명의 위기가 있다면, 조화로써 그 자리를 구할 것."

무수한 다리로 진언의 벽을 긁는 아카고다마시들을 본 그림자가 「후우」 하고 숨을 내쉬었고…….

"교리, 두 번째는……"

앳된 얼굴로, 놀랄 만큼 요염하게 씨익 웃었다.

"말이 안 통한다면 봐주지 말고 날려버려라, 랍니다."

그리고 말이 끝나자마자 가느다란 손가락을 딱 튕기자, 진언벽이 퍼엉, 퍼엉!! 연쇄적으로 폭발을 일으키며 아카고다마시들을 한꺼번에 날려버렸다.

날아간 아카고다마시의 대다수는 진언의 위력에 터졌고, 가까스로 살아남은 것들도 지상에 있는 나도팽나무버섯에 닿아서 녹아 터졌다. 펑, 퍼엉, 퍼어엉!! 하고 작렬하는 진언의 파동을 얻어맞은 아카고다마시는 그것이 매우 악성이라고 판단했는지, 그렇게나 끈질겼던 게 거짓말인 것처럼 거미 새끼 흩어지듯 도망치고 말았다.

"후우! 위험했네요……."

도망치는 아카고다마시를 바라보는 그림자는, 소녀였다.

"정말이지, 조금은 몸을 소중히 해주세요. 쿠사비라슈의 진조(眞祖)께서 시시하게 죽어버리면 곤란하답니다."

"아, 아앗……!"

"너…… 너는!"

"탐지의 진언으로 기척을 느껴서 설마 하고 와봤는데……이런 이상한 곳에서 만나게 될 줄은 생각도 못 했네요."

""암리!!""

땀에 젖은 은발을 쓸어 올린 그 소녀는 바로, 쿠사비라슈의 승정 암리니 암리였다. 암리는 조금 전의 도약으로 틀어진 개안기 벨트를 고치고는 좋아하는 비취색 안구를 미로에게 보였다.

"아, 암리. 아니, 어째서?! 네가 왜 이런 곳에!"

"그건 제가 할 말이에요. 어째서 미로 님이 대해수의 위장 속에?"

암리는 거기까지 말하고는 의아한 듯이 주변을 두리번두리번 돌아봤다.

"……게다가, 이상하네요. 미로 님과 함께 비스코 님의 기척도 확실히 느껴졌는데. 미로 님, 비스코 님은 함께 계시지 않나요?"

"……어, 어~, 그게. 비스코는 저기."

"여기야, 여기! 내가 비스코라고, 암리!"

시선을 돌리던 암리가 변성기 전의 부름에 고개를 돌렸다. 암리는 처음엔 의아한 표정을 지었지만, 서서히 눈을 크게 뜨고는 몸을 부들부들 떨었다.

"아, 암리! 의심하지는 마. 지금의 비스코는 저주 같은 것에……."

"아아…… 귀……."

"응?? 암리?"

"귀여워라—!!!!"

갑자기 범상치 않은 힘으로 꽈아악—! 안아버리자, 비스코의 전신 뼈가 삐걱삐걱 울렸다.

"크갸아아악—! 그, 그만둬. 암리이—!!"

"뭐가 어떻게 돼서 어린이 모습으로?! 아뇨. 그런 건 아무래도 좋아요. 어쩜 이리도 귀여운 비스코 님일까요! 얼굴도, 목소리도! 신장은 저보다 작을 정도!"

"너, 너 말이야—! 자, 장난칠 때가!"

"이런 나이인데 오라버니라고 부르기는 이상하네요! 입장이 역전됐어요! 자, 암리 누나라고 확실하게 말해주렴!"

눈가를 실룩거리는 미로 앞에서 암리가 소녀답지 않은 괴력으로 비스코를 끌어안았다. 비스코의 얼굴이 장난이 아닌 레벨로 새파래지자, 겨우 미로가 비스코에게서 암리를 떼어놓았다.

"잠까—안! 암리, 졸라 죽일 셈이야?! 그래도 명색이 비스코는 쿠사비라슈의 신이잖아!"

"네놈도 빨리 구하라고!! 왜 조금 낌새를 보고 있는 거야?!"

"……헉. 어흠. 흐트러지고 말았네요. 약간의 스킨십이에요."

암리는 헛기침을 하고는 자세를 다잡고 다시금 비스코를 향해 말했다.

"여기가 대해수의 위장 속이라는 건 저도 알고 있답니다. 시마네도 이 해수의 먹이가 되었거든요. 우리 쿠사비라슈의 본존도 통째로 삼켜지고 말았어요."

"본존이라니, 그 녹식 탑 말인가. 그게 삼켜진 거야?"

"네. 신도들도 모두 거기에 있어요. 저는 두 분의 기척을 감지해서 한 줄기 희망을 걸고 찾고 있었답니다. 쿠사비라슈 신도들을 구하기 위해, 비스코 님의 힘이 필요해요."

"여유가 있다면 딱히 상관은 없는데."

비스코는 암리에게 그렇게 말하고는 시선을 바닥으로 옮겼다.

"지금은 빠듯해, 암리. 우선은 챠이카를 구해야 해."

세 사람의 시선 너머, 바닥에 누운 챠이카는 변함없이 괴로운 듯 얼굴을 붉게 물들인 채 거친 숨을 몰아쉬고 있었다.

"어머, 큰일! 이분은 누구신가요?!"

"홋카이도에 사는 부족의 공주님 같은 아이야. 내 의료 기술로는 이 이상 열을 내릴 수 없어…… 암리, 어떻게 안 될까?"

"판다 선생님께서 두 손 드셨다면, 선의(仙醫) 암리가 나설 차례네요. 맡겨주세요."

암리는 뚜둑 목을 꺾고는 「오랜만이지만, 한번 해보죠」라고 중얼거리고는 크게 뜨인 왼쪽 의안을 떼어냈다.

"비스코 님. 저분의 입을 그대로 벌려서…… 네. 고정해 주실래요?"

"입을, 벌리면 되는 거지? 이러면 돼?"

"정확해요! 배에서 열을 흡수하겠어요. 자, 괜찮으시죠?!"

"아, 알았어!"

비스코는 거친 숨을 내쉬는 챠이카의 머리를 무릎으로 고정하고, 손가락으로 입을 크게 벌렸다.

"온, 샤다, 휴르기, 하도, 스나우. 온, 샤다, 하도, 휴르기, 스나우……."

암리가 크게 뚫린 눈구멍으로 챠이카의 얼굴을 들여다보려 하자……

"우웨엑—!"

"챠이카!"

"괜찮아요! 그대로 움직이지 못하게 해주세요!"

챠이카의 구역질과 함께 엄청난 양의 양기가 입에서 튀어나왔다.

양기는 막대한 열을 동반하며 중장비의 배기구처럼 고고고고고, 하고 엄청난 기세로 암리의 눈구멍에 빨려 들어갔다. 챠이카의 안색이 점점 좋아지는 반면, 암리는 얼굴이 새빨갛게 물들어서 폭포수처럼 땀을 흘렸다.

"암리! 무리하지 마. 너, 새빨갛다고!"

"이 정도쯤은 괜찮아요……! 온, 샤다, 휴르기, 스나우!"

암리는 그렇게 외치며 챠이카의 배 속에 모여 있던 마지막 열기덩어리를 빨아들이고는 곧바로 진언을 닫았다.

"커, 커헉…… 하아, 하아…… 하아……."

챠이카는 입에서 약간 남은 양기를 토해낸 뒤, 괴로웠던 표정은 완전히 원래대로 돌아와서 평온한 호흡을 되찾기 시작했다. 어깨를 좀먹던 덩굴의 침식도 명백하게 속도가 느려진 게 보였다.

"챠이카! ……굉장해. 안색이 완전히 좋아졌어!"

"하아, 하아, 하아……!!"

"암리. 너야말로 괜찮아?!"

"이쯤이야, 비스코 님의 배를 빨아들인 것보다는 훨씬 간단해요."

암리는 손에 들고 있던 의안을 다시 끼우고는 손목으로 머리를 툭툭 치면서 땀투성이 얼굴로 반짝이는 미소를 지었다.
"오랜만이지만, 잘 해낸 모양이네요. 수술, 완료됐어요!"
"고마워, 암리. 살았어!"
비스코는 완전히 녹아버려서 흔적도 없어진 아카고다마시의 모습을 바라보고는 혼자 끄덕였다.
"빚이 생겼어. 우리의 도움이 필요하다면 데려가."
"방심은 금물이에요. 진언벽이 풀리면 다시 바깥은 어마어마한 더위가 밀려올 거예요. 이 챠이카 님이 다시 열사병에 걸려버리면 도로 아미타불이에요."
"응."
미로는 암리에게 고개를 끄덕여주고는 비스코에게 말했다.
"나는 챠이카를 업고 더위를 피할 곳을 찾을게. 두 패로 갈라지자, 비스코. 너는 암리를 도와줘."
"좋아, 알았어!"
"미로 님, 무사하시길. 비스코 오라버니는 이쪽으로!"
암리는 소화액으로 가득한 곳에 다리를 놓듯이 진언의 길을 만들었다. 그곳을 내달린 비스코와는 잠시 길이 갈라지게 되었고…….
미로는 챠이카를 치료할 수 있는 곳을 찾아서 다시 위 속을 내달렸다.

(그나저나 너무 더워. 아카고다마시의 양도 이상했어…… 홋카이도의 폭식으로 위 자체가 폭주하고 있는 거야.)

샤이카를 업은 미로는 눈에 들어오는 땀을 소매로 닦고 위외벽을 따라 달렸다. 도중에 쏟아진 낙오 아카고다마시를 활을 두세 발 쏴서 꿰뚫자 퍼엉! 하고 터졌다.

(보통 연체진화속의 위가 이렇게나 뜨거워지면 긴급 냉각하는 장기가 움직일 거야. 그게 이 위벽 어딘가에…….)

"……아! 있다!"

외벽 안쪽에서 목표를 찾은 미로는 기쁨의 목소리를 내질렀다.

위벽에 동굴처럼 뚫린 터널 같은 그곳은 붉은 위벽과 달리 주변이 푸른색으로 물들어 있고, 안쪽에서 극히 미약하지만 빛나는 것이 뿌려지고 있었다.

빛의 입자가 미로의 피부에 조금 닿자마자 열기를 띠던 몸이 확 차가워졌고, 몸 안에서 힘이 솟구쳤다.

"찾았다, 소냉포(小冷胞)! ……그래도, 이건……!"

소냉포란.

연체진화속의 위 안에 드문드문 존재하는, 위를 냉각·보호하는 기관을 말한다.

원래 이게 정상적으로 기능하는 상태라면 연체진화속의 위벽은 보호되고, 아카고다마시 같은 균이 이상 번식할 일도 없다. 그러나…….

"젠장. 이런 곳까지 시시의 화력이……."

미로가 눈앞에 둔 소냉포의 냉기 배출구에는 겨울 동백꽃 덩굴이 빼곡하게 덮여서 기능을 저해하고 있었다. 덩굴이 배출구를 빈틈없이 덮고 있는 이런 상황에서는 소냉포가 정상적으로 기능하지 않고, 위가 거칠어지는 것도 납득이 간다.

"대해수의 위 수술 같은 건, 어디에도 전례가 없으니까……!"

미로는 별 같은 눈동자로 덩굴 벽을 홱 노려보고는, 입술에서 남은 진언의 힘을 쥐어짜 내서 빛나는 큐브를 통해 양손에 에메랄드색 거대 도끼를 만들었다.

"내가 영예로운 제1인자다! 가라아, 조지 토마호~~크!"

콰악!!

미로가 내려친 녹의 거대 도끼는 빼곡하게 들어찬 덩굴 벽을 일자로 찢으면서 단칼에 갈라버렸다. 덩굴의 단면은 차례차례 미로의 녹에 침식당해서 에메랄드색 가루가 되어 위 안에 흩어져 사라졌다.

"집도 성공! 증인은 없지만…… 아, 와아. 서늘해!!"

덩굴에 막혀있던 냉기가 일제히 소냉포 안에서 솟구쳐 미로와 챠이카에게 불어왔다. 이윽고 그 바람이 잦아들자, 매우 기분 좋은 공기가 터널 안에서 불어와 두 사람의 몸을 열의 위협에서 지켜줬다.

"좋아, 이거라면……! 괜찮아, 챠이카. 살았어!"

기절한 챠이카의 괴로운 숨결은 완만한 냉기에 닿아서 점점 잦아들었고, 이윽고 조용한 숨소리로 변했다. 미로는 터널을 빠져나와 소냉포 중앙부까지 도착해서 챠이카를 그곳에 천천히 눕혔다.

"이곳이라면 괜찮아. 아직 몸이 약한 상태니까, 그대로 자고 있어……."

"……으……응……. 아버, 님……."

미로는 잠꼬대를 중얼거리는 챠이카의 윤기 나는 금발을 조금 쓰다듬고는 응급조치용 앰플 몇 개를 꽂았다. 그리고 챠이카의 맥박이 완전히 안정을 찾자, 「좋았어!」라고 기합을 넣으며 일어났다.

"챠이카는 이제 괜찮아. 다음은 비스코와 암리를 돌봐주러 가야지. 그 불덩어리 키드, 무리하지 않으면 좋을 텐데!"

"하고 있잖아—! 무리를 어마어마하게 하고 있어!!"

미로가 왔던 길을 돌아와서 위 안에 쓰러진 거대한 녹식의 탑을 확인하자…….

퐁, 퐁, 빠꿈!

차례차례 피어나는 녹식의 발아가 완고하게 본존에 달라붙어 있던 쿠사비라 승려들을 차례차례 위 안으로 튕겨내고 있었다.

"쿠, 쿠사비라 신이시여~!"

"너무하십니다—!!"

공중을 날면서 입을 모아 비명을 지르는 승려들을 향해, 미로가 즉시 단궁을 쐈다.

(이 거리라면, 비단우산버섯으로!)

슈웅, 빠움! 하는 작렬음과 함께 위 바닥에 꽂힌 화살에서 거미집 같은 균사가 퍼져서 떨어지는 신도들을 한꺼번에 받아냈다.

"잠까—안, 비스코! 사람을 날리려면 그 후에 케어도 확실하게 해줘야지!"

땁투성이가 된 미로가 멀리 있는 녹식 탑을 향해 외쳤다.

"그건 네가 할 일이잖아! 돌아오는 게 5초 늦어!"

"내 기척을 알아채고 있었어?! 아무리 그래도 너무 성급하잖아!"

"그래도 잘 풀렸잖냐. 자, 한 발 더 간다!"

빠꿈, 하고 피어난 녹식이 다시 신도들을 튕겨내더니, 아카고다마시가 만든 마그마 웅덩이를 넘어서 미로가 피운 비단우산버섯에 착지시켰다.

녹식의 작렬을 예닐곱 번 정도 반복하자, 대략 50명 정도 있던 신도들은 전부 날아갔고 본존에는 비스코와 암리, 라스케니만 남게 되었다.

멀리서 미로에게 손을 흔든 암리가 희색이 감도는 얼굴로 비스코를 돌아봤다.

"역시 오라버니시네요!! 그렇게나 본존과 함께 죽겠다며 아무리 말해도 안 듣던 신도들을!"

"역시고 자시고. 나 참!"

라스케니가 반쯤 어이없다는 듯이 끼어들었다.

"애초에 쿠사비라 신인 아카보시의 논설로 신도들을 설득해서 도망치게 하려고 했는데…… 결국 하는 일은 버섯으로 강제로 날려버리는 거잖아!"

라스케니가 따졌지만, 비스코는 꺾이지 않고 아래에서 홱 노려봤다.

"문제인 건 네 교육이야, 라스케니. 신도 녀석들, 내가 꼬마가 되더니 아카보시 비스코라는 걸 안 믿었어. 내가 신이었다면 천벌을 먹여줄 상황이었다고! 그런데도 목숨을 구해준 거니까 관대하기 짝이 없잖냐."

"아카보시. 말이야 그렇지만, 저들도 신이 어린애 모습으로 나타난다면……."

"신이 어른이든 꼬마이든, 그런 건 신앙과는 상관없어!"

"윽……!"

"오늘의 형태만을 믿는다면, 인간의 성장은 거기서 끝이야. 너희는 버섯처럼 내일을 향해 뻗어나가는 영혼을 믿고 있던 거 아니었냐!"

변성기 전의 어린애가 종교의 덕을 역설하고, 그게 또 쿠사비라슈의 본질을 정확하게 꿰뚫고 있는 것이었기에 라스케니는 부끄러운 듯 고개를 수그렸다. 암리는 즐거운 듯이 비스코와 라스케니의 모습을 교대로 바라봤다.

"자자. 어머님도 반성하고 계시니까요. 비스코 님, 용서해주세요…… 그리고 보세요. 벌써 마그마가 다가오고 있어요. 저희도 어서 도망쳐야죠!"

"좋아. 암리, 라스케니, 잡아!"

빠꿈!

일제히 밀려오는 아카고다마시에게 삼켜지는 본존을 배경 삼아서, 작렬하는 버섯의 기세가 세 사람을 날려버렸다. 빙글

빙글 회전하면서 떨어지는 세 사람을 미로가 뛰어올라서 받아냈고, 네 사람은 그대로 경단처럼 뭉쳐서 위벽을 데굴데굴 굴렀다.

"간발의 차이! 네요. 비스코 님!"

"끄에엑—! 뜨거워!! 무거워!!"

"아, 암리! 어서 비켜드리렴."

"네? 싫어요."

"암리!! 이 녀석!"

"싫어요—! 놔줘요!! 모처럼 밀착했는데!!"

파닥파닥 날뛰는 암리를 라스케니가 떼어놓았고, 비스코는 그 밑에서 땀투성이로 기어 나와서 헥헥 거친 숨을 내쉬었다.

"트, 틀렸어…… 벽에서 나오면 역시 뜨거운 모양이야. 이래서는 결국 모두 당해버리겠어."

"괜찮아! 위벽을 수색하다가 소냉포로 이어지는 동굴을 찾아냈거든. 챠이카도 거기서 안정을 취하고 있어!"

"소냉포……라는 게, 뭔가요?"

"위가 너무 뜨거워지지 않게 그걸 냉각하는 기관이야."

미로는 조금 틀어진 암리의 안구를 고쳐주면서 방긋 웃었다.

"안쪽은 굉장히 서늘하고, 안전해! 신도들을 데리고 어서 그곳으로 가자."

"알았어!"

"다들, 활로가 보였다! 우리 쿠사비라 신의 인도를 따르자. 도중에 누구도 죽어서는 안 된다!"

"“예!”"

라스케니가 호소하자, 신도들이 대답했다. 소년들은 서로를 보며 고개를 끄덕였고, 일동은 미로의 안내에 따라 홋카이도의 위 속을 우르르 이동했다.

“으햐아아아. 서늘해~~!”

“하아아. 겨우 살 것 같은 기분이에요.”

위에 뻥 뚫린 동굴을 들어가자, 파란빛에 비친 넓은 장기가 그 앞에 펼쳐져 있고, 위 안과는 달리 서늘한 공기로 가득했다.

비스코나 암리, 그리고 쿠사비라슈 신도들은 지금까지 한껏 달아오른 각각의 몸을 식혔고, 팽팽하던 긴장감도 겨우 풀 수 있었다.

“이걸로 신도들의 목숨도 살아났어요. 안심이네요…… 잠깐! 어머님, 옷이 너무 풀어졌잖아요! 승복은 제대로 입으셔야죠!”

“으응? 이럴 때 정도는 상관없잖니. 정말 더워서 견딜 수가 없어…….”

“안 돼요! 무명천도 다시 고쳐야…… 비스코 님의 건전한 교육에 악영향이에요.”

“살집은 부모님한테 유전되지 않았던 모양이네. 암리.”

“무~~슨 뜻이죠!! 몸매는 지금부터예요. 지금부터!!”

“아카보시, 네코야나기. 신도를 구해준 건 기쁘지만, 아직 안심할 수는 없어…… 이번에는 이들을 무사히 토지까지 보내줘야 해."

딸이 흐트러진 옷을 고쳐주는 와중, 라스케니는 옆쪽 소년들에게 말을 걸었다. 미로는 그 말에 고개를 끄덕이고는 신도들을 돌아봤다.

"아무리 그래도 이런 인원으로 홋카이도를 탐색하는 건 무리가 있어. 챠이카의 말로는, 췌장…… 바로 근처에 원주민 마을이 있는 모양이야. 그곳으로 가서 구원을 불러오겠어. 라스케니는 신도들과 여기서 기다려줘."

"챠이카……라는 건, 저 아이인가? 모두에게 밥을 나눠주고 있는데……."

"그래, 맞아…… 에엑?"

미로는 라스케니의 말을 듣고 저도 모르게 챠이카의 모습을 찾았다.

이미 눈을 뜬 챠이카는 약해진 신도들을 한 명, 한 명 살피면서 손에서 뭔가 핑크색의 폭신폭신한 걸 뜯어서 나눠주고 있었다. 신도는 신기해하면서 한 입, 두 입 넣다가 이윽고 게걸스럽게 먹어치우고는 구세주라는 듯이 챠이카를 향해 기도했다.

손에서 그 폭신폭신한 게 없어지자, 챠이카는 천천히 눈을 감고 기도하면서 장기 바닥에 양손을 댔다. 그러자 이윽고 자잘한 가루 같은 것이 장기 바닥에서 솟구쳐서 챠이카의 양손을 덮었고, 다시 핑크색 폭신폭신을 형성했다.

"저 마술은 뭐야? 챠이카 녀석, 진언 쓰는 건가?"

"저건 진언이 아니야, 비스코."

미로는 굉장히 놀라면서 바로 옆까지 다가온 비스코에게 대답했다.

"저 폭신폭신한 건, 영양소야…… 챠이카는 홋카이도의 영양을 빨아들인 거야!"

미로가 놀라워하는 목소리를 들었는지, 챠이카는 양손에 폭신폭신을 가득 들고 소년들에게 타타타탓 달려왔다.

"빨아들였다니, 실례네. 제대로 대화를 해서 나눠 받은 거야."

"챠이카. 너는 정말로, 홋카이도와 대화를……."

"응."

챠이카가 바로 양손을 소년들에게 내밀자, 두 사람은 의아한 듯 얼굴을 마주 봤다. 챠이카는 그걸 보고 답답하다는 듯 말했다.

"이건 포쿠포쿠라고 해서, 무녀가 만드는 신성한 음식이거든. ……먹으라고 주는 거야. 당신들, 계속 먹지도 마시지도 않았잖아."

"밥을 준다는 거냐. 네가, 우리에게?!"

"챠, 챠이카도…… 받은 은혜 정도는, 알고 있어."

챠이카는 얼굴을 살짝 붉히고는 비스코에게 대답했다.

"목숨을 걸고, 몇 번이고 구해줬잖아. 보은을 하고 싶다는 거야…… 아, 아니면, 챠이카의 포쿠포쿠, 맛없어 보여……?"

호의를 거절당한 적이 별로 없는지, 챠이카는 불안한 듯 두 사람을 바라봤다. 두 사람은 챠이카의 말을 듣자마자…….

『꼬르르르륵~~~!』

동시에 배에서 소리를 내더니, 그게 계기였는지 바로 챠이카의 포쿠포쿠에 달려들었다.

"꺄아앗?! 자, 잠깐, 갑자기…… 아하하하. 간지러워! 잠깐, 그렇게 손가락까지 꼼꼼하게…… 기다려, 기다려, 얼마든지 또 줄 수 있으니까아!"

두 사람이 챠이카의 손에서 입을 떼어놓은 것은, 손에 든 폭신폭신을 통째로 먹어치운 뒤였다. 어떻게든 참은 미로와는 달리, 비스코는 거침없이「꺼흑」하고 트림까지 했다.

"무, 무슨 짐승처럼 먹잖아…… 비스코는 몰라도 미로까지! 이, 이런 건 성희롱이야! 아버님한테 이를 거니까!"

"맛있었네, 비스코! 뭔가 새우 같은 맛이었어."

"나한테는 간이 싱거웠어. 간장 뿌리고 싶어."

"최, 최저야! 소녀의 폭신폭신을 먹어치워놓고 그게 할 말이야?!"

"소녀의 폭신폭신이 뭐야? 하나 더 줘."

"몰라!"

어째서인지는 몰라도 챠이카는 눈에 눈물조차 머금으며 완전히 기분이 상해버렸고, 미로는 달래듯이 말했다

"미안, 미안해. 챠이카! 나는 굉장히 맛있었어. 비스코는 그게, 입맛이 어린애니까."

"그거, 달래려고 하는 말 맞아?!"

"아무튼, 이제 췌장…… 챠이카가 말하는 페크티카의 코앞

까지 왔어. 이후에는 챠이카가 길 안내를 해서 우리를 마을까지 데려다줬으면 좋겠어. 어때? 챠이카. 부탁할 수 있을까?"

"……끄응."

챠이카는 퉁명스러운 표정을 보이면서도 미로와 비스코가 은인이라는 걸 어찌어찌 떠올리고는 마지못해서 고개를 끄덕였다.

"……좋아. 챠이카가 없다면 마을에는 들어갈 수 없으니까. 당신들은 귀한 손님으로 받아들이라고 해놓을게. 감사하라고."

"고마워, 챠이카!"

"이봐~, 하나 더 달라고~."

"정말. 그렇게 정해졌으면 빨리 가자! 두 사람도 따라와!"

챠이카는 뺨을 부풀리면서도 벽에 손을 대고는 빨아들인 포쿠포쿠를 비스코에게 던졌다. 비스코는 개처럼 입으로 받아내더니 우물우물 씹으면서 파트너와 함께 기운차게 달리는 챠이카의 뒤를 쫓아갔다.

8

"우~, 야아! 겨우 페크티카에 돌아왔어!"

"어찌어찌 시간에 맞췄네. 챠이카에게 꽃이 피지기 전이라 다행이야."

"이 통로, 인공물 같네요. 여기에 사는 분들이 있다는 증거에요."

"잠깐 기다려어, 인마~!"

비스코가 한 발짝 물러나서 끈적한 목소리로 말했다.

"들려오는 목소리가 아까부터, 한 명 많은 것 같은데~!"

"에엑?"

"무섭네요. 누구인가요?"

"너 말하는 거야아, 사이비 승정!"

비스코는 암리의 하얀 뺨을 검지로 찌르면서 외쳤다. 암리는 비지땀을 흘리면서 「끄에엑!」 하고 여자아이답지 않은 소리를 질렀다.

"그 소냉포라는 곳에서 기다리라고 했잖아! 넌 대체 왜 몰래 따라온 거야."

"그치만! 저, 지루한걸요."

암리는 정색하며 말했다.

"신도들은 어머님 혼자서 규합할 수 있어요. 그보다도 비스코 님하고 미로 님과 모험을 할 기회가 또 찾아오다니, 꿈 같잖아요. 가만히 있을 수 없어요."

"너 말이야! 노는 게 아니라고. 우리는 죽을힘을 다해서……!"

"어머, 상관없잖아!"

챠이카가 끼어들었다.

"암리도 챠크티카의 아카고다마시에게서 챠이카를 지켜줬잖아. 마을에서 포상을 받을 자격은 충분히 있어…… 저기, 당신은 뭘 갖고 싶어? 아버님에게 부탁해줄게."

"어머, 정말로요?! 저, 새로운 의안을 갖고 싶은데……."

여자아이끼리의 대화로 꽃을 피우기 시작했기에, 비스코는 그 이상 암리에게 따질 수가 없어져서 얼굴을 인왕상처럼 찌푸리고는 묵묵히 걸어갔다.

그때.

"……앗?! 미로!"

"아! 응!"

두 소년은 뭔가 기척을 느껴 활을 손에 들고 곧바로 두 소녀를 보호하며 앞뒤로 퍼졌다. 암리도 그 움직임을 보자 곧바로 진언사의 감을 되찾고 한 손으로 인을 맺기 시작했다.

"비스코 님, 적인가요?!"

"우~, 야아—!!"

비스코가 암리에게 대답하기 전에, 인공적인 쓰레기가 흩어진 통로 주변에서 두꺼운 외침이 울려 퍼졌다.

"나타났구나, 데보. 지금부터, 이다, 세겠다. 당장, 무녀를 풀어줘라. 그러지 않으면 우리의 화살이, 너희의 헤다마를 날려버릴 거다."

"엄청난 사투리구만. 미로, 뭐라고 하고 있어?"

"5카운트 안에 무녀를 풀어주지 않으면 머리를 날려버린대."

"5나 세다니 참 느긋하구만. 보통 여기서는 3 아니야?"

"이다! 베로! 밤!"

"빨라, 빨라빨라. 카운트도 못 세냐, 짜샤!"

"우~야아! 기다려라. 영박의 수호자, 북쪽의 스포아코들!!"

"데노, 암……."

샤이카가 의연하게 말하자, 두꺼운 목소리의 카운트가 멈췄다. 놀란 건 비스코 일행도 마찬가지여서, 갑자기 변모한 샤이카의 행동거지를 맞닥뜨리자 무심코 그녀를 돌아봤다.

"그들은 데보가 아니다. 무녀의 목숨을 지키고, 머나먼 홋카이도의 북쪽에서 무녀를 바래다준 사우샤카의 영웅이니. 그들에게 상처를 입히면 영박신의 분노를 살 거다!"

"그, 그 목소리……."

"우~야아! 설마, 샤이카 님?!"

그늘에서 비스코 일행을 노리던 기척이 샤이카의 목소리를 듣자 동요해서 그늘에서 한 명, 또 한 명 천천히 모습을 드러냈다.

샤이카는 그들을 돌아보며 고개를 크게 끄덕였다.

"다들, 걱정 끼쳤다! 무녀가 지금 돌아왔다. 나는 북쪽의 스포아코, 버섯지기의 무녀 샤이카. 족장 카비라칸의 딸이다!"

그리고는 자랑스럽게 외쳤다.

"북쪽의……."

"버섯지기라고?!"

놀란 건 소년들 쪽이었다. 샤이카의 목소리를 듣고 차례차례 나타난 그림자를 보자, 확실히 활과 외투, 단도 등의 장비를 갖추고 있고, 모피를 두껍게 입었다는 특징은 있어도 버섯지기의 복장인 게 분명했다.

"그렇구나…… 샤이카가 말하던 스포아코라는 건 버섯지기를 뜻하는 거였어."

"놀라운데. 설마 대해수의 배 속에까지 버섯지기의 마을이 있다니…… 와앗!"

북쪽의 버섯지기들이 비스코 일행을 반쯤 무시하고 챠이카에게 몰려왔다.

"우~야아! 이게 어찌 된 일이냐. 정말로 챠이카 님이다. 챠이카 님은 무사하셔!"

"마을로 돌아가서 종을 울려라아. 카비라칸 님도 기뻐하실 거다아!!"

챠이카 주변에 우르르 몰려온 북쪽의 버섯지기들은 그녀의 귀환을 크게 기뻐하며 각각 잘 모르는 말로 신에게 기도하는 말을 바쳤다.

이윽고…….

"그런데, 챠이카 님. 이 개구쟁이 같은 데비카는 대체 뭡니까?"

"누가 소귀라는 거냐. 물어버린다, 앙!"

"아햐. 히히히. 참 기운차구만. 자아, 물어봐라."

"그만두지 못할까! 비스코는 무녀를 구한 진정한 스포아코. 모욕은 결코 용납할 수 없다!"

챠이카가 일갈하자 그 버섯지기는 송구스러워하며 곧장 뒤로 물러났다. 한편 비스코는 챠이카의 행동을 보고는 놀라서 눈을 깜빡였다.

"그들은 아카보시 비스코, 네코야나기 미로, 그리고 암리니 암리. 모두 홋카이도 밖에서 찾아온 사우샤카지만, 무녀인 나의 궁지를 몇 번이나 구하고 마을까지 바래다준 너무나 큰 공적이 있다. 반드시 귀한 손님으로 대하며, 무례하게 대하지 말도록."

"흐, 흐응~. 이런 데비카들이 말이죠……."

"알았나!"

"우, 우~, 야아!"

북쪽 버섯지기들은 의아하게 여기면서도 수긍하고는 등불버섯 랜턴을 켜고 일동을 쉐장 통로로 안내했다. 손님의 주변을 지키는 모습은 꽤 빈틈이 없어서, 각자 태도는 난폭해도 꽤 숙련도 높은 버섯지기라는 게 엿보였다.

"비명뿐인가 했더니만, 꽤 위엄 있는 말투도 쓸 수 있잖냐."

비스코는 챠이카 옆으로 타타탓 달려가서 즐거운 듯 말했다.

"아까 그건 멋있었다고. 유서 깊은 곳의 공주님이라는 느낌이었어."

"다시 봤다고 말하고 싶으면 솔직히 그렇게 말하면 될 텐데."

챠이카는 쌀쌀맞은 기색을 가장하면서도 비스코가 처음으로 해준 칭찬이 기쁜 듯 미소를 지으며 돌아봤다.

"당연하지! 챠이카는 북쪽 스포아코의 무녀. 영웅·카비라칸의 딸이니까!"

챠이카는 비스코에게 얼굴을 가져가서 몰래 평소 말투로 말하고는, 한쪽 눈을 재주 좋게「찡긋」윙크했다.

"우~야아. 도착했다 도착했어. 지금 모두에게 알리고 올 테니까."

선두에 있던 버섯지기가 야트막한 언덕에서 멈췄다.

아래쪽에 있는 마을을 내려다보자, 거대한 돔 모양 공간이 있었다. 올려다보면 끝없이 높은 천장을 통과한 햇살이 내리쬐고, 스크랩으로 만든 듯한 다양한 가옥이 비치고 있었다.

"우와아…… 췌장 안에 모두 함께 마을을 만들었어?!"

"맞아. 홋카이도에 흘러 들어온 것들을 짜 맞춰서 마을을 만든 거야."

"왠지 피노키오 같은 이야기네요."

"호—이호이호이. 무녀가 돌아왔다! 차이카 님은 무사하다—!"

버섯지기 한 명이 마을을 향해 크게 외치자, 스크랩 마을 안에서 금발의 버섯지기가 우르르 나타났다. 챠이카와 마찬가지로 모두 하얀 피부를 가졌고, 몸에는 방한이 확실한 외투를 걸치고 있다.

"뭐라고. 영박천의 인도하심이로다. 하늘이 무녀의 위기를 구하신 거야!"

"피스티보의 준비다. 밥하고 술을 있는 대로 모아와!"

"우~야아!"

"우~야아!"

스크랩 마을은 곧바로 소란스러워졌고, 『우~야아』의 대합창과 함께 연회 준비에 들어간 모양이었다. 미로는 챠이카 옆으로 슬쩍 걸어가서 걱정스레 귓속말했다.

"연회는 그렇다 치고, 서둘러 챠이카의 꽃을 제거해야지. 바로 아버지에게……."

"알고 있어. 세 사람, 따라와."

"아, 잠깐. 챠이카 님?!"

"꾸물대면 놔두고 갈 거야!"

챠이카는 잘 아는 마을 안으로 들어오자 갑자기 기민해져서, 호위 버섯지기를 빠져나가 언덕을 미끄러지더니 건물 지붕에서 지붕을 타고 마을 안으로 내달렸다.

"고향 마을로 들어오니까 기운차네. 챠이카."

"전형적인 방구석 여포인 거지."

두 소년과 암리는 챠이카의 뒤를 따라갔고,

「이봐~. 연회 술이 있는데…… 멋대로 가지 말라고오!」라고 외치는 버섯지기의 목소리를 뿌리치고 마을에서 가장 큰 건물을 향해 뛰어갔다.

"코오오오오오오……."

족장 카비라칸은 깊은 명상에 빠져있었고, 몸 안에서 작열처럼 숨을 내쉬었다.

마른침을 삼키며 지켜보는 소년들의 눈앞에서 카비라칸의 커다란 육체가 하얀색 포자를 뿜어냈고, 오른 손바닥에 모이더니 달처럼 은색으로 빛났다.

(……이 빛은, 포자야. 이건, 버섯 기술이야!)

비스코가 흩날리는 하얀 포자를 보며 무심코 중얼거렸다.

(그래도, 이런 포자는 본 적이 없어. 대체 이건…….)

(쉿. 비스코, 잘 봐!)

카비라칸의 반짝이는 오른손이 무릎 위에 올라간 무녀·챠이카의 어깨를 만졌다. 빛나는 오른손이 피부를 지나가자, 놀랍게도 강고하게 뿌리를 내렸던 꽃이 은색이 닿은 부분부터 하얀 꽃잎이 되어 하늘로 흩어지고 있었다.

(괴, 굉장해……! 본 적도 없는 정화의 술법이에요!)

버섯지기 비스코, 진언사 암리조차도 경악하는 경이로운 치료술이었다. 카비라칸이 챠이카의 피부를 다 어루만지자 꽃과 덩굴은 몸에서 완전히 사라졌고, 이후에는 하얗고 무구한 꽃잎이 하늘하늘 바람에 흩날릴 뿐이었다.

"좋아. 이걸로 꽃은 제거했다."

카비라칸은 이마의 땀을 털면서 투박한 수염 얼굴로 투박한 미소를 지었다.

"이제 걱정할 것 없다. 나았다, 챠이카."

"아아, 아버님!"

"거기 세 사람의 도움이 없었다면 지금쯤 꽃의 먹잇감이었겠군. 감사를 표해두거라. 그래도 다행이구나. 다행이다, 챠이카."

"네. 아버님!"

눈물을 흘리며 자신을 끌어안은 챠이카의 등을 토닥토닥 두드리면서 안심시켜준 카비라칸은 옆에 대기하고 있던 세 사람을 돌아봤다.

족장 카비라칸은 나이가 많이 들어서 눈도 좋지 않은 모양이었지만, 두꺼운 팔, 다부진 몸은 흔들림 없는 현역 전사의 풍모를 보이고 있었다.

한 가지 곤란한 점이 있다면 사투리를 쓰고, 그게 챠이카와는 비교도 안 될 정도로 심해서 소년들은 대화 내용을 절반 정도밖에 알아듣지 못했다.

"너희 덕분에 챠이카의 꽃은 제거했다. 족장으로서 감사를 표해야겠지."

""뭐라는 거야??""

"당신들에게 감사를 표하고 계셔."

챠이카는 그야말로 자랑스럽게 아버지·카비라칸의 두꺼운 목을 끌어안았다.

"아버님은 옛날, 베니비시의 선왕 호센이 보낸 자객에게서 홋카이도를 지켜낸 영웅이야. 고개를 숙이는 일은 거의 없으니까, 좀 더 고마워하라고!"

"어, 잠깐. 호센 왕?! 호센 왕이 홋카이도에 자객을……?!"

카비라칸이 근처에 있던 차를 들어서 마시며 천천히 끄덕였다.

"으으음. 그 호센이라는 베니비시는 방심할 수 없는 강적이었지. 우리도 싸웠지만, 홋카이도의 뇌에 그대로 유인 꽃을 넣어버렸거든."

"왜 그 아저씨가 홋카이도에 그런 짓을 하는데?!"

"……그 사람이라면, 인간과의 교섭이 결렬될 걸 대비해서 보험을 들어둔 거겠지. 여차할 때 홋카이도를 불러서 힘을 흡수하고…… 인간과 대등한 민족이 되려고 한 거야."

"캑. 평화이니 뭐니 지껄여놓고서는 터무니없는 너구리구만!"

카비라칸은 자신의 얼굴만 한 크기인 그릇을 모두 비우고는 다시 고개를 끄덕였다. 챠이카가 부지런히 빈 찻잔에 나도팽나무버섯 차를 따라줬다.

"그때는 우리 스포아코도 힘으로 베니비시와 맞붙을 수 있었지. 하지만 이번에는 달라. 신왕 시시의 화력은 호센의 자객과는 비교도 안 된다. 게다가 홋카이도의 힘을 흡수해버리면, 홋카이도는 물론이고 인간도 모두 베니비시에게 당해버릴 거다."

카비라칸의 목소리가 약간 긴장감을 띤 것을 듣자, 일동은 입을 다물고 말았다. 카비라칸은 그걸 감지했는지 「바하하」 하고 웃고는 커다란 손을 두드렸다.

"딸이 돌아왔는데 우울한 이야기는 그만하지. 우리는 홋카이도에서 나간 적이 없는데. 사우샤카 스포아코의 이야기를 들려주겠나?"

"우리 이야기 같은 건 됐어! 그보다도 당신의 손, 본 적도 없는 버섯 기술이야."

비스코는 억누르지 못한 흥분에 젖어 몸을 내밀고는 족장에게 물었다.

"족장. 아까 챠이카에게 해준 주술은…… 그 하얀 포자는 대체 뭐야?"

"아버님의 손은 『영박의 손』이라 불리는, 무구한 포자가 깃들어 있어."

완전히 건강한 피부를 되찾은 챠이카가 족장 대신 자랑스럽게 말했다.

"『영박』은 홋카이도에 전해지는 환상의 버섯을 말해. 꽃이

든 녹이든, 일그러지게 진화한 것을 무구한 상태로 바꾸는 힘을 가졌지."

"이래 봬도 챠이카와 마찬가지로, 나도 옛날에는 무당이어서……."

(사투리가 심해!!)

"아버님도 예전에는 무당이셔서, 그때 『영박』의 힘을 받으셨다고 말하고 있어."

"『영박』의, 포자……."

카비라칸과 챠이카의 말투는 영적인 뉘앙스가 많이 담겨있어서 소년들은 좀처럼 이해할 수 없었지만, 비스코는 특히 그 『영박』이라는 미지의 버섯이 존재한다는 것에 강하게 마음이 끌리는 모양이었다.

"족장님. 그 『영박의 손』으로, 제 파트너도 치료할 수 있을까요?"

미로는 문득 정신을 차리고, 비스코의 어깨에 손을 올리면서 카비라칸에게 물었다.

"비스코는 지금이야 이런 모습이지만, 이건 화력의 힘에 당한 거예요. 베니비시의 왕·시시의 일격을 맞아서 이런 귀여운, 조그만 어린애의 몸으로……."

"귀엽다거나 조그맣다는 말은 쓸데없잖아. 너 이 자식아!"

"그래, 그래. 알고 있다. 배 속에 꽃이 보이니까."

놀랍게도 카비라칸은 비스코 일행의 말을 불편하지 않게 알아듣는지, 몇 번이고 고개를 끄덕이며 비스코에게 손짓을 보냈다.

"비스코. 늙은이의 힘이 미치지 못할지도 모르지만, 해보마. 이리 와보거라."

지명받은 비스코는 저도 모르게 미로와 암리를 돌아봤고, 두 사람이 동시에 끄덕이자 조심조심 카비라칸 정면에 앉았다.

"……으음."

카비라칸은 커다란 손바닥으로 비스코의 얼굴, 목을 매만지더니 「크으~음?」 하고 의미심장하게 신음했다. 비스코는 불안해져서 저도 모르게 카비라칸에게 의문을 던졌다.

"이봐, 족장! 어떤데. 내 몸, 치료할 수 있어?"

"몸 안에, 꽃은, 있구나. 이건, 없앨 수야 있지만, 그래도……."

"지울 수 있는 종류의 저주구나! ……하지만, 뭔가요? 아버님."

"……바하하! 이거, 놀랍군. 비스코 너, 『천양』의 포자를 기르고 있구나."

카비라칸은 비스코의 내부에서 타오르는 포자의 힘에 감탄하며 크게 웃었다. 어안이 벙벙해진 세 사람 앞에서 챠이카가 카비라칸에게 물었다.

"여…… 역시! 챠이카는 봤어. 하티카에서 비스코가 『천양』의 화살을 쏘는 모습을. 그래도 설마 했는데…… 정말로 비스코가 『천양』의 포자를?!"

"그 천양의 포자라는 게 뭔데? 녹식을 말하는 거냐?"

"그렇다. 사우샤카에서는 『녹식』, 카라후토에서는 『천양』이라 부르지. 우리에게는 『영박』과 쌍을 이루는 전설 같은 버섯이다. 너에게 그 가호가 있어서, 그게 내『영박』의 포자를 먹어버리지. 이 자리에서 꽃을 없애버릴 수는 없겠구나."

듣기 힘든 카비라칸의 말을 요약하면, 비스코에게 걸린 화력 자체는 치료할 수 있지만, 녹식 포자가 카비라칸의 영박 포자를 먹어버리기 때문에 병소에 닿지 못한다고 한다.

결국, 저주의 본체인 시시를 쓰러뜨리는 게 가장 빠른 방법이라는 건 변함이 없어 보였다.

"쳇. 뭐냐, 결국 그거냐……!"

"걱정하지 마라! 우리 북쪽의 스포아코, 반드시 은혜는 갚는다."

카비라칸은 커다란 손으로 붉은 머리를 마구 쓰다듬으며 낙담한 비스코를 타일렀다.

"아버님은 조만간 북쪽의 스포아코 전원을 이끌고 베니비시들에게 전면 전쟁을 걸려고 하셔. 그 신왕 시시도 납작 눌러주고, 분명 비스코를 원래대로 돌려주실 거야!"

"족장님. 저와 비스코도 돕겠어요!"

"쿠사비라슈도 신도 전원이 협력하겠어요!"

"바하하. 자, 자……."

카비라칸은 젊은 세 사람의 기세를 보자 기분 좋게 웃었다.

"오늘은 무녀가 돌아온 경사스러운 날. 조바심 내지 말고 대접을 받고 가라. 어디, 슬슬 연회 준비가 되어있을 텐데……."

카비라칸이 그렇게 중얼거리며 일어난 다음 순간.

쿠우웅!! 췌장 전체에 울려 퍼지는 작렬음과 함께 장로 저

택이 크게 흔들렸다. 작렬은 한 번에 그치지 않고 쿠웅, 쿠웅! 연이어서 일어나며 마을의 공기를 찌릿찌릿 흔들었다.

"꺄아앗! 뭐야?! 아버님, 무서워요!!"

"연회의 여흥은 아닌 모양이네. 무슨 일이지?!"

"크흐음."

카비라칸은 눈을 감은 채 코를 살짝 실룩이고는, 벽에 세워 둔 장궁을 손에 움켜쥐었다.

"꽃가루, 냄새구나."

"꽃가루!"

카비라칸의 말에 반응한 비스코와 미로가 창문으로 달려가자, 춰장 천장이나 벽에 커다란 겨울 동백꽃이 피어난 게 보였다. 연회를 준비하던 북쪽 버섯지기의 마을은 갑자기 큰 소동이 벌어졌고, 깡! 깡! 깡! 하고 울리는 종소리에 맞춰서 활로 무장한 버섯지기들이 차례차례 뛰쳐나왔다.

"이럴 수가…… 숨겨진 마을까지 베니비시가 쳐들어오다니, 전대미문의 일이야!"

초조감을 드러낸 챠이카의 어깨를 두드린 카비라칸이 말했다.

"만일의 사태가 벌어져선 안 되겠지. 챠이카, 세 사람과 마을에서 도망쳐라."

"시, 싫어요! 챠이카는 아버님과……."

"우리 베니비시에게 저항하는 버섯지기들에게 고한다—!"

챠이카의 말을 지워버리고, 마을 전체를 뒤흔드는 무식하게 큰 소리가 하늘을 찌를 듯이 울려 퍼졌다.

“곧, 이 홋카이도의 대지는 우리 베니비시가 완전히 흡수한다. 목숨이 아깝다면 『영박』이라는 가증스러운 포자를 가진 족장 카비라칸을 우리에게 넘겨라!”

“비스코!! 저 목소리는……!!”

“저런 무식하게 큰 목소리, 간단히 잊을 수 있겠냐……! 사타하바키야. 그놈이 왔어!”

마을 중앙, 짓밟힌 망루 위 불꽃에 비치면서 고함치는 거한의 모습이 있었다. 저 노출되어 빛나는 이빨은, 비스코의 말대로 지옥의 법무관 사타하바키가 틀림없었다.

“우~야아! 베니비시 따위가, 우리를 얕보지 마라!”

“버섯투성이로 만들어서 내일 저녁 반찬으로 삼아주마, 우~야아!”

한편 북쪽 버섯지기들도 용감하게 우르르 덮쳐오는 베니비시 전사들을 상대로 선전하고 있었다. 꽃과 버섯 화살의 상성이 나쁜 건 이미 알고 있는지, 단도를 재빨리 번뜩여서 베니비시들의 덩굴을 자르고 접근전에서 우위에 섰다.

“이 녀석이 대장이냐! 우~야아, 그 목을 가져가마!”

“가소롭기, 짝이 없구나아—!!”

그러나, 상대가 법무관 사타하바키라면 상황이 다르다.

여전사가 용감하게 뛰어들자, 사타하바키는 망루를 이루고 있던 두꺼운 통나무를 들어서 그걸 가볍게 「흐으읍!」 하고 휘둘렀다. 여전사는 「커헉!!」 하는 비통한 신음과 함께 날아가서 머나먼 췌장 벽에 부딪혀서 퍼어엉! 하는 겨울 동백꽃을 피웠다.

"우, 우~야아. 힘이 엄청나잖아. 저 커다란 녀석도 베니비시 인가!"

"귀신도 미치지 못하는 괴력무쌍, 지옥의 자라고 불리던 것이 이 사타하바키 소메요시다. 잡병 따위에게 밀리지는 않느니. 죽고 싶은 자부터!"

두둥!

"다, 덤벼어어어어, 보아라아아아아~~~!!"

"세뇌당했는데도 저 묘한 자기소개는 변함이 없나……."

"그런 말이나 할 때가 아니야, 비스코!"

미로는 등에서 재빨리 활을 뽑아 파트너의 곁에서 외쳤다.

"버섯 기술로는 저 사람에게 당해낼 수 없어. 나와 암리의 진언으로 법무관을 막겠어!"

미로가 그렇게 말하며 암리에게 시선을 던지자, 그녀도 힘찬 미소를 보였다.

"맡겨주세요. 쿠사비라슈 승정의 힘, 마음껏 보여드리죠."

"알았어. 나는 뭘 해야 해?!"

"녀석들이 노리는 건 족장이 가진 『영박』의 힘이야. 우리가 녀석들을 유도하는 사이에, 비스코는 족장과 챠이카를 무사히 도망치게 해줘. 부탁할 수 있을까?!"

비스코는 미로를 올려다보고는 「좋아」라고 끄덕이면서 멍하니 그 자리에 주저앉은 챠이카에게 달려가서 뺨을 가볍게 「찰싹!」 두드렸다.

"아야앗?! 자, 잠깐 당신. 무녀에게 무슨 무례한 짓을!"

"겁먹지 말고 일어나, 챠이카! 이곳의 지리는 네가 제일 밝아. 너의 안내가 필요해. 나와 네가 카비라칸 족장을 지키는 거야!"

"아, 아버님을, 지킨다고…… 챠, 챠이카가……?!"

평소에는 북쪽 버섯지기들에게 보호만 받고 누군가를 지킨 적이 없었던 챠이카는 비스코의 갑작스러운 말에 반사적으로 움츠러들며 굳어지고 말았다.

"그, 그런. 그, 그치만, 챠이카는 아직……."

어린애인걸, 이라고 말하려고 했지만, 갑자기 마주하게 된 비스코의 비취색 눈이 막았다. 챠이카는 한동안 그 반짝이는 눈동자와 마주 보다가, 이윽고 붕붕 고개를 내젓고는 용기를 내서 자신에게 내민 비스코의 손을 꽉 움켜잡았다.

"아, 알았어! 챠이카도 힘껏 아버님을 지킬게…… 부탁이야, 비스코. 힘을 빌려줘. 챠이카와 함께, 아버님을 도망치게 해줘."

"좋다 이거야. 너는 운이 좋아…… 최강의 버섯지기가 호위로 붙으니까. 게다가 공짜로!"

"긴급 시에 마을에서 빠져나갈 수 있는 피난 슬로프가 있어. 그곳까지 도망치자!"

"좋아! 미로, 암리. 지연 역할은 맡긴다!"

두 소년은 시선을 나누고 서로 고개를 끄덕였다. 그리고 비스코와 챠이카는 장로 저택 정면을, 미로와 암리는 창문을 통해 붉게 타오르는 전장으로 뛰쳐나갔다.

"저기다. 저 거한이 족장 카비라칸이 틀림없다."

"놓치지 마라! 덩굴을 써라. 포위해, 포위해!"

"가증스러운 『영박』 포자의 힘, 여기서 끊는 거다!"

복잡하게 뒤엉킨 마을의 미로 같은 비밀 통로를 통해 도망치려던 카비라칸과 챠이카를 드디어 베니비시 척후가 포착했다.

"아차! 들켰어. 아버님, 어서요!"

"챠이카, 나는 눈이 안 좋다. 너의 다리가 무거워질 거다. 내가 여기서 놈들을 막을 테니…… 너만이라도 먼저 도망쳐라."

"약한 소리 하시면 안 돼요! 지금은 챠이카가 아버님의 눈이에요. 자, 어서……! 피난 슬로프는 얼마 남지 않았어요!"

필사적으로 카비라칸을 격려하는 챠이카 뒤쪽, 건물 지붕 위에서 베니비시 전사가 도약해서 부녀 위에 그림자를 드리웠다.

"아앗!!"

돌아본 챠이카의 머리 위에서, 베니비시 전사가 덩굴 도끼를 카비라칸을 향해 들었다.

"『영박의 손』 카비라칸!! 그 목, 시시 왕께 바쳐라—!!"

"시이끄러워어어어어—!!!"

덩굴 도끼가 카비라칸에게 맞기 직전, 그늘에서 건물 벽을 박차고 불덩어리처럼 날아온 작은 그림자가 베니비시 전사의 옆구리를 힘껏 걷어찼다.

"커헉??!!"

태도를 휘두른 듯한 돌려차기는 어마어마한 위력으로 베니비시 전사를 날려버렸고, 그는 건물을 몇 개씩 관통하며 연기를 피워올렸다. 이어서 덮쳐온 베니비시들도 곤처럼 휘두른 활에 차례차례 얻어맞고 날아갔다.

"비스코!!"

"챠이카! 이제 추격자가 이리로 몰려오고 있어. 피난 장소는 아직이냐?!"

"얼마 안 남았어! 그래도 가는 길을 녀석들이 막고 있어. 비스코, 활로를 열 수 있어?!"

"맡겨둬!"

비스코는 마치 새빨갛게 타오르는 철구처럼 작은 몸을 마음껏 내던져 건물을 차례차례 뛰어넘고는 앞길을 가로막는 베니비시 전사들을 걷어차 날려버렸다. 번뜩이는 활, 단도, 그리고 체술은 마치 벼락처럼 일격에 베니비시를 졸도시켰고, 그 훌륭한 기술은 어린애의 힘으로 나오는 것이라고는 도저히 믿을 수가 없었다.

"불의, 신 같은, 녀석이구나아!"

카비라칸은 챠이카의 인도를 받으면서도 비스코의 약동을 느꼈는지, 이런 위기 상황임에도 저도 모르게 얼굴의 힘을 풀었다.

"저런 어린애의 몸으로…… 천 년, 만 년에 한 번 나올 스포아코로다!"

(아버님이 이런 말씀까지 하신다니.)

확실히 불꽃처럼 터지는 비스코의 싸움은 챠이카도 놀라지 않을 수 없었다. 그러나 챠이카는 카비라칸이 타인의 재능을 인정하는 게 묘하게 아니꼬웠는지라 반사적으로 퉁명스럽게 반박했다.

“남자라면 싸움만 강해서는 안 돼요. 아버님처럼 명석한 지혜도 가지고 있어야…… 저런 녀석한테 족장 같은 건 절대 무리! 바보고, 천박하고, 입도 험하고.”

“바하하. 호감을 삐딱하게 표현하는 게 네 버릇이다. 챠이카. 하지만 아직 혼인은 허락할 수 없겠구나. 너와 저 녀석이 열일곱은 넘어야지.”

“으앗……!!”

카비라칸의 말에 하얀 얼굴을 펑! 하고 붉힌 챠이카는 입을 뻐끔뻐끔 열었다 닫았다 했다. 챠이카는 어떻게든 카비라칸에게 반론하려고 했지만, 곧바로 두 사람은 피난 슬로프 지점까지 도착하고 말았다.

“해냈다, 도착했어! 자, 아버님. 어서!”

그곳은 반원형 언덕에 동굴이 수없이 뚫려있는 신기한 곳이었다. 아무래도 각각의 동굴이 다양한 장기로 이어진 슬로프인지, 동굴의 고기 벽에 『간장』, 『소장』, 『폐』라고 적힌 플레이트가 박혀있었다.

“아직이다. 저 세 사람, 남겨두고 갈 수는 없어.”

“괜찮아요, 걔들은 챠이카가 맡을게요. 자, 아버님. 일단 푸크티카로…….”

아버지를 『간장』으로 피난시키려는 챠이카의 앞길을 막으려는 듯이…….

“어이쿠~. 유감이지만 그렇게는 안 되지. 멍청이들아.”

"오늘은 휴일이라서 말이지. 간장은 휴식이야."

그야말로 사람을 바보 취급하는 두 개의 목소리가 들렸다.

"앗! 웬 놈이냐!"

"물러나라아, 챠이카!"

정체 모를 목소리를 향해 외친 챠이카를 카비라칸이 거구로 감쌌다.

그 족장 부녀의 눈앞에…….

또각, 또각, 하는 힐 소리를 내며 두 여자가 가로막았다. 붉은색과 푸른색, 대칭적인 색상의 드레스를 입고, 가슴을 들어 올리듯이 팔짱을 끼고는 고압적으로 웃으며 두 사람을 바라보고 있다.

"키시시시…… 출구에서 지키고 있으니까 정직하게 어슬렁어슬렁 나타나기는."

"너희의 탈주 경로 따위는 이미 파악했다고. 멍청이들아. 딸도 있으니까 더 좋네…… 꽃을 흐트러뜨리는 『영박의 손』이라는 힘, 부녀 모두 근절해주마."

"어, 어째서……."

목소리에 절망이 깃든 챠이카가 여자들에게 외쳤다.

"어째서 당신들이 숨겨진 마을의 위치를 아는 거지?! 지금까지 한 번도 들킨 적이 없는 곳이었는데!"

"키시시시…… 그건 말이지. 그야말로 네 덕분이야. 네가 바보였기 때문이지, 챠이카 아가씨."

"챠, 챠이카 때문이라고……?!"

"너한테 바로 피지 않는 수준의 꽃을 붙여두면, 그걸 치료하러 마을로 돌아가리라는 걸 알고 있었으니까. 그걸로 뒤를 밟은 거지…… 간단한 이야기야."

"무모한 루트를 써버린 탓에 이쪽도 상당한 병력을 잃었지만 말이지. 심장에서 대동맥을 지나다니, 믿을 수 없을 만큼 무모해. 어디 사는 멍청이가 생각한 건지……."

"그, 그럴 수가……. 샤이카, 샤이카 때문에……."

"자, 이야기는 끝이다."

금발에 붉은 드레스를 입은 여자의 손에서 덩굴 채찍이 생성되었다.

"얌전히, 내 채찍의 먹잇감이 되어라. 『영박의 손』 카비라칸!"

"늙은이라고 얕보지 마라아."

카비라칸이 허리에서 천천히 뽑은 우도(牛刀)가 내장이 발하는 빛에 반짝였다.

"이 하티카와 맞바꾸더라도, 이 카비라칸. 딸은 지켜내겠다!"

"아버님……!"

"어린애와 달리 노인에게 채찍질하는 건 재미없어…… 별로 울지 않으니까. 걱정하지 마라, 카비라칸. 너는 일격에 죽인다. 딸은 최대한 길게…… 괴롭히며 죽여주겠어."

"네 이노옴, 데보 녀석……!"

"죽어라아, 늙은이!!!"

금발의 채찍이 슈욱! 하고 번쩍이며 카비라칸의 육체를 찢으려는 그 찰나.

푸슈융! 하고 날아온 한 줄기 붉은 화살이 가느다란 뱀처럼 채찍의 몸통을 정확하게 꿰뚫어서 찢어버렸다.

이윽고 불덩어리 같은 남자아이가 「크으윽?!」 하고 비틀거린 금발녀와 카비라칸 사이를 가로막듯이 착지했다.

“영예로운 육도의 부옥장님께서 무척이나 영락하셨구만. 아앙?”

일렁이는 붉은 머리 안쪽의 비취색 눈동자가 금발과 마주치자, 금발의 입에서 「치잇」 하고 분통함에 혀를 차는 소리가 들려왔다.

“기르던 개 취급하던 시시에게 이번에는 충성을 맹세한 거냐? 육도 부옥장의 자존심은 조금도 남지 않은 모양이구나. 고피스! 메파오샤!!”

“으하아, 나왔다 나왔어. 꼬마가 되었는데도 잘도 짖는구만. 키시시시……!”

기세등등하게 이름이 언급되자, 푸른 드레스에 안경을 쓴 부옥장·메파오샤가 유쾌한 듯 웃었다. 한편 고피스는 눈앞에 나타난 비스코에게 짜증을 드러내며 외쳤다.

“버섯지기라는 하등한 인종은 모르겠지. 우리는 시시 님의 총애를 받아 꽃의 힘에 지배를 받게 된 거다. 이걸 봐라!”

고피스가 드레스를 「쭈욱」 당겨서 드러낸 그 가슴팍에는, 짙은 녹색 덩굴이 빼곡하게 들어차고 새빨간 겨울 동백꽃이 가득 붙어있었다. 메파오샤에게 시선을 옮기자, 노출된 허벅지에 똑같은 덩굴과 겨울 동백꽃이 휘감겨있는 게 보였다.

(저건, 시시의 겨울 동백꽃! 이 녀석들도 세뇌된 건가……!)

"이 덩굴과 꽃의 힘이 있다면, 꼬마 한 명 상대하지 못할 리가 없어."

"거기 있는 영감과 공주님을 지키며…… 혼자서 어디까지 할 수 있을까? 아카보시 구운."

고피스가 눈동자를 찡그리며 요염하게 웃자, 그 손에 다시 덩굴이 주르륵 휘감기며 강인한 겨울 동백꽃 채찍으로 나타났다. 마찬가지로 메파오샤도 자신의 귀에 손가락을 꽂아서 덩굴 채찍을 주르륵 꺼냈다.

"입만 산 것도 변함없구만. 쫑알거리지 말고 덤벼!"

"바라던 대로!"

"해주마아!"

찰싸아아악! 하고 후려친 두 사람의 채찍을 굴러서 피한 비스코는 피부를 스치는 바람을 느끼며 약간 식은땀을 흘렸다. 덩굴 채찍의 위력은 예전의 고피스·메파오샤와는 비교도 되지 않고, 시시가 내린 겨울 동백꽃의 화력이 두 사람의 신체 능력을 크게 끌어올려 주고 있었다.

"손대지 마, 메파오샤! 너는 늙은이하고 딸을 노려. 아카보시는 내 사냥감이다!"

"키시시. 또~, 나왔네. 사드 소 님의 성벽이."

"시끄러워, 멍청이 안경! 녀석들을 놓치지 마!"

"알~았, 다, 고!!"

"으으음!"

좌아악! 하고 휘어진 메파오샤의 채찍을 카비라칸의 우도가 가까스로 튕겨냈다. 그걸 옆에서 보면서 다음 화살을 당긴 비스코에게 고피스가 날린 제2, 제3의 채찍이 공기를 가르며 덮쳐왔다.

“하하하!! 기쁘다고 아카보시. 어린애를 괴롭히는 게 취미인 나한테, 하필이면 원적(怨敵)인 네가 꼬마가 되어 나타날 줄이야!”

“시끄럽다고! 빌린 힘을 휘두르며 잘난 척하지 마!”

“그 외침도 변성기 전이 되니까 참으로 귀엽네…… 아아, 빨리! 빨리 들려줘. 아픔으로 흐느끼는, 너의 비명을 들려달라고. 아카보시이이!”

고피스는 화력에 지배되면서 원래부터 있던 가학성이 증폭됐는지 그야말로 흥분의 절정 상태가 되었고, 채찍의 날카로움도 예전과는 비교할 수도 없었다.

(틀렸어. 도망치기만 해서는 화살을 쏠 수 없어!)

비스코는 고피스의 역량을 재인식하고는, 대미지를 각오한 결사의 전술로 전환했다.

(한 방 맞고, 휘두른 동작이 끝나는 틈에 쏜다!)

“찢어져라, 아카보시!”

(여기다!)

찰싸아아악! 덩굴 채찍이 비스코의 몸을 찢은 동시에, 파슈웅! 하고 날아간 버섯 화살이 붉은 직선을 그리며 고피스의 어깻죽지에 깊숙하게 꽂혔다.

"컥?! 뭣, 뭣이이?!"

채찍에 맞은 느낌이 확실했던 만큼, 카운터로 어깨를 꿰뚫린 고피스의 경악은 더욱 심해서 유열의 표정이 단숨에 고통으로 일그러졌다.

"마, 말도 안 돼…… 꼬마의 몸으로, 내 채찍을 맞고도!"

"겉모습에, 휘둘려서……."

커헉, 하고 흘린 피에 젖은 비스코의 송곳니가 빛났다.

"상대가 식인종 아카보시라는 걸 잊은, 네놈의 패배다……!"

"크허억!!"

빠꿈! 하고 발아한 붉은느타리버섯의 충격과 함께 고피스의 몸은 크게 날아가서 물수제비처럼 바닥을 몇 번 튕기며 벽에 부딪혔다.

그러나 비스코도…….

고피스의 채찍에 찢어진 가슴의 상처를 누르며 무릎을 꿇고 「쿨럭!」 하고 바닥에 피를 토했다.

(젠장…… 역시, 통했나……!)

상대의 공격을 일부러 맞고 그 틈에 필살의 화살을 쏘는 육참골단의 전법은 일반인과는 다른 강인한 육체를 가진 비스코의 특기 전술이다.

그러나, 그것은 평소의 강인한 육체가 있어야지만 성립되는 기술. 지금의 몸으로 받아낸 화력의 채찍은 비스코에게도 상당한 대미지가 되었다.

(그래도, 이제 한 쪽은 쓰러뜨렸어! 나머지는…….)

비스코가 어떻게든 이를 악물고 피로 물든 몸을 일으키려 하자…….

그곳에.

"싫어어—! 아버니이임—!"

챠이카의 비명과 좌아악! 하고 채찍이 살을 찢는 소리가 겹쳤다. 계속해서 후려친 메파오샤의 채찍이 드디어 카비라칸의 우도를 튕겨내고 대각선으로 후려쳐서 찢어버린 것이다.

"크, 오, 오오…… 이 노오옴……."

"이~거야 원, 손이 아프잖아. 버티는구만, 영감. 나는 고피스와 달리 이런 무식한 육체노동은 좋아하지 않는다고. 나 참, 수고 들이게 하기는……."

"크, 으, 10년만, 젊었다며언……"

"뭐, 그것도 이제 끝이야. 얌전히 내 채찍의 녹이 되시지!"

"그만둬!!"

아버지·카비라칸의 몸에 달라붙은 챠이카가 부들부들 떨면서도 용기를 한껏 쥐어짜 내 양손을 펼치고 앞을 가로막았다.

"채찍을 거둬라, 비열한 녀석!"

"……아앙? 뭐야아~? 이 꼬마는 갑자기……."

"이 이상 나의 아버지·족장 카비라칸에게 무례한 짓은 용납할 수 없다. 다시 그 채찍을 휘둘러봐라! 나의 영혼이 번개가 되어, 반드시 너를 꿰뚫을 거다!!"

"어, 뭐야? 너의 영혼이? 번개로…… 아~~, 하하하하아아!!"

메파오샤는 한동안 「머엉」하니 챠이카를 응시하고 있었지만, 이윽고 배를 잡고 웃었다.

"아하하하하…… 이거이거, 훌륭하네. 미스 챠이카. 언제나 아버지 뒤에 숨어서 아무것도 못 하는 무력한 꼬마 주제에, 용케 그런 호언장담을 할 수가 있네."

떨면서도 필사적으로 아버지를 지키는 챠이카의 두 눈에 굴욕의 눈물이 맺혔다.

"그래도 하나 가르쳐주지. 샤먼 꼬마에게 그런 허풍은 무리야. 신앙이 없는 나에게 무서운 건 아무것도 없거든…… 그저 죽이는 순서가 바뀌고, 그걸로 끝."

"크, 으으……!"

"이렇게나 말했는데도 모른다면야!"

메파오샤의 편자 피어스가 흔들리며 덩굴 채찍이 휘익! 하고 공중을 날았다.

"얼굴에 가위표를 그려주마! 거울을 볼 때마다 오늘을 후회하도록 말이지—!!"

찰싸아악!!

떨어지는 덩굴 채찍을 보자 챠이카는 저도 모르게 고개를 돌렸다.

그러나, 살을 찢는 아픈 소리와는 달리, 자신의 몸에 아픔은 없었다.

"……어?"

챠이카가 조심조심 눈을 뜨자, 그곳에는…….

"커, 헉……!!"

"안 돼, 비스코!!"

챠이카를 감싸고 메파오샤의 일격을 맞은 비스코의 모습이 있었다. 비스코의 작은 몸은 피투성이였지만, 불굴을 과시하듯이 천천히 일어났다.

"그런. 그런 몸으로 챠이카네를 감싸고……!"

"콜록. 소란, 피우지, 마. 챠이카. 이 정도, 가지고!"

"캐액, 아카보시…… 아앗, 저 바보 소. 벌써 당해버렸잖아!"

옆에서 튀어나온 비스코의 등장에 초조해하던 메파오샤는 머나먼 뒤쪽에 뻗어있는 고피스를 보고 혀를 찼다.

그러나 고피스의 채찍에 맞은 눈앞의 비스코는 상당한 중상이었고, 가까스로 서 있는 몸도 휘청거려서 불안하다. 메파오샤는 초조해하던 얼굴에 약간 여유를 되찾으면서 틀어진 안경을 「슬쩍」 고쳤다.

"이봐, 비스코 구운. 그런 몸으로 프린세스를 지키러 온 거냐? 그렇게 비실비실한 너라면, 나라도 일격에……."

"……한 번 더, 그 채찍을, 휘둘러봐."

"……뭣이이……?"

"챠이카의 호언장담이 허풍인지 아닌지, 시험해보라는 거다."

피로 물든 비스코의 눈동자가 한층 강하게 반짝이며 살짝 솟구친 송곳니가 드러났다.

"너의 채찍과 바꿔서, 영혼의 번개가 너를 후려친다는데. 그게 싫다면 그 허접한 채찍을 집어넣고 돌아가시지."

"……얼굴 말고는 모든 게 귀엽지 않은 꼬마라니까."

작고, 연약한 존재가 야유를 가득 담아 도발하자, 냉정했던 메파오샤의 뇌에 「화악」 피가 몰렸다. 그리고 좌악! 하고 비스코를 향해 채찍을 휘둘렀다.

"그 콧대를 꺾어주면 얌전해질 거냐. 아카보시!"

"『휘둘렀겠다』, 메파오샤. 천벌, 강림이다!"

찰싸아아아악!!

메파오샤가 휘두른 채찍은 선언대로 비스코의 안면을 강하게 후려쳤다.

채찍의 감촉을 느낀 메파오샤가 「씨익!」 하고 유열의 표정을 지은, 다음 순간…….

마치 무언가가 당긴 것처럼 메파오샤의 몸이 공중에 휘이잉 뜨더니, 채찍 끝을 기점으로 해서 비스코의 대각선상으로 콰앙!! 하고 내동댕이쳐졌다.

"커, 커허어억?!"

한순간의 일이었다. 무슨 일이 일어났는지 알지 못한 메파오샤의 몸이 다시 두둥실 떠올랐고, 이번에는 원래 있던 곳에 강하게 떨어졌다.

콰아앙!

"우고오하악?!"

"이걸로 번개 두 방이다. 무녀님의 신탁을 얕봤구나, 안경!"

덩굴을 찢어서 버린 비스코가 드높이 외쳤다.

비스코는 건곤일척의 승부를 걸어서, 자신의 얼굴을 향해 휘두른 덩굴 채찍을 이빨로 물고 목 근육으로 메파오샤의 몸을 휘둘러 두 번이나 지면에 처박은 것이다.

"그런, 말도 안 되는…… 꼬마 몸에 대체 어디서, 그런 힘, 이……."

메파오샤는 슈르르륵 채찍을 풀면서 중얼거리고는, 마지막으로 몇 번 입꼬리를 일그러뜨리며, 웃었다.

"……아니. 이래야지만, 이라고, 해야겠지…… 아카보시. 키히히히…… 안심, 했다고……."

메파오샤는 그런 말을 내뱉고는 입가에서 「쿨럭!」 하고 피를 토하며 의식을 잃었다.

마찬가지로 비스코도 그걸 확인하더니 자세가 확 무너져서 바닥에 피를 철철 흘렸다.

"비스코오오!! 아아, 이런 상처……!"

챠이카가 저도 모르게 비스코를 끌어안자, 양팔에 피가 끈적하게 묻어났다. 비스코는 그건 딱히 신경 쓰지 않고 앞선 싸움에서 부러진 이빨 몇 개를 「퉵!」 하고 토해냈다.

"비스코. 저기, 괜찮아?"

"괜찮아, 유치라고. 바로 다시 날 거야."

"이빨 말고! 챠이카네를 지켜준 탓에, 이런……!"

"너, 멋있더라."

"어……?"

"너, 그때는 확실히 활이었어. 나는 화살이야, 당겨준 활시위에는 보답하지."

비스코는 팔로 난폭하게 얼굴의 피를 닦고는 천진난만하게 웃었다.

"소질 있어. 무녀 같은 건 관두고 전사를 하는 게 어때?"

"……당신은, 정말로……."

챠이카는 어이없어해야 할지 감동해야 할지 몰랐지만, 아무튼 족장과 무녀를 구한 영웅에게 최대한의 경의를 보이기 위해 신성한 무녀의 옷 일부를 찢어서 그 천으로 꼼꼼하게 피를 닦아줬다.

"비스코—!!"

그 자리에, 멀리서 미로와 암리가 바람처럼 달려왔다. 미로는 멀리서 비스코의 부상을 보자마자 의료 가방을 들었고, 착지와 동시에 앰플을 비스코에게 꽂았다.

"또 화려하게 당했네. 매복 당했어?"

"응. 그래도 쓰러뜨렸어. 저기 굴러다녀."

"진통제 처리도 해둘게. 송죽매(松竹梅)로 따지면, 얼마나 아파?"

"매."

"허세 부리기는. 죽으로 해두겠습니다."

"아버님도 다치셨어. 비스코가 목숨 걸고 지켜줬어."

완전히 익숙한 듯이 비스코에게 붕대를 둘둘 감아준 뒤, 기절한 카비라칸의 치료에 들어간 미로에게 챠이카가 걱정스레 물었다.

"당신들은 무사해?! 저기, 마을은 어떻게 됐어?!"

"챠이카 님. 진정하고 들으세요."

암리가 챠이카를 마주 보고는, 평소보다 진지한 표정으로 말했다.

"북쪽의 버섯지기 마을은, 거의 전멸이에요……! 거대한 겨울 동백꽃이 수없이 피어나고 말았어요. 전사들은 뿔뿔이 흩어져서 가까스로 도망친 모양이지만요."

"그, 그럴 수가……."

"사타하바키 법무관은 어떻게 됐어? 쓰러뜨렸냐?"

"둘이 덤벼서 발을 묶는 게 고작이었어. 다리에 고정 진언을 걸었으니까 한동안 움직일 수는 없다고 생각하지만……."

지금 막 그렇게 말한 미로의 목소리를 가로막듯이.

"이따위, 괴이한 기술로—!"

피난 슬로프 지대에 모인 일동을 향해, 췌장이 찢어질 듯이 무식하게 큰 목소리가 날아왔다. 그리고 곧바로 쿠우우웅! 하고 대지를 뒤흔들며 거구의 베니비시가 일동 앞에 착지했다.

"본관을 막을 수 있다고 생각했느냐. 이 소메요시, 얕보이고 말았구나!"

"사타하바키!"

비스코와 미로가 둘이서 등을 맞대며 활을 뽑아 세 사람의 방패가 되었다. 사타하바키는 양발에 붙은 녹의 무게추를 주먹으로 깨부수고는 「스르륵」 일동에게 그림자를 드리웠고…….

그러나 뜻밖에도 그대로 일동을 덮치지 않고 주변을 돌아보더니, 근처에서 뻗어있는 고피스와 메파오샤를 한 팔로 모두 들어 올렸다.

"바보 같은 것들. 또 실수했느냐."

"사, 사타하바키 님…… 카비라칸의 처리는 아직. 죄, 죄송, 합니다……."

"이제 됐다. 본래 목적이었던 『영박표석(靈雹標石)』은 손에 넣었다."

사타하바키는 그렇게 말하면서 아름다운 조각이 새겨진, 백은색으로 빛나는 입방체를 손에 높이 들었다. 백은색 입방체는 어두운 췌장 안에서 반짝반짝 빛나고 있었는데, 아무래도 어느 한 방향을 향해 빛나는 포자의 길을 만들고 있는 것 같았다.

"아앗, 저건……!"

챠이카가 목이 막힌 비명을 내질렀다.

"마을의 비보, 『영박표석』! 저걸 빼앗기면 『영박소(靈雹巢)』의 위치가 들키고 말아!"

"이 빛나는 포자의 길을 따라가면 『영박소』에 도착하는 장치인 모양이더군."

사타하바키는 그 돌을 슬쩍 흔들고는, 괴력으로 부수지 않게 살며시 옆구리 쪽에 넣었다.

"이 비보만 손에 넣으면 홋카이도의 모든 양분을 손에 넣은 거나 다름없지. 이미 이 자리에 오래 있어봤자 소용없으니, 이대로 『영박소』로 향한다."

"사, 사타하바키 님. 설마 이대로 물러나시려는 겁니까."

고피스가 한 팔에 안긴 채 불만스럽게 외쳤다.

"저 녀석들은 피로한 상태. 카비라칸도, 죽어가는 아카보시도 있습니다. 지금이 저 녀석들을 없애버릴 절호의 기회라고요!"

고피스의 말을 들은 사타하바키는 천천히 돌아봤고…….

번뜩!

붕대 속에서 비취색으로 빛나는 비스코의 눈동자를 한동안 노려봤다.

(……아카보시. 천 냥 개화의 대장부여.)

그리고는 조용히 중얼거리며 일동에게 등을 돌려 성큼성큼 걸어갔다.

"사, 사타하바키 님!!"

"아카보시를 죽이려면, 본관의 목숨도 걸 각오가 필요하다. 지금은 그때가 아니야."

"그, 그럴 수가. 저런 꼬마, 법무관이라면 한주먹 거리도 아니잖습니까!"

"몸으로 역량을 재는 너 정도 수준으로는 모르겠지."

사타하바키는 그렇게 말하고는 손에 든 『영박표석』의 빛을 의지하여 비밀 슬로프 중 하나의 입구를 괴력으로 찢어서 거구를 안으로 스르륵 밀어 넣었다.

그제야, 겨우…….

"위……."

"위험, 했다아……!"

활을 당기고 있던 소년들은 깊은 긴장을 풀고, 활을 내리고는 그 자리에서 힘을 잃고 주저앉았다.

9

"캐—액! 콜록, 콜록!"

"잠깐! 여자아이가 낼 소리가 아니잖아. 암리!"

"그치만, 엉망진창이잖아요! 아무리 서둘러야 한다지만, 저런 동맥 안의 흐름을 타다니…… 우읍. 저의 내장이 튀어나올 것 같아요."

"미안해, 암리. 참아! 영박소는 바로 코앞이야!"

깊은 상처를 입은 족장 카비라칸을 안전한 신장으로 옮긴 일동은 평소보다 초조해 보이는 챠이카의 인도를 받아 동맥의 강을 내려가서 사타하바키 일행을 쫓아 「영박소」라는 미지의 장기로 향했다.

달리는 챠이카가 이마에 땀이 맺힌 채 일동을 선도하고 있다. 그 몸을 받쳐주며 곁을 달리던 미로가 의아해하며 챠이카에게 물었다.

"있잖아, 챠이카. 영박소라는 건 어느 장기야? 내가 아는 한, 연체진화속에 그런 기관은 없었을 텐데……."

"미로가 모르는 것도 무리는 아니야. 영박소는 홋카이도밖에 가지고 있지 않으니까."

숨을 헐떡이던 챠이카를 미로가 등에 업어주자, 그녀는 숨을 가다듬으며 천천히 다음 말을 이었다.

"홋카이도를 움직이는 모든 에너지를 제조해서 집적해두는 것이 영박소라는 장기야. 홋카이도에게는 브레티카나 하티카보다도 중요한 곳이야."

"뇌나, 심장보다도……."

"시시의 노림수는 거기에 있다는 거냐?"

옆을 나란히 달리던 비스코가 묻자, 챠이카는 수긍했다.

"지상에서 녀석들의 화원을 봤잖아? 영박소의 힘은 그것의 천 배를 넘는 규모를 가졌어. 모든 에너지를 흡수해버리면 베니비시가 어떤 힘을 가지게 될지 상상도 가지 않아…… 잠깐, 입구에 도착했어!"

챠이카의 목소리와 함께 멈춘 일동이 주변을 돌아봤다.

두꺼운 섬유 같은 것에 뒤덮여서 흡사 붉은색과 하얀색 멜론 껍질 같은 그 공간은, 완만한 고동과 합쳐져서 눈부신 백색으로 명멸하고 있었다.

"굉장한 빛이에요! 내장 안인데도 왠지 영험해 보이는……."

"여기가 영박소?! 굉장해. 어떤 의사도 본 적 없는 신종 장기야. 비스코!"

"나한테 말하지 마, 나한테. 말해도 몰라."

"앗. 미안해, 편차치가 높은 바람에……."

"변화구 그만두라고!!"

시끄럽게 떠드는 세 사람을 놔둔 채, 챠이카는 홀로 영박소 입구 안으로 들어갔다. 그리고 안쪽 광경을 목격하고는, 「아아, 이럴 수가……」라며 비통한 소리를 내며 주저앉았다.

"챠이카, 왜 그래?!"

비스코 일행이 모여들자, 챠이카가 영박소 안을 가리키며 고개를 내저었다.

"늦었어. 그 녀석들에게, 베니비시들에게 선수를 빼앗겼어……."

"미…… 미로, 이 녀석은!!"

영박소에서 나오는 강렬한 백색의 빛에 눈을 가늘게 뜬 비스코가 경악해서 소리를 높였다.

그 장기의 최심부에는, 눈부신 은백색으로 빛나는 거대한 버섯이 솟아나 있었다. 버섯은 그것 자체가 생명을 과시하듯이 고동하며 때때로 거대한 버섯갓에서 푸우! 하고 은색의 포자를 흩뿌렸다.

"이 버섯이 아버님이나 챠이카가 가진 힘의 근원…… 영박이라는 버섯이야. 나아가서는 홋카이도를 움직이는 엔진의 역할도 하고 있어."

"녹식에 밀리지 않잖아. 터무니없는 버섯이야…… 이것의 뭐가 늦었다는 거야?!"

"비스코 님. 저거예요. 영박의 표면 부분을 잘 보세요!"

눈부신 빛에 서서히 눈이 익숙해지자, 챠이카가 비장한 목소리를 낸 이유를 알 수 있었다. 하얗게 빛나는 영박의 체표에는 광포한 가시를 가진 겨울 동백꽃 뿌리가 몇 겹이나 살에 얽혀서 양분을 빨아들이고 있었다.

"그런가. 꽃의 뿌리가 이 하얀 버섯을!"

"꽃의 뿌리는 이대로 등을 뚫고 지상까지 이어지는 것 같아."

챠이카의 목소리는 고향이 짓밟힌 슬픔에 젖어서 울음소리가 되었다.

“영박을 구하려면, 이 뿌리를 제거하고 지상의 꽃을 태우지 않으면 안 돼. 하지만, 이미 이렇게까지 뿌리가 둘러싸고 있다면…….”

챠이카의 말대로, 영박을 둘러싼 꽃의 뿌리는 깊다. 손을 쓴 사타하바키 일행도 이미 목적을 달성했다고 보고 지상으로 올라간 뒤인 모양이었다.

“포기하는 건 일러, 챠이카!”

그러나, 그렇더라도.

미로가 눈앞의 영박을 노려보며 결연하게 말했다.

“꽃은 버섯에는 강하지만, 선천적으로 녹에 약한 성질을 가졌어. 나와 암리는 녹을 자유자재로 조종하는 진언을 쓸 수 있거든. 진언을 쓰면 이 뿌리의 바다를 통째로 녹슬게 만들 수 있을지도 몰라.”

“진언의, 힘……?”

“챠이카 님. 맡겨주세요. 저도 쿠사비라슈 승정을 맡은 몸이니까요!”

“두 사람…… 그래. 두 사람의 그 녹신 빙의의 힘이 있다면!”

챠이카는 순간 표정을 빛냈지만, 이윽고 시선을 내리며 고개를 내저었다.

“그래도 안 돼. 뿌리를 제거하더라도, 지상의 꽃이 피어나면 어차피 끝장인걸. 뿌리와 꽃, 동시에 격파하지 않으면 늦을 거야.”

"그게 뭐가 안 된다는 거야? 챠이카."

붕대투성이인 비스코가 외투를 펄럭이며 비관에 젖은 챠이카에게 손을 내밀었다. 챠이카는 비스코의 비취색 눈을 보자 무심코 이끌리듯이 손을 잡고 일어났다.

"암리와 미로, 진언사는 두 명 있다고. 각자가 진언으로 뿌리와 꽃을 동시 격파한다. 충분히 승산 있는 작전이잖냐."

"그, 그래도, 비스코……!"

"미로! 지상 쪽이 침식은 깊을 거야. 챠이카와 이 자리를 부탁해."

"응, 알았어!"

"꽃을 피운다는 건, 지상에는 시시가 있다고 봐도 틀림없을 거야. 암리는 나와 지상으로 나가서 그 꽃이라는 걸 처리하자!"

"알겠어요, 비스코 님!"

챠이카는 결의를 다진 소년들을 돌아보며 잠시 뜸을 들이더니, 자신의 망설임을 끊으려는 듯이 강하게 고개를 끄덕이고는 양손으로 비스코의 손을 굳게 잡았다.

"……비스코. 미로, 암리! 홋카이도가 살아남을지, 죽어버릴지의 분수령이야. 제발 부탁해, 당신들의 힘을 빌려줘!"

"알았어. 안심하라고. 우리는 일본 최강의 버섯지기야. 노린 건 반드시 이뤄내."

"……."

"아직 의심하냐?"

"……아니. 믿을게. 지금이라면……."

비스코가 송곳니를 드러내며 미로에게 웃어주자, 미로도 미소로 답했다.

"좋았어! 꽉 잡아, 암리!"

"꺄아. 멋져요, 비스코 오라버니!"

암리를 손으로 안아 든 비스코는 와이어 화살을 하늘 높이 쏴서 그대로 그걸 감아 우뚝 솟은 영박을 뛰어넘었다. 두 사람의 모습은 영박의 빛과 내리쬐는 햇빛에 가려지고, 아득한 영박소 천장으로 올라가 보이지 않게 되었다.

챠이카는 그들이 보이지 않게 된 뒤에도 그 모습을 계속 배웅했다.

"챠이카. 역시 비스코가 걱정돼?"

옆에 있던 미로가 묻자, 챠이카는 고개를 붕붕 내저었다.

"걱정하는 건, 아니야…… 전혀, 걱정하는 건 아니야."

"……."

"저 사람, 증명해줬으니까. 영혼이 강하다면, 몸은 상관없다는 걸."

챠이카는 미로를 돌아보고는 금색 머리를 흔들면서 방긋 웃었다.

미로는 챠이카의 말을 듣자 기쁜 듯 끄덕이고는 발돋움과 함께 단호하게 결심을 다지려는 듯 크게 한숨을 내쉬고는 눈앞에 꿈틀대는 나무 뿌리를 날카롭게 노려봤다.

"미로, 하는 거네……! 혼자서 괜찮아? 뭔가 도와줄까?"

"챠이카. 비스코를 믿어준다면, 간접적으로 나도 믿어줘야지."

"에엑?"

"그야, 비스코가 제일 믿고 있는 파트너는 바로 나니까!"

미로는 평소 파트너가 그러듯이 눈앞의 위협을 물어뜯으려는 듯 날카롭게 웃었다. 그 입술에서 주언(呪言)이 흘러나오자, 한 손에 빛나는 녹색 큐브가 나타났다.

"공격해온다! 챠이카, 나한테서 떨어지지 마!"

"알았어!"

그 말이 계기라는 듯이, 영박을 휘감고 있던 꽃의 뿌리는 미로가 다루는 진언의 주력을 감지했는지 채찍처럼 휘어져서 두 사람을 덮쳤다.

온 샨다리버 알하드 스네우
"won/shandereber/alhad/snew!"

미로가 외친 진언의 발현과 함께 동굴 안에 에메랄드색 돌풍이 확! 불어닥치며 영박을 둘러싼 꽃의 뿌리가 차례차례 찢어졌다. 찢어진 뿌리의 단면은 곧바로 녹에 뒤덮여서 그대로 녹색 먼지가 되어 무너졌다.

"와아! 굉장해, 미로. 굉장해!"

"날뛰지 마, 챠이카! 이 진언, 꽤 힘드니까!"

폭풍 칼날의 진언, 그 갑작스러운 공격을 맞은 꽃의 뿌리는 극단적인 방어 반응을 보이며 차례차례 영박에서 떨어져서 폭풍처럼 채찍을 연타하여 두 사람을 덮쳐왔다.

(큰일인데……! 상상한 것보다 움직임이 빨라!)

"위험해, 미로. 위!"

온 샤드 셰드 스네우
"앗! won/shad/shed/snew!"

챠이카의 충고를 듣고 곧바로 위쪽에 진언벽을 쳐서 떨어지는 꽃의 뿌리를 간발의 차이로 튕겨냈다. 꽃의 뿌리가 찢어진 동시에 미로의 등골에도 땀이 흘렀다.

(챠이카에게는 그런 대허세를 부렸지만, 조금 위험할지도!)

꽃의 뿌리는 점점 숫자를 늘렸고, 그중에는 진언의 바람을 뚫고 미로를 후려치려는 것도 나타나기 시작했다. 미로가 다루는 진언의 힘은 그때마다 장벽으로 쓸려서 바람의 위력이 약해졌다.

"큰일이야. 이대로 가면……!"

챠이카의 눈으로도 미로가 점점 궁지에 몰리는 모습이 보였다. 챠이카는 결의를 다지고 자신의 양손을 맞대고 조용히 중얼거렸다.

"아버님이 하셨다면…… 챠이카도 할 수 있어. 용기라면 모두에게 받았으니까!"

"챠이카! 위험해, 내 뒤로!"

"미로!"

챠이카는 진언을 전개하는 미로와 눈을 마주치고는, 바람에 지지 않는 큰 소리로 외쳤다.

"챠이카는 지금부터 저 영박에 접촉하러 가겠어. 홋카이도의 의식이 아직 무사하다면, 무녀인 챠이카에게 반드시 힘을 빌려줄 거야."

"저 버섯에?! 무모해. 꽃의 뿌리가 저렇게 밀집한 곳으로 가다니!"

"부탁이야, 미로."

챠이카는 미로의 별 같은 눈동자를 바라보며 분홍색 입술로 중얼거렸다.

"챠이카를 믿어줘. 영박에 도착할 때까지 챠이카를 지켜줘. 비스코도 당신도, 반드시 챠이카의 힘으로 구해낼게!"

미로는 챠이카의 말을 듣고 잠시 고민했지만……

이윽고 「알았어!」라고 힘차게 끄덕이고는 진언 바람의 출력을 폭발적으로 올려서 직선상의 꽃의 뿌리를 치우고 영박까지의 길을 만들었다.

"지금이야! 가, 챠이카!"

챠이카가 대답할 시간도 아깝다는 듯 내달리자, 꽃의 뿌리가 곧장 덮쳐왔다. 미로는 멀리서 챠이카를 지키기 위해 진언 벽을 쳐서 달리는 챠이카를 보호했다.

미로의 진언이 힘을 다하고, 무수한 꽃의 뿌리가 몸을 찢어버릴 듯이 휘감겼을 때, 챠이카는 드디어 영박의 뿌리에 도착했다.

챠이카가 높은 영박을 올려다보면서 조그만 양손을 들자, 그 양 손바닥이 카비라칸 때와 같이 영박에 호응해서 은색으로 빛나기 시작했다.

"홋카이도! 들어줘. 당신과 챠이카의 친구를 구하고 싶어. 부탁이야, 힘을 빌려줘!"

챠이카가 그렇게 외치면서 양손을 부드러운 영박의 표면에 푹 집어넣자…….

『즈즈즈.』
『즈오오오오오오.』
영박의 표면에서 뭔가 새하얀 털에 뒤덮인 짐승 같은 것이 끊임없이 솟아나서 영박소 안에 내려왔다. 짐승은 눈도 코도 없고, 그저 거대한 입을 가진 백곰 같은 모습을 하고 각자 굶주린 맹수처럼 주변에 있는 꽃의 뿌리를 먹어치웠다.
그중 하나가 단도로 격투를 벌이던 미로 주변의 덩굴을 물어뜯어서 촥촥 찢어버렸다. 자유로워진 미로는 주변 상황을 보고 저도 모르게 감탄의 목소리를 냈다.
"이건…… 백모항체! 챠이카가 불렀구나. 홋카이도에게 호소해서 그들을 여기에 불러 모은 거야!"
"먹어, 먹어치워라! 무녀 챠이카가 허락한다, 이 녀석들은 홋카이도에 해를 끼치는 것. 이 자리에 단 하나도 남기지 마라!"
백곰 한 마리에 올라타서 호령을 발한 챠이카는 어린 나이임에도 홋카이도의 여왕 같은 품격을 갖추고 있었다. 미로는 그 모습에 잠시 넋을 잃었다가 바로 정신을 차리고, 자신도 단도를 휘둘러 꽃의 뿌리를 잘라냈다.

10

홋카이도의 핵심 장기·영박소에서 바로 위, 그 등에는.
홋카이도 최대의 영봉(靈峯), 영박산이 높이 솟아서 아득한 대지를 내려다보고 있다.

그 정상에.

한 명의 베니비시 소녀와, 그 옆에서 대기하는 거한의 모습이 있었다.

소녀는 옛 아버지의 것이었던 가운을 두르고, 바람에 나부끼면서 얼음장처럼 차가운 표정으로 어느 한 점을 응시했다.

"이것이……."

소녀의 붉은 입술이 조용히 목소리를 냈다.

"이것이, 영박의 역장인가."

"예!"

옆에서 대기하던 사타하바키가 소녀의 조용한 질문에 답했다.

두 사람의 눈앞, 영박산 정상에는 거대한 원형 역장이 소용돌이치면서 하얀 빛을 발하며 자잘한 포자를 눈보라 속에 흩뿌리고 있었다.

"이 아래에 위치하는 영박소야말로 홋카이도가 가진 힘의 중심. 시시 임금님의 거대 꽃으로 이걸 흡수한다면, 그 꽃가루를 받은 우리 베니비시는 인간을 월등히 뛰어넘는 화력을 가지게 되겠지요."

(……인간을, 월등히 뛰어넘는, 화력.)

시시의 얼음 같은 눈동자에 야망의 불꽃이 잠시 타올랐다.

(학대하고, 짓밟겠다. 이번에는 우리 베니비시가…… 녀석들, 인간을.)

"이미 지하 깊은 영박소에는 우리의 꽃이 뿌리를 퍼뜨리고 있습니다. 지금이야말로 우리의 비원을 성취할 때. 자, 시시

임금님. 이 자리에서 꽃을 피워주시지요!"

"……알았다."

시시는 사타하바키의 말에 짧게 대답하고는 눈을 감고 잠시 염원했다. 그러자 한 손에 무수한 덩굴이 소리 없이 모이더니 태양색으로 빛나는 왕검·사자홍검이 되어 나타났다.

그 위광 앞에 저도 모르게 머리를 조아린 사타하바키를 지나친 시시는 하얗게 빛나는 거대한 역장의 중심에 섰다. 그리고 조용하게 숨을 들이쉬고는, 빛나는 사자홍검을 자신의 머리 위로 높이 들었다.

"……발화! 사자호오오옹거어어어엄!!"

좌악!!

시시의 포효와 함께 사자홍검이 역장의 중심에 세워졌다. 그러자 하얀 역장은 겨울 동백꽃의 붉은색으로 점점 물들었고, 영박산 전체가 『고고고고』 비명을 지르듯이 흔들리기 시작했다.

강한 눈보라로 변한 바람 속에서 시시의 귀에 달린 동백꽃이 크게 열리더니 빛나는 꽃가루를 날렸다. 시시가 날린 진화의 화력이 영박산에서 힘을 흡수하여 거대 꽃을 피우려 하는 전조였다.

그리고, 이윽고—.

"우오오오…… 이건! 이 막대한 화력의 맥동으으은—!!"

사타하바키는 불어오는 폭풍을 팔로 막으면서 외쳤다.

사자홍검이 꿰뚫은 붉은 역장에서 화아악! 하고 어마어마한 기세로 덩굴의 기둥이 자라나 하늘을 뚫을 듯이 솟구쳤다. 그것은 이미 꽃이라기보다는 탑이라고 말을 바꾸는 게 어울리는 모습이었다.

"사자홍검이, 홋카이도가 가진 힘의 원천을 사로잡았다."

시시는 냉정한 얼굴로 살짝 땀을 흘리면서 사타하바키를 불렀다.

"지금부터 거대 꽃을 피운다. 우리가 승리하는 순간, 똑똑히 지켜봐라. 소메요시."

"예엡—!!"

솟아오르는 덩굴의 충격을 필사적으로 견디며 보라색 머리를 바람에 휘날리던 시시의 표정에 아주 약간 승리의 웃음이 피어났다. 거대한 덩굴 탑은 거의 100미터 정도 솟구치고는 마침내 정상에 새빨간 동백 봉오리를 만들었고, 개화의 순간을 기다리려는 듯 고동쳤다.

시시의 눈빛이 야망으로 붉게 빛나자, 사자홍검도 그에 응해서 눈부신 태양색으로 빛났다. 시시는 역장에서 일단 검을 뽑아서 다시 지면을 향해 휘둘렀다.

(인간이여. 모든, 생명이여…….)

(우리 베니비시에게, 예속하라!!)

"발화!! 사, 자, 동배애액—!!"

기합 일섬, 시시가 휘두른 사자홍검이 어마어마한 화력을 동반하여 거대 꽃의 뿌리에 박히려는…….

그, 직전!

"내버려 둘 것 같냐, 짜샤아아—!!"

푸슈웅!

"앗!! 뭣이이?!"

콰아악! 하고 자신의 눈앞까지 다가온 버섯 화살을 사자홍검으로 튕겨낸 시시는 앞으로 한 발짝만 남은 지점에서 거대 꽃을 개화시키지 못했다.

(……틀림없어. 이 화살은!)

시시가 얼음장 같았던 표정을 노골적으로 찌푸리고는 화살이 날아온 방향을 올려다봤다.

그곳에는, 아니나 다를까…….

흩날리는 포자로 반짝이는 붉은 머리의 남자아이가, 두 눈을 비취처럼 반짝이며 높은 하늘에서 시시를 내려다보고 있었다.

"나와 미로를 내버려 두고 뭔가 할 수 있으리라 생각하지 말라고!"

"아카보시. 비스코……!!"

"네놈의 생각대로 하려면, 먼저 나를 쓰러뜨려라. 시시!"

(어디까지고 나의 패도를 가로막는가. 형님!)

아무리 역전의 버섯지기라 해도 지금의 비스코는 하찮은 어린애에 불과할 터. 그러나 그 영혼을 부딪치는 듯한 눈동자의 광채를 본 시시는 무심코 움츠러들어서 약간 뒤로 물러났다.

(……그런 몸으로, 어떻게! 이 홋카이도를 빠져나왔다는 거

냐?!)

“이거라도, 먹어라아—!”

두 발, 세 발째로 쏜 화살이 시시를 향해 날아가 차례차례 눈 위에 꽂혔다.

빠꿈, 빠꿈!

“윽?! 크윽!!”

시시는 몸을 날려서 신속의 화살을 피했지만, 피어나는 붉은느타리버섯의 충격을 받아내지 못하고 머나먼 후방으로 날아가고 말았다.

(네 이놈…… 네 이놈. 이제 한 발짝 남았는데!)

“나왔느냐아—! 아카보시이이—!”

시시와 교대하려는 듯이 눈 속에서 사타하바키의 거구가 뛰쳐나와 두꺼운 팔을 들어서 공중에 있는 비스코를 향해 휘둘렀다.

“시시 님의 사명, 막게 두지는 않겠다아아—!”

“나왔냐, 법무관! 네놈의 긍지는 어디에 잊어버린 거냐고!”

“비스코 님, 비키세요!”

비스코보다 조금 늦게 역장을 뚫고 나타난 암리의 진언이 「즈고고고고」 울리며 공중에서 녹을 끌어모아 녹의 바위를 생성했다.

“온, 샤다, 바고우, 스나우!”

암리가 그걸 야구의 투수처럼 던지자, 녹의 바위는 마치 빨려 들어가듯이 콰앙! 하고 사타하바키의 전면에 부딪혀서 그대로 거구와 함께 설원을 데굴데굴 구르며 사타하바키를 절벽에 떨어뜨려 버렸다.

“우 오 오 오 ? !”

“쿠사비라 투법, 불덩어리 스트라이크! 랍니다.”

“고맙다, 암리! 저런 녀석 제대로 상대해줄 필요도 없으니까!”

“비스코 님. 위를!”

암리가 설원에 내려서서 하늘 높이 솟은 거대 꽃의 봉오리를 가리켰다. 바라보니 그것은 이미 미약한 맥동을 계속하면서 소량의 꽃가루를 뿌리고 있었다.

“이미 거대 꽃은 영박소에서 충분한 영양을 빨아들인 모양이에요. 꽃이 피기 전에 저 봉오리를 시들게 하지 않으면, 홋카이도는 끝장이에요!”

“저 봉오리를 어떻게 하면 되는 거지?!”

“비스코 님. 이걸 가져가세요.”

암리는 머리를 흔들고는 의안을 주머니에 넣고 텅 빈 눈구멍에 주력을 모아 그곳에서 보라색으로 빛나는 흉흉한 화살 하나를 「주르륵」 끄집어냈다.

“야, 암리! 그 기술, 남들 앞에서는 너무 쓰지 마. 시집 못 간다고.”

“그런 말을 하실 때인가요?!”

암리는 비스코의 머리를 찰싹 두드리면서 손에 보라색 화살을 넘겨줬다.

“이건 흉흉한 진언의 가지⋯⋯ 녹을 응축해서 만든, 저주받은 녹화살이에요. 저런 규모의 꽃을 시들게 하려면 봉오리 안에 이걸 직접 쏠 수밖에 없어요. 빨리 가세요, 비스코 님! 늦어요!"

"좋아, 알았어!"

비스코는 암리의 말대로 거대 꽃의 가지에 달라붙었고…… 그때 설원 위에 대기하는 암리를 내려다보며 무심코 외쳤다.

"……아니, 암리! 너는 어쩌려고?!"

"저에게는 중요한 일이 남아있어요."

날카로운 목소리로 대답한 암리의 시선 너머에는…….

반짝이는 사자홍검을 한 손에 들고, 눈 속을 다시 걸어오는 얼음 여왕의 모습이 있었다.

"시시! 저 자식……!"

"다시 저 꽃에 화력을 주입하면 그 자리에서 봉오리가 피어나고 말 거예요. 제가 반드시 그녀를 여기서 막겠어요."

"너 혼자서 말이야? 그런 무모한 짓을……!"

비스코가 암리에게 그렇게 말하기 전에, 암리를 그를 돌아보더니 입술에 손가락을 대며 미소 지었다.

"꽃 상대로 버섯은 통하지 않는다. 하지만 녹은 잘 통한다면서요? 여기서 제가 상대하는 건 당연한 일이에요. 설마 저를 믿지 못하신다거나, 그렇게 말하려는 건 아니시죠?"

"그래도, 암리!"

"비스코 님. 저를 걱정하신다면, 하나만 약속해주세요."

눈보라 속에서, 비스코와 암리의 시선이 교차했다.

"시시 님이 상대라면 전력으로 진언을 써야 해요. 금기의 술법을 쓰게 될지도 몰라요. 만약, 만일…… 진언이 제 몸을 뛰어넘고, 사악이 저를 지배하게 된다면. 그때는 비스코 님의 손으로 저를 쏘세요."

"그런……!"

"진심이 담긴, 약속. 이에요. 비스코 오라버니……."

평소에는 태도가 가볍고 귀여운 암리의 각오가 담긴 눈빛을 받은 비스코는 목까지 차올랐던 항의를 삼키고, 크게 고개를 끄덕였다.

"……알았어. 하지만 그렇게 되지는 않아. 3분만 버텨! 금방 정리할 테니까!"

"후후. 그 무렵에는 저의 승리로 끝났겠네요!"

그 말을 계기 삼아, 비스코는 어린애의 몸을 살려서 거대 꽃을 쭉쭉 올라갔다.

"앗! 이놈…… 봉오리를 공격할 셈이냐."

시시는 달리면서 덩굴을 왼손에 모아 빛나는 식물 투창을 생성해 그걸 비스코를 향해 던졌다.

눈보라 속에서 투창이 공기를 가르며 날아오자…….

"온, 샤다, 샤드, 스나우!"

빠킹!

암리가 만든 진언벽이 비스코를 노리는 식물의 창을 막아내서 지면에 떨어뜨렸다.

"……앗! 방해를, 하느냐. 이놈, 누구냐?"

시시가 거칠게 묻자, 암리는 가볍게 몸을 돌려서 바지의 양옆을 잡고 들어 올리며 인사했다.
“처음 뵙겠습니다, 시시 임금님. 저는 암리니 암리라고 한답니다.”
암리는 소개를 마친 타이밍에 자신의 눈구멍에 손을 댔고…….
자신의 머릿속에서 보라색 오라로 반짝이는 기다란 창을 『주르륵!』 끄집어냈다.
“쿠사비라슈 신천(神天)·아카보시 비스코에게 바치는 신앙을 위해…… 상대해 드리겠습니다.”
시시와 마주한 암리의 모습은 비스코 일행에게 보여주는 것과는 달리 긍지 높은 승정, 진언사의 기풍을 갖추고 있었다. 진언의 힘이 발하는 보라색 투기가 서서히 전신을 덮었고, 그 빛의 강도는 주변에 쌓인 눈을 보라색으로 비출 정도였다.
검귀(劍鬼) 시시를 눈앞에서 상대하면서도 여전히 여유를 잃지 않는 그 모습은.
(얕볼 수 없군.)
시시조차도 그렇게 생각할 만큼 위협적이었다.
“베기에는 아까운 인재로 보이는군…… 하지만, 문답이나 할 상황은 아니다. 가로막겠다면, 설령 여자라 해도 용서하지 않겠다.”
“그 말.”
비어있는 왼눈에 보라색 업화를 켠 암리가 대답했다.
“전부 그대로…… 돌려드리죠. 시시 왕녀님.”
“왕을 우롱하는가. 그 업보, 똑똑히 깨닫거라!”

뛰어든 시시의 검을 녹창으로 받아내자, 까아앙! 하는 딱딱한 소리가 울리면서 설원에 넓게 메아리쳤다.

(도발에 넘어왔네요! ……그건, 좋긴 하지만……!)

두 사람은 설원 위를 뛰면서 2, 3합 무기를 맞부딪쳤다.

(이, 이게 여자아이의 힘인가요?!)

시시가 휘두르는 사자홍검은 암리의 녹창에게 상성에서 밀려 무기끼리 부딪칠 때마다 날이 빠지고 있다. 그러나 시시는 그런 건 아랑곳하지 않은 검술로 차례차례 참격을 펼쳐서 암리를 방어전에 몰아넣고 있었다.

"과연, 녹창이라…… 성가시군."

한편 시시는 사자홍검의 손상을 보고 혀를 차고는, 암리에게 가볍게 발차기를 날려 전방으로 날려버리고는 다시 자신의 오른손에 화력을 모았다.

"확실히 귀찮지만, 그것뿐이다. 아무리 녹이 꽃에 강하다 한들, 너의 힘은 나의 화력을 시들게 하기에는 부족해!"

거친 숨을 몰아쉬면서 자세를 다잡은 암리 앞에서, 사자홍검이 다시 예리함을 되찾고 암리의 눈앞에서 번뜩였다.

"꽃을 시들게 하는 진언의 힘, 한 명은 신하로 갖고 싶군. 내게 충성을 맹세해라, 암리…… 인간을 노예로 바꾼 세계에서, 너만큼은 자아를 허락해줄 수도 있다."

"그런 말로 비스코 님의 신도가…… 고개를 끄덕이리라 생각하나요?"

암리는 이마의 땀을 닦으며 물어뜯듯이 대답했다.

"시시 님이야말로, 그 야망을 버리신다면…… 우리의 동포로 맞이할 수도 있다고요."

암리의 말을 듣자, 시시의 입술이 사납게 웃었다. 붉은 눈이 크게 뜨이고는, 마치 표범 같은 몸놀림으로 암리를 베고 들어왔다.

"좋다! 내 사자홍검의 제물이 되어라, 암리!"

대상단에서 내려친 일격을 창으로 받아낸 암리의 전신에서 땀이 뿌려졌다. 앙다문 입에서 피를 흘리면서, 그럼에도 이어지는 연격을 녹창으로 흘려냈다.

(오래는, 버틸 수 없겠네요…….)

(……그래도!)

(버텨 보이겠어. 비스코 님에게, 이 목숨! 바치겠어!!)

"온, 울, 히바키, 스나무! 이야아아압!"

빠킹!

"음!"

설원에서 튀어나온 창 같은 녹의 진언이 사자홍검을 튕겨냈다.

그 틈을 놓치지 않고.

"이걸로오—!"

목숨을 깎은 진언을 자신의 창으로 모아 힘으로 바꾼 암리는 건곤일척의 일격을 시시의 가슴을 향해 내질렀다.

"빌어먹을. 왜 이리 높아?!"

맹렬한 눈보라가 불어오는 가운데, 머나먼 상공을 바라본 비스코가 외쳤다. 필사적으로 올라가는 거대 꽃의 줄기는 천공에 높이 솟구쳐 있고, 정상에 있는 새빨간 동백꽃 봉오리까지는 상당한 거리가 있었다.

어린애의 몸은 이 가혹한 클라이밍에 적임이었다. 비스코는 가벼운 몸을 활용해서 와이어 화살을 능숙하게 사용해 엄청난 속도로 줄기를 타고 올라갔지만, 고도가 올라감에 따라 눈보라가 더욱 기세를 늘렸고, 가벼운 몸을 줄기에서 떼어내려는 듯이 가차 없이 쏟아졌다.

"젠장, 이 이상은 와이어로는 무리야……! 자력으로 갈 수밖에 없어!"

비스코는 천공을 노려보면서 중얼거리고는 활을 등의 홀더에 넣고는 단도를 한 손에 들고 몸뚱이 하나로 거대 꽃을 타고 올라가기 시작했다. 마쳐 날뛰는 눈보라가 비스코의 외투를 퍼덕퍼덕 흔들어댔다.

"기다려, 암리! 조금만 더 가면……."

"……카아아…… 오오…… 시이이이……."

"으으응?!"

힘차게 덩굴의 거목을 오르는 비스코의 귓가에, 아득한 아래쪽에서 지옥의 귀곡성 같은 소리가 들려왔다.

귀에 익은 그 목소리를 듣자, 비스코의 전신이 「오싹!」 소름이 돋았다.

"아아아카아아아아보오오오시이이이—!!!"

"네놈은 대체 얼마나 끈질긴 거냐고오—!!"

이 눈보라의 굉음조차도 지워버리는 목소리의 주인은 물론, 전직 육도옥장 사타하바키였다. 암리의 진언으로 절벽에서 떨어졌던 사타하바키는 대체 무슨 수단을 썼는지, 아니면 그저 근성인지는 모르겠지만 아무튼 산꼭대기로 돌아와서 지금 비스코를 떨어뜨리기 위해 뒤따라서 거대 꽃을 오르고 있었던 것이다.

"본관의 손에서 도망칠 수는 없다아아—!"

"이 자식. 올라오는 스피드가 장난 아니잖아."

비스코는 눈에 흐르는 땀을 닦으면서 중얼거렸다.

"붙잡히면 끝장이야. 서둘러야 해!"

그렇게 해서 비스코와 사타하바키는 거대 꽃 정상까지의 길을 경쟁하게 되었다. 매우 재주 좋게, 그러면서도 재빨리 줄기를 타는 비스코의 등반 기술은 눈이 휘둥그레질 정도였지만, 그래도 상대는 신장 3미터가 되는 사타하바키다. 처음에는 비스코가 대폭 리드를 유지하고 있었지만 순식간에 거리가 줄어들어서, 이미 아래를 보면 사타하바키와 눈이 마주치는 거리까지 가까워져 있었다.

"아카보시이이! 이미 우리 베니비시의 승리는 확정되었다. 깔끔하게 군문에 들어와라!"

"시끄러워! 버섯지기의 뇌는 포기를 못하게 되어있다고!"

그야말로 사타하바키의 주먹이 비스코에게 닿기 직전.

비스코는 벨트 대신 감고 있던 허리춤의 앰플집 한 다발을 꺼내 그걸 채찍처럼 휘둘러 거대 꽃의 줄기에 휘감았다.

"음?! 네놈, 뭘 꾸미고 있느냐?!"

"처먹고 확인해봐!"

비스코가 줄기에서 뻗어 나온 가지에 재빨리 뛰어들어서 휘감은 앰플 벨트를 단숨에 뽑자, 「콰앙!」 하는 폭염이 벨트에서 터지면서 줄기에 고리를 그리듯이 인화됐다.

"으으음, 이건!!"

폭발하여 터진 앰플에서 폭염버섯 포자가 차례차례 사타하바키에게 휘감기며 업화가 되어 몸을 휘감았다.

"끄오오오…… 화, 화계라니 비겁하다!"

"어린애 상대하면서 비겁하니 뭐니 지껄이지 마!"

사타하바키의 몸을 뒤덮은 겨울 동백꽃이 불꽃에 타들어가며 비명을 질렀다. 사타하바키는 자신의 육체는 몰라도 꽃이 타들어가는 감각에 이를 으드득 갈며 비스코에게 외쳤다.

"네 이노—옴. 잔재주를!"

"당장 떨어지는 게 신상에 좋다고. 떨어져서 눈을 바르면 살 수 있어! 목숨은 소중히 하라고!"

눈보라에 숨어서 보이지 않게 된 사타하바키를 배웅한 비스코는 연기를 삼켜서 기침하면서도 재빨리 몸을 돌려 단도를 줄기에 꽂으며 다시 재빠르게 거대 꽃 위로 올라갔다.

"……보였다, 저거다!!"

이미 몇 미터 앞조차도 눈보라에 묻혀 보이지 않는 폭풍 속,

드디어 비스코의 눈앞에 거대 꽃의 봉오리가 보였다.

"캐액, 퉤퉤…… 엄청난 꽃가루야!"

거대 꽃의 봉오리는 봉오리라는 이름만 가진 터무니없이 무식한 꽃잎 덩어리였고, 그게 때때로 살짝 열리면서 엄청난 양의 꽃가루를 뿌려댔다. 그 맥동 상황을 보니, 완전한 개화까지는 이제 초읽기 단계까지 오고 있다는 걸 알 수 있었다.

"아슬아슬하게 늦지 않았어! 서둘러서 암리의 녹화살을……."

"우우오오오오—! 아카보시이이—!"

등의 활을 뽑으려던 비스코는 아래쪽에서 들리는 고함을 듣고 놀라며 굳어지고 말았다.

"캐애애액…… 이, 이건 말도 안 되잖아?!"

폭염버섯의 업화를 몸에 그대로 얻어맞았던 사타하바키가 타오르는 몸을 억지로 움직여서 염라대왕 같은 형상으로 비스코를 쫓아오고 있었다.

(이 녀석, 대체 무슨 집념인 거야?!)

화염을 두르며 다가오는 사타하바키의 박력은 어마어마했지만.

(아니! 네놈의 근성이 장난 아니라는 건 알고 있었어…… 이 상황에서 내 버섯에 두 번째, 세 번째 수단이 없다고 생각하지 말라고!)

맞받아치는 비스코도 결코 기죽지 않고 냉정했다. 재빨리 화살통에서 화살 몇 개를 뽑고는 거대 꽃의 줄기를 향해 연속해서 쐈다.

퍼엉, 퐁, 퍼엉!

끈적한 소리를 내며 발아한 것은 비스코 특제 「미끄럼나도팽나무버섯」이었다. 나도팽나무버섯은 줄기에서 녹아내리듯이 주르륵 미끄러져서 사타하바키의 손, 몸에 달라붙어 끈적한 점액을 발랐다.

"우오오오오…… 오오?! 오오오오!"

사타하바키의 무거운 몸이 나도팽나무버섯의 점액으로 미끌미끌해지면서 줄기를 붙잡는 게 고작인 상태가 되었다. 그걸 곁눈질하고는 봉오리를 향해 올라가는 비스코를 바라본 사타하바키는 으드득 이를 갈았다.

"수수한 버섯이지만, 너 같은 덩치를 떨구는 데는 효과적이지!"

"끄으으으응, 네 이놈, 네 이놈. 치졸한 책략만 쓰기는!"

"꼬마 몸이라면, 그에 맞는 전법이라는 게 있다고. 얼간아!"

"무슨 수를 써서라도오오—!"

끈적한 나도팽나무버섯 점액 탓에 낙하하기 직전이던 사타하바키는 떨어질 때 가까스로 양팔에서 긴 덩굴을 뻗어서 비스코의 앞길을 가로막으려는 듯이 날렸다.

"위로 보내지는 않겠다. 아카보시이이—!"

덩굴을 로프처럼 휘두른 사타하바키의 거구가 부웅! 떠올랐다…….

그곳에는.

"기다렸다고…… 조바심을 내며 도약할 때를 말이지—!"

줄기를 양다리로 잡으면서 있는 힘껏 활을 당기는, 비스코의 모습이 있었다.

"으음!!"

포자로 반짝이는 비스코의 위광을 본 사타하바키가 신음했다. 한 번 공중에 떠버린 사타하바키의 몸은 주변에 붙잡을 게 없기에, 여기서 버섯 화살을 맞는다면 버틸 수가 없다.

"처, 처음부터…… 본관을, 줄기에서 떼어놓는 게 목적이었나!"

"몸이야 꼬마가 되어버렸지만."

비스코는 그렇게 말하면서 자신의 관자놀이를 톡톡 두드렸다.

"머리 상태까지 변한 건 아니란 말이지. 네놈하고 지혜 승부에서 지지는 않아."

"네 이노오옴, 아카보시이이—!"

"네놈을 상대하는 건 칼로리를 쓴단 말이야! 아래에서 기다려라, 법무관!"

파아앙, 빠꿈!!

비스코를 노리고 휘두른 거대한 팔보다도 먼저, 비스코가 당긴 녹식 화살이 사타하바키의 흉부를 꿰뚫었다.

"으 아 카 보 시 이 이 이 …… ."

사타하바키는 공중에 뜬 채로 충격을 정통으로 맞고 날아가서 마침내 흑연을 피워올리며 아득한 아래쪽으로 떨어졌다.

"매번 그렇지만, 저 자식은 속이 쓰릴 만큼 끈질기단 말이야."

떨어지는 사타하바키의 몸을 한동안 바라보던 비스코는 바로 정신을 차리고 지상을 올려다봤다.

『아 오 오 오 오 .』

거대 꽃의 봉오리는 마치 들개의 울음소리 같은 소리를 내며 꽃잎을 천천히 열면서 반짝이는 꽃가루를 퍼뜨렸다.

“큰일이다!”

비스코는 작은 몸이 가진 힘을 쥐어짜 내서 줄기를 올라가 꽃잎에 달라붙었고, 몇 장을 타고 넘어가서 드디어 막 열리려는 봉오리 입구에 도착했다.

“이 안에 이걸 처박으면 되는 거지!”

암리가 전해준 보라색으로 빛나는 녹화살을 화살통에서 뽑은 비스코는 꽃잎을 젖히고 꽃가루로 가득한 봉오리 내부로 들어갔다.

(크악…… 괴, 굉장한 꽃가루 밀도야……!)

봉오리 내부는 열기로 가득했고, 끈적하게 달라붙는 고밀도의 꽃가루로 넘쳐났다. 꽃가루는 마치 비스코가 사냥감이라도 되는 듯이 몸에 달라붙어서 정신에 간섭해왔다.

『예속하라.』

『인간이여. 예속하라.』

『꽃에 엎드려라.』

(이, 이게…… 시시의 화력. 진화의, 힘!)

비스코는 머릿속에 쾅쾅 울리는 꽃가루의 목소리를 받아치려는 듯이.

“시끄, 러워어어—!!”

물어뜯으려는 듯이 크게 외쳤다. 이를 악물고 봉오리 안을 헤치고 나아가, 마침내 봉오리 안에 존재하는 꽃의 주두(株頭), 꽃가루 발생원에 도달했다.

"……앗!! 저거구나……!"

비스코는 거친 숨을 내쉬면서 꽃가루의 근원을 향해 빛나는 보라색 화살을 당겼다.

『그만둬.』

『쏘지 마.』

『예속하라.』

『엎드려라, 인간.』

비스코는 어금니를 악물고 머리에서 꽃가루의 목소리를 떨쳐내고는, 비취색 눈을 크게 「확!」 열었다.

"시시의 야망도, 이걸로 끝이다아아!"

푸슈우웅!

라이플처럼 소리를 내며 날아간 녹화살은 그대로 보라색 섬광이 되어 주두에 깊이 꽂혔고, 빠끔, 빠끔! 하고 마치 「녹으로 만들어진 버섯」 같은 모습으로 사방팔방에서 피어났다.

『아 오 오 오 오 오 오 .』

봉오리는 단말마의 비명을 지르며 이물질인 비스코를 공중에 「푸웁!」 뱉어냈다. 꽃가루투성이가 된 비스코는 공중에서 빙글빙글 돌며 승리의 외침을 내질렀다.

"봤느냐, 짜샤! 꼬마 한 명 막지 못하고 일본 정복이니 뭐니…… 잘난 소리 지껄이지 말란 말이다아—!"

『아오오오.』

빠꿈, 빠꿈, 빠꿈!

녹버섯은 거대 꽃의 봉오리를 찢어버리면서 기세를 죽이지 않고 줄기 쪽까지 뿌리를 뻗어 차례차례 피어났다.

눈보라의 기세까지 밀려오자 견디지 못한 거대 꽃은 바람에 휩쓸려 녹가루가 되어 흩어졌고, 점차 흔적도 없이 사라졌다. 한편 비스코도 폭풍에 휩쓸려 몸을 제어하지 못하고 공중에서 바람에 실려 뒹굴면서 그대로 아득한 지면을 향해 떨어졌다.

"해냈다! 이걸로……!"

비스코는 바람에 휘둘리면서도 환성을 내질렀지만, 문득 지상에서 솟구치는 바람에 섞인 오한을 느끼며 방심하던 전의를 다잡았다.

"이 기척은 뭐지? 암리, 가, 아니야……?!"

지상에서 농도 짙게 솟구치는 사악한 기척이 비스코의 민감한 감각을 찔렀다.

"불길한 예감이 들어……! 암리! 암리—!!"

비스코는 자신을 덮치는 불안감의 정체조차 모른 채, 그저 감만을 의지해서 일직선으로 가속하여 지상에서 싸우고 있을 암리를 향해 떨어졌다.

까앙, 까앙, 까아앙!

암리의 창은 연속해서 떨어지는 사자홍검을 눈밭을 구르면서 가까스로 받아내고 있었다.

"왜 그러지? 그렇게 버티는 게 고작인가."

"크…… 으윽……!"

"거기!"

빠키이이잉!

"아앗!!"

한층 강력한 일격이 가드를 열어젖히고 드디어 암리의 창을 튕겨냈다.

"끝이다, 암리!"

"온, 샤다, 바루라, 스나우!"

"윽! 뭣이?!"

시시가 맨손의 암리를 베려고 들어가자, 공중에 발현한 무수한 녹의 칼날이 덮쳐왔다. 시시는 사자홍검으로 모조리 베어버렸지만, 사각에서 덮쳐온 녹의 칼날 하나를 어깻죽지에 맞고 즉시 물러섰다.

"흥. 마술의 숫자만큼은 풍부한 모양이군."

시시는 어깻죽지에 꽂힌 녹의 칼날을 뽑으면서 순순히 감탄의 말을 남겼다.

"그런 연약한 소녀의 몸으로 나의 연격을 여기까지 받아낸 것, 훌륭하다고 인정하지. ……하지만, 이미 그 몸으로는."

시시는 미약한 연민의 표정을 보이며 말을 이었다.

"다음 일격, 받아낼 수 없을 거다. 암리니 암리."

"허억, 허억, 허억……!!"

시시의 말대로…….

체력적으로 상당한 여유가 남은 시시와는 달리, 암리는 이미 만신창이였다.

쿠사비라슈 승정의 이름에 부끄럽지 않은 훌륭한 창놀림으로 시시가 펼치는 치명타를 받아내긴 했지만, 민첩함에서 뒤떨어지는 암리가 모든 검격을 받아낼 수 있을 리 없었다. 어깨나 팔, 다리 등에는 안타까운 참격의 상처가 새겨졌고, 지금도 따스한 피를 뿜어내고 있다.

"그렇, 겠죠…… 조금, 오산이었네요……."

입을 열자 쿨럭, 하고 새로운 선혈이 흘렀다.

"각오가 되었다, 그런 뜻인가?"

"어머? 과연 그럴까요?"

암리는 입가의 피를 닦으며 여전히 시시에게 보이는 미소를 무너뜨리지 않았다.

"제가 가진 마술에는 감춰뒀던 비장의 수단이 있거든요…… 각오가 필요한 건 어느 쪽인가. 금방 알게 될 거예요."

"……그렇다면."

휙! 하고 휘두른 시시의 오른손에 새로운 사자홍검이 나타났다.

"그 숨겨둔 수단이라는 게 나오기 전에. 끝장을 내주마!"

"온, 울, 샤드, 스나우!"

빠킹!

눈 위를 박차고 일직선으로 암리를 베려던 시시의 검이 직전에 전개된 진언의 방벽에 튕겨났다. 그렇지만 사자홍검의 절삭력은 굉장해서, 상성에서 불리한 녹의 방벽에도 커다란 균열을 만들었다.

"이 상황에서 시간 벌기인가. 시시한 히든카드군."

(……이분을 상대로 목숨을 아껴봤자, 오히려 헛되이 죽기만 할 뿐.)

암리는 한 팔을 내밀어 진언의 방벽을 유지하면서 뭔가 새로운 진언을 영창하기 시작했다.

(그렇다면. 내 목숨을 건 최후의 진언……!)

"온, 큐르베이로, 켈하샤…… 온, 하르큐이로, 켈하샤……!"

(……앗! 이 녀석?)

방벽 너머에서 암리의 눈구멍에 켜진 불꽃이 한층 기세를 늘렸다.

그 범상치 않은 기척 앞에서.

(이 녀석의 말, 허풍이 아니야.)

그렇게 판단한 시시는 사자홍검을 방벽에 박은 채 화력을 전력으로 뿜어내서 방벽 안에 심녹색 덩굴을 퍼뜨리기 시작했다. 덩굴은 안쪽에서 장벽을 깨부수고 빠킹, 빠킹! 하고 차례차례 금을 가게 했다.

"온, 콘, 젠, 무드, 암리, 켈하샤……!"

"이 녀석의 술식이 완성되게 두지 마라. 깨버려라, 사자홍검!"

빠카아앙! 굉음을 내며 진언벽이 찢어졌다. 시시는 다시 팔을 휘둘러 이미 막을 게 없는 암리의 몸을 향해 사자홍검을 휘둘렀다.

(비스코 오라버니. 부디 약속을 지켜주세요!)

"잘 가라, 암리니 암리!"

"온, 우르히르세바, 켈싱하, 스나우!"

좌아악!!

시시가 휘두른 필살의 검격은 설령 상대가 소녀라 해도 주저함 없이 그 몸을 두 쪽으로 찢어버렸다—.

그랬을 터였다.

"—뭐, 라고……!!"

시시가 전력을 담았던 그 일격은…… 놀랍게도, 암리의 어깻죽지를 가르며 약간의 피를 흘리게 하는 데 그쳤다. 암리의 다른 손이 피를 흘리면서도 사자홍검의 도신을 붙잡아서 치명타를 막은 것이다.

"샤, 카카…… 카카카카카……."

고개를 든 암리의, 소녀로는 보이지 않는 흉악한 미소를 본 시시가 무심코 움츠러들었다.

"꼬마 녀석. 드디어 내 힘이 필요하게 되었나…… 고집부리지 말고 당장 나를 내보냈다면 금방 끝냈을 것을."

"요사하기는. 자기 강화 술법을 아직도 숨기고 있었나."

즉시 사자홍검을 거두고 물러난 시시 앞에서, 암리의 형상을 한 것이 천천히 일어났다.

"아니, 그게 아닌가……? 네놈. 웬 놈이냐. 암리가 아니구나."

"샤카카카…… 나를 제쳐놓고 일본을 지배하려 하다니…… 꽤 가소로운 소리를 하는구나."

암리는 다시 눈구멍에서 창을 주르륵 뽑아서 부우웅! 휘두르며 주변 일대의 눈을 떨쳐냈다. 조금 전까지와는 달리 어마어마한 완력이었다.

"이 마청천을 향해 웬 놈이라니…… 불경하기 그지없는 말, 불쾌하구나."

(강령술 같은 것인가. 사람의 기척 자체가 변했다.)

"하등생물 녀석. 모른다면 가르쳐주마…… 나는, 마청천 켈싱하. 이 신의 창으로, 기고만장하는 시든 꽃의 왕에게! 천벌을 내릴 자이니라!"

"사령(死靈)의 말 따위, 들을 가치조차 없다!"

시시는 승리의 예감에 풀어지려던 표정을 꽉 다잡고, 사자홍검을 대상단으로 들어서 눈앞의 위협을 향해 내리쳤다.

"필살! 사자호오옹검!"

"샤아~, 카카카캇! 신에게 대항하는가. 건방지구나!"

빠키이잉, 빠킹, 빠키이잉!

태양처럼 빛나는 사자홍검과 어두운 보라색으로 빛나는 녹창. 그것들이 성대하게 부딪히며 불똥을 튀겼고, 그때마다 주변을 비췄다.

(뭐냐, 이 검력(劍力)은……! 조금 전과는 비교도 안 돼.)

"아무리 우아한 꽃으로 장식하더라도, 꼬마의 검으로는 안 되지—!!"

부딪힐 때마다 몸의 심지를 뒤흔드는 예상 밖의 압력 앞에서 시시의 몸이 밀려났다. 소녀의 몸에 사악한 혼이 깃든 암리가 곧바로 그곳에 창의 연격을 꽂아 넣었다.

“부드럽다!”

카키이잉!

“무르다!”

카키이잉!

“미적지근하구나, 애송아아아—!”

빠, 키이이잉!

“크, 아아악?!”

암리가 앞으로 내디디며 휘두른 3연격은 사자홍검을 뿌리부터 꺾어버리고 시시의 몸을 크게 날려버렸다. 시시는 눈 위에서 두세 번 구르다가 눈을 박차고 자세를 다잡았다.

“네 이놈…… 왕을 애송이라 부르는가. 기어오르지 마라, 사령 놈!”

그러나 한 번 검이 부러진 정도로 움츠러들 시시가 아니다. 순식간에 다음 사자홍검을 생성하면서 전신의 화력을 도신에 담았다.

(아니꼽긴 하지만! 선왕 호센의 기술을 쓴다!)

“내 창의 제물이 되어라! 꼬마 계집—!!”

눈 위를 텐구처럼 뛰어올라 자신의 몸을 꿰뚫으려고 창을 휘두른 암리의 몸을 노려보며.

시시가 결정적일 때 보여주는 붉은색 눈동자의 광채가, 눈보라 속에서 번뜩 빛났다.

"자만했구나. 나를 여자라고, 꼬마라고 얕본 녀석은. 다들 그렇게 죽는다."

"으음?!"

"화력, 발현!"

시시의 목소리에 응한 사자홍검의 광채가 태양색에서 타오르는 붉은색으로 변했다. 시시는 이를 악물고 한계까지 화력으로 들어찬 그것을 있는 힘껏 옆으로 휘둘렀다.

"필살! 포섬화아아—!!"

불어오는 눈보라를 가르며 새빨간 검광이 그대로 질량을 가지고 날아가는 참격으로 변해 암리를 덮쳤다.

"꼬마가 펼치는 기술 따위가—!!"

암리는 전방에 한 손을 내밀고 장벽의 진언을 읊었다. 시시의 검기는 정면에서 그 방벽에 부딪쳤고, 강고한 방벽이 순식간에 빠직, 하고 금이 갔다.

예상 밖의 위력이었는지 암리는 「으오옷!」 하고 순간 몸을 젖혔지만, 필살의 화술을 막아낸 안도감에 씨익 미소를 지었다.

"보았느냐! 나의 선력, 그 누구도 깰 수는……."

암리는 그렇게 드높이 외치려다가, 눈앞에 보이는 시시의 모습에 전율했다.

시시는 붉게 타오르는 도신을 다시 생성해서, 이번에는 대상단으로 들고 있었다.

"그 누구도…… 깰 수 없는, 선력이라고 했나?"

"말도 안 돼……! 네, 네년. 이런 힘의 방출을, 연속으로!"

타오르는 사자홍검이 대상단에서 떨어졌다.

"필살! 포섬화·십문자 베기—!!"

세로로 휘두른 새빨간 검광은 그대로 암리가 막고 있던 가로 방향의 검광과 겹쳐져서 십문자의 에너지 덩어리가 되어 진언의 방벽을 순식간에 깨부쉈다.

"끄, 오, 말도 안 된다…… 꼬마 계집의 몸에, 이런……!"

퍼엉, 퍼어어엉!

"끄오아아아아—?!"

십문자로 겹친 새빨간 검기가 암리를 꿰뚫고, 그대로 아득한 전방으로 날려버렸다.

예상 밖의 대미지였지만, 그래도 어떻게든 자세를 다잡으려던 암리에게…….

빠움, 빠움!

겨울 동백꽃이 몇 개씩 피어나며 계속해서 눈 위로 날려버렸다.

"크, 오, 아……."

온몸에 피어난 겨울 동백꽃에 채색된 암리가 허덕이며 말했다.

"이, 년…… 이 마청천의 몸에, 상처를 입혔느냐아……."

(겨울 동백꽃은 충분하게 파고들었다. 여기서 끝장을 낸다.)

가까스로 창에 기대서 몸을 지탱하는 암리를 향해 시시가 도약했다. 오의에 필요 이상의 화력을 할애한 이상, 여기서 끝내는 게 최상의 방책이라 본 것이다.

"사령! 꽃의 검 앞에 멸하라!"

만신창이인 암리를 향해 빛나는 사자홍검을 내리쳤다!

서걱!!

"……."

"……."

사자홍검과 녹창. 두 개의 무기가 서로의 몸을 가르면서, 교차했고―.

잠깐의 정적이 있었다.

그저 불어오는 눈보라의 소리만이 이 자리를 지배했다.

"커, 흑……?!"

그리고 입에서 선혈을 뿜으며 새하얀 눈 위를 적신 것은…….

시시 쪽이었다.

(말도, 안 돼. 포섬화는…… 직격했을 터…….)

"크크, 카카카, 카카카카카……!"

선혈이 흐르는 창을 움켜쥔 암리가 낮게 웃었다. 녹창은 사자홍검의 칼끝을 절묘하게 비틀면서, 시시의 오른쪽 가슴을 깊이 꿰뚫고 있었다.

"이러니까 꼬마는 다루기 쉬운 거다…… 그 정도의 기술이 나에게 통했다고 생각했나."

"어째서냐…… 확실히, 동백꽃이 네놈에게 피어났을 터……."

"샤카카카…… 이것 말이냐? 애송아!"

암리가 자신에게 피어난 겨울 동백꽃을 한 손으로 어루만지자, 동백꽃은 순식간에 녹가루가 되어 무너져서 눈보라 속으로 사라졌다.

"환, 술……!"

"환상 하나도 간파하지 못하고 나를 이기려 하다니! 분수도 모르는 것—!"

창을 당기면서 있는 힘껏 발차기를 날리자, 시시의 몸은 창에서 빠져나와 머나먼 눈보라 속을 뒹굴며 하얀 경치 속으로 들어가 보이지 않게 되었다.

"흥. 건방진 꼬마였구나."

암리는 거친 숨을 몰아쉬며 천천히 몸을 일으켰다.

"그렇지만. 젊고 활기찬 소체인 건 틀림없지. 그 장기, 내 육체의 일부로 도움이 되어줘야겠다."

암리는 시시의 신선한 몸을 노리고 눈보라 속을 한 발 한 발 걸어갔다.

"샤카카카카."

"샤카카카……."

그때.

"……샤카카…… 으으음?!"

암리는 갑자기 어떤 기척을 느끼고 거기서 멈춰 섰다.

태양의 포자가 눈앞에 번뜩였고…….

"음!! 이것은!!"

몸을 홱! 돌린 암리는 그 뒤쪽, 머나먼 상공에 태양색으로 발광하는 소녀의 모습이 홀연히 반짝이는 걸 봤다.

“켈 싱 하—!!!”

“네놈!”

암리의 두 눈이 크게 뜨였다.

“나왔구나. 나왔구나아아아. 아카보시. 아카보시이이!”

“거기(암리)에서, 나가라아아—!!!”

푸슝, 푸슝, 푸슝.

“오, 온, 바다, 슈르키…… 네, 네 이놈. 몸이…… 쿨럭!”

상공에서 떨어지면서 번뜩이는 녹식 화살이 태양색 궤적을 그리며 암리를 덮쳤다. 암리는 조금 전 시시와의 싸움에서 입은 대미지 탓에 진언의 전개가 따라잡지 못해서 마치 오리온자리를 그리듯이 연속된 비스코의 화살을 모두 그대로 얻어맞고 말았다.

“끄흐오오오……”

퐁, 퐁! 비스코의 녹식이 아슬아슬한 파괴력으로 피어나자, 소녀의 몸이 「쿨럭!」 토혈했고, 어둡고 혼탁한 눈이 비스코와 교차했다.

“기척이, 났다고…… 하늘 위에서, 네놈의 혼탁한 기척이!”

“네 이놈. 아카보시! 이 계집의 몸만 아니었다면……!”

“여차할 때는 자기를 쏘라는 게. 이런 뜻이었냐……!”

비스코는 후회하는 표정으로 입술을 깨물며 고개를 흔들고는 눈앞의 암리, 아니 켈싱하를 향해 아수라 같은 형상으로 외쳤다.

"수호령으로 내려왔다면, 평범하게 협력할 수 없는 거냐! 딸의 몸을 강탈하다니, 그게 명색이 아버지가 할 짓이냐고—!"
"캐애애애애애액—!!"
"으랴아아아아압!!"
지면을 박차고 켈싱하에게 달려든 잠시 뒤.
켈싱하의 녹창과 비스코가 쏜 녹식 화살이 교차했다.
"아 카 보시……."
"……."
켈싱하의 창은 비스코의 목 피부를 가르고 지나갔지만, 비스코의 녹식 화살은 켈싱하의 가슴을 심장 직전까지 아슬아슬하게 꿰뚫었다.
"나는. 나느은~. 몇 번이고, 너를. 너의 힘을……."
좌악! 하고 비스코가 꿰뚫은 화살을 뽑자, 녹식 화살은 절묘한 파워 컨트롤에 따라 발아하지 않고 그저 태양의 포자를 암리의 내부에 뿌렸다.
그리고 그와 맞바꿔서, 비스코의 화살에 꿰뚫린 상처에서 보라색 녹의 힘이 연기처럼 체외로 배출되었다. 그 흐름은 점점 기세를 늘려서 마치 회오리처럼 상공으로 흩어졌다.
"아 카 보 시 이……."
"몇 번이고 상대해주마. 내가 그쪽으로 간 뒤에 말이지……
이제 오지 마, 망할 영감아!"
암리…… 아니, 그 몸에 빙의했던 마청천 켈싱하는 마지막으로 눈구멍에서 엄청난 양의 녹을 흩뿌리고는 그대로 사라져버린 모양이었다.

"……허억! 허억! 허억……!"

비스코는 그제야 참았던 숨을 토해내면서 「암리!!」라고 외치고는 눈 위에 쓰러진 그녀의 몸을 일으켜 세웠다.

"암리! 암리, 눈을 떠…… 젠장. 어떤 히든카드인지 알았다면 쓰지 못하게 했을 텐데!"

비스코는 필사적으로 허리춤의 앰플집을 뒤져서 푸르게 빛나는 찡그림버섯 앰플을 쥐고는, 잠시 고민하다가…… 각오를 다지고 암리의 심장 근처에 박았다.

"크흡!"

암리는 심장에 쇼크가 들어오자 저도 모르게 숨결을 되찾았고…….

"……푸하아앗?!"

모아둔 숨을 토해내듯이 크고 거칠게 외쳤다.

"암리!! 다행이다. 눈을 떴구나!!"

"어, 어째서…… 전, 사혼(寫魂)의 진언으로 몸을 넘겼을 텐데……."

"영감이라면 너한테서 쫓아냈어. 지금쯤 지옥으로 돌아갔겠지."

"쪼, 쫓아냈다고요…… 비스코 님이?!"

"말하지 마! 힘 조절은 했지만, 꽤 거칠게 했어…… 네가 겉보기보다 터프해서 살았다고."

비스코는 어린애 몸이라는 것에 이만큼 감사한 적이 없었다. 몸을 최대한 다치지 않게끔 조절하면서 체내의 녹을 떨쳐내는 건 상당히 섬세한 컨트롤이 필요하다. 힘이 넘치는 원래 비스코의 몸이었다면 암리의 몸이 터져버렸을 거다.

비스코는 피어난 녹식을 뽑고, 찡그림버섯과 붕대로 암리를 치료하면서 어린애 얼굴로 서툴게 웃었다. 죽음을 각오했던 암리는 자신의 목숨이 붙어있는 것에 놀라면서도 비스코의 웃음을 보고 저도 모르게 곤란한 듯 미소를 돌려줬다.

암리가 사용한 결사의 진언이란…….

사혼의 진언이라는 금기로, 자신 안에 잠든 다른 인격의 기억에게 자신의 몸을 양도한다는, 돌이킬 수 없는 기술이었다. 더욱이 사악의 화신·켈싱하가 자신의 몸에 깃들었다면, 원래의 암리로 돌아가는 건 보통 불가능했으리라.

(도저히 살아서 돌아오지는 못할 줄 알았는데…….)

암리는 그렇게 중얼거리면서 손바닥으로 비스코의 뺨을 다정하게 어루만졌다.

"비스코 오라버니는. 언제든 당연한 듯이 기적을 불러오시네요."

"뭐라고? 잘 안 들리네…… 좋아. 응급조치는 다 됐어. 설 수 있겠냐?"

"물론이죠! 저, 튼튼하게 되어있거든요…… 아앗, 비스코 님. 저기를 보세요!"

암리는 비스코 건너편의 상공을 올려다보더니, 천공에 우뚝 솟은 거대 꽃을 가리켰다.

『아 오 오 오 오 .』

차례차례 피어나는 녹의 버섯이 거대 꽃의 봉오리만이 아니라 줄기까지도 차례차례 뚫고 나오며 거대한 녹덩어리로 변해서 너덜너덜 무너지고 있었다. 쿠우우웅, 쿠우웅! 마치 낙석처럼 쏟아지는 녹덩어리를 막기 위해 암리가 진언 장벽을 쳤다.

"맞아! 해냈어, 암리! 네 말대로, 저 녀석에게 녹화살을 쐈다고!"

"녹이 호우처럼 쏟아지네요. 저만한 것을 녹슬게 했으니까 당연하지만요! 비스코 님, 제게서 떨어지지 마세요!"

어마어마한 기세로 두두두두 떨어지는 녹의 낙석은 한동안 이어졌고…….

주변의 눈을 말려들게 만든 뒤, 겨우 멎었다.

"……우리의, 승리다!"

진언의 장벽이 풀리고, 두 사람이 하늘을 올려다보자…….

몰아치는 눈보라는 순간적으로 멈췄고, 빛이 내리쬐는 푸른 하늘 아래에서 그렇게나 거대하게 솟아있던 거대 꽃은 흔적도 없이 사라졌다. 있는 건 그저, 녹슬어 무너진 녹의 잔해가 지면에 굴러다니는 모습뿐이었다.

"마침내 해냈네요. 비스코 님이 가진 영혼의 힘 앞에서는 누구도 당해낼 수 없어요. 베니비시라는 이들의 야망도 이걸로 끝이네요!"

"무슨 소리야. 네 덕분이잖아! 바보 자식, 목숨까지 걸기는……!"

비스코는 어린애의 얼굴로 천진난만하게 웃었다.

"우리가 해낸 거야. 두 사람의 승리라고. 암리…… 고맙다!"

"……비, 비스코, 님……!!"

경애하는 비스코가 무구한 어린애의 웃음을 보이며 그렇게 말하자, 억누를 수 없는 사랑스러움이 폭발적으로 솟구친 암리는 그것에 몸을 맡겨 있는 힘껏 비스코를 끌어안았다.

"으고아아악—!!!!"

"비, 비스코 님의 입에서 그런, 솔직한 발언! 반칙이에요! 자, 자아, 다른 사람에게 감사할 때는 뭐라고 하죠? 암리 누나에게 고맙다는 키스는??!!"

"그런 교육은 안 받았어어어—! 너, 너, 그 몸으로 어떻게 그런 힘이…… 이거 놔아아…… 부, 부러져어어."

이런 때에만 어째서인지 심상치 않게 강해지는 암리의 힘을 뿌리치지 못한 비스코의 얼굴이 점점 새파래졌다.

"……비스코 님? 비스…… 헉!!"

비스코의 생명을 알리는 고동이 천천히 약해지는 걸 느낀 암리는 황급히 팔을 놓았다.

"어흠. 조금 힘 조절을 실수했네요."

"무슨 기준으로 조금인 건데! 보라고, 포자가 나왔잖아! 생명의 위기를 느끼고 녹식이 나와버렸다고."

"비스코 님. 거대 꽃을 떨어뜨렸으니, 오래 있을 필요는 없어요."

갑자기 진지한 표정을 지은 암리가 비스코에게 말했다.

"지하에서 미로 님이 고전하고 있을지도 몰라요. 우리도 바로 돌아가죠!"

"좋아, 알았어! 네 치료도 불완전해. 미로에게 봐달라고 하자."

"무너진 거대 꽃 때문에 왔을 때의 구멍이 묻혀버렸어요…… 다시 열어야겠네요."

비스코가 자신의 말을 듣고 수긍하자, 암리는 지열(地裂)의 진언을 읊기 시작했다. 거대 꽃을 잃은 녹색 역장 위에서 빠직빠직빠직, 하고 지면이 갈라지는 소리가 들렸다.

(많이 소모하고 말았으니까…… 진언의 반응이 둔하네요!)

"야, 암리! 안색이 안 좋아…… 무리하지 마!"

"온, 샤다, 베로우, 스나우!"

빠직! 대지가 갈라지는 소리가 들리며 겨우 작은 구멍이 역장 한가운데에 나타났다. 비스코는 기침하는 암리를 부축하면서 그곳을 향해 손을 당겼다.

"정신 차려, 암리! 젠장, 힘을 너무 쓴 거구나…… 아래에는 미로가 있어. 분명 고쳐줄 거야!"

"거, 걱정, 하지 마세요…… 이 정도! 자, 비스코 님. 준비는 되셨나요?!"

비스코와 암리는 서로 고개를 끄덕이고는, 열린 구멍을 향해 뛰어내리려…….

……하던, 그 직전에.

슈우욱! 하고 바람을 가르며 날아온 예리한 덩굴 채찍이 머나먼 곳에서 두 사람을 덮쳤다. 채찍은 마치 사냥감에 달려드는 뱀처럼 어마어마한 속도로 비스코를 습격했다.

"뭐, 라고오오?!"

덩굴 뱀이 공중을 춤추며 비스코의 어린애 몸을 꿰뚫기 직전.

"비스코 님, 위험해요!"

촤아악!!

살이 꿰뚫리는 소리와 함께, 선혈이 공중을 날았다.

"아, 아……."

"비스, 코…… 오라버니……."

뱀에 꿰뚫린 것은, 암리 쪽이었다.

덩굴 뱀은 몸을 던져 비스코를 감싼 암리의 오른쪽 가슴을 등부터 꿰뚫고 몸을 빙글빙글 말았다.

소리 없이 통곡하는 비스코 앞에서, 암리는…….

"……상대도, 마무리가, 어설프네요."

언제나 비스코가 그러듯이, 이를 드러내며 웃었다.

"죽어가는 저를, 처리해봤자 의미가 없는걸요. 비스코 님만, 지켜낸다면…… 저의, 승리예요."

"으아아악, 암리이이!!"

"가세요! 비스코 님. 꼭…… 미로 님과, 홋카이도를 구하세요!"

암리는 자신에게 매달리는 비스코의 팔을 떨쳐내고는 그 어린애 몸에 발차기를 날려서 비스코를 뚫린 구멍 밑으로 떨어뜨렸다.

"암리이이—!!"

"온, 샤다, 바로우, 스나우……!"

떨어지는 비스코를 지켜본 암리가 진언을 외우자, 균열은 굉음을 내며 닫혀갔다. 그걸 마지막으로 지켜보려 했지만, 덩굴 채찍은 암리의 몸을 재빨리 휘감아서 몇 번이고 눈밭에 처박더니 누군가의 발밑까지 오자 겨우 멈췄다.

"콜록, 콜록, 콜록!!"

푸샤아앗! 뿜어져 나오는 선혈이 눈을 붉게 물들였다. 암리는 거친 숨을 내쉬면서 햇빛 속에서 자신을 내려다보는 그림자와 시선을 마주쳤다.

(치명상, 이었을…… 텐, 데요.)

암리의 시선 너머에 있는 건…….

햇빛에 반짝이는 동백꽃을 흔들며, 긴 눈썹을 떠는 베니비시의 왕, 시시였다.

거대 꽃의 붕괴가 계기였는지 그렇게나 격렬하게 불던 눈보라는 거짓말처럼 그쳤고, 그저 따스하게 내리쬐는 햇빛, 그리고 포근한 바람이 시시의 쇼트커트를 흔들고 있다.

(그래도, 저의 승리, 예요…… 비스코 님을, 지켜냈으니까…….)

암리는 시시의 눈동자를 바라보면서 살며시 비소를 지었고…… 마침내 의식을 놓고 기절해서 눈 속에 몸을 눕혔다.

한편, 시시는.

(이놈. 놓쳐버렸나. ……암리 녀석. 마지막까지 형님을 감싸다

니…….)

역시 온몸이 선혈로 더러워졌는데도 평온한 암리의 얼굴을 내려다보며 어금니를 악물었다.

"나는."

시시는 그대로 붕괴한 거대 꽃의 잔해를 바라보며 눈부신 듯 눈을 가늘게 떴다.

"나는, 진 건가……."

암리가 꿰뚫은 가슴의 상처는 시시가 가진 겨울 동백꽃의 경이로운 재생력에 덮여서 지금은 완전히 아물었다. 그렇지만, 몸에 받은 패배의 고통은 상처의 아픔보다도 시시의 마음을 강하게 후벼 파고 있었다.

"당한 건가, 형님에게. 고작 어린애 한 명에게…… 베니비시의 야망이, 저지된 건가……."

산꼭대기에 커다란 바람이 불며 녹의 덩어리가 된 거대 꽃을 녹가루로 바꿨다.

"이래서는, 백성들에게. 베니비시 백성들에게, 고개를 들 수 없어……!!"

시시가 강하게 입술을 악물며 푸르고 맑은 하늘을 노려보자…….

『시시…….』

『시시.』

『시시여.』

문득, 귀에 붙은 겨울 동백꽃이 스르륵 열리더니, 빛나는 꽃가루를 퍼뜨리면서 속삭이듯이 시시에게 중얼거렸다.

『무엇을. 분통해하는 거냐.』

『무엇을. 포기할 필요가 있는 거냐?』

순간, 시시는 누가 말을 걸어오는지 이해하지 못해서 주변을 돌아봤다. 그때 오른쪽 귀 뒤에서 『쿠후후후후……』라는, 요정 같은 목소리가 들렸다.

"너는, 누구냐. 내게 말을 걸어오는 건 누구냐!"

『나는, 겨울 동백꽃. 너의 꽃이다.』

"겨울 동백꽃…… 나의, 꽃……?!"

『언제나 너의 곁에 있었다…… 너에 대해서는 뭐든 알고 있지.』

시시는 몸 안쪽이 차가워지는 공포를 느끼며 환청을 뿌리치려는 듯 고개를 흔들었다. 그러나 그 『겨울 동백꽃』의 목소리는 시시를 쫓듯이 달콤한 목소리로 머릿속에 계속 말을 걸었다.

『커다랗기만 하던 저 꽃 하나가 저문 게 어쨌다는 거냐? 너와 나에게는 무한이나 다름없는 꽃의 힘이 있다. 저 정도의 꽃, 얼마든지 피울 수 있다…… 더 크게, 더 아름답게.』

"위로하는 말을 하지 마라! 나의 사자홍검에 이제 그런 힘은……!"

『이 계집의 힘을, 흡수하는 거다.』

천천히, 무언가에 조종당하듯이 시시의 등에서 덩굴이 뻗어 쓰러진 암리를 들어 올렸다.

암리는 기절해서 축 늘어진 채 시시의 눈앞에 매달렸다.

『흡수해라. 이 계집의 힘으로 너와 나는 완전한 꽃이 된다.』

"암리의 힘을, 흡수하라고……?!"

『이 계집의 안에는 막대한 녹의 힘이 잠들어 있다. 본래 꽃은 녹으로 시들지만, 나와 너는 다르지. 녹의 힘을 나의 것으로 삼았을 때, 너와 나는 완성된 진정한 진화를 이룬다…….』

"……."

시시는 자신의 꽃이 달콤하게 속삭이는 소리를, 반쯤 취한 듯이 받아들이고 말았다.

『원하지 않는 거냐? 힘을. 베니비시를 자유롭게 해줄 수 있는, 절대적인 힘을…….』

"……큭."

『이런 곳에서. 이런, 시시한 곳에서 끝낼 수는 없겠지? 시시. 지금까지 강한 힘을 얻기 위해, 모든 것을 희생해오지 않았느냐.』

『조용하고 행복한 인생도.』

『포근하고 평온한 후계자의 길도.』

『사랑했던 아버지의 애정도…….』

『모든 것을 피의 제단에 바치고, 산 제물로 삼아오지 않았느냐?』

『겨울 동백꽃』이 말하자, 시시는 공포와 고양감이 뒤섞인 표정으로 군침을 꿀꺽 삼키고는, 말라붙은 목에서 갈라진 목소리를 꺼냈다.

“원, 해…….”

『겨울 동백꽃』이 살짝 웃는 것처럼 들렸지만, 시시의 귀에는 이미 들어오지 않았다.

“나의 길은, 피로 물들었다. 이제 돌이킬 수 없어. 원한다…… 압도적인 힘을…… 베니비시를 자유로 이끌어줄, 강한 왕의 힘을!”

『쿠후후후후후…… 좋다. 그래야만 나의 숙주지. 자, 시시여…….』

귀의 동백꽃은 그렇게 말하며 시시의 의지 바깥에서 덩굴을 조종해 눈앞에 있는 암리의 얼굴을 다시 끌어당겨 시시의 코앞으로 내밀었다.

『자아. 흡수해라.』

“흡, 수……?”

『맹세의 입맞춤. 너와, 새로운 힘의 입맞춤이다.』

“맹세, 의…… 입맞춤…….”

암리의 마른 몸을 시시의 무수한 덩굴이 다정하게 끌어안았다. 조심조심 입술을 가져간 시시는 이윽고 꽃에서 나오는 강렬하면서도 강제적인 기아감에 홀려서 매우 거칠게, 물어뜯듯이 입을 맞췄다.

“읍?! 으으으으읍—!!”

암리는 시시의 난폭하기 그지없는 입맞춤에 유린당해 눈을 뜨고는 쥐어짜듯이 비명을 내질렀다. 한편 시시는 암리의 입에서, 허파 속으로 녹의 힘이 물밀듯이 밀려오는 걸 느끼기 시작했다. 이윽고 그 힘은 어마어마하게 부풀어 올라 시시의 온몸을 향해 엄청난 기세로 흘러 들어왔다.

(괴, 굉장해…… 이, 이게 녹의 힘…… 진언의 힘!!)

『느껴라. 떨어라……! 굉장하구나, 이것이 녹의 힘! 녹아내리는 듯한, 달콤한 힘. 쿠후후후후후후……!! 이걸로 「꽃」은. 「겨울 동백꽃」은. 나는 불멸의 존재가 되었다. 결코, 멸망할 일은 없다!』

(몸이, 뜨거워…… 몸이, 터질 것 같아—!!)

빠움! 빠움!! 시시의 등을 찢으며 마치 날개와 같은 꽃잎이 생겨나면서 태양빛으로 반짝였다.

"으아앗. 나, 나의, 몸이……!!"

암리를 황급히 내던진 시시는 온몸에서 날뛰는 힘의 흐름에 허덕이며 자신의 마른 몸을 쥐어뜯듯이 안았다.

"나, 나에게! 나에게 뭘 한 거냐. 겨울 동백꽃—!!"

『쿠후후후후…… 너는 다시 태어난다. 「꽃」의 신이 되는 거다…… 베니비시의 신·시시.』

"우, 오오…… 우우우오오오오오—!!!"

기어가던 양손 끝에서 빛나는 덩굴이 차례차례 뻗으면서 빠움, 빠움 꽃을 피우며 대지로 뻗었다.

시시는 노도의 기세로 밀려오는 녹의 힘을 몸으로 받아내면서, 상상을 초월하는 고통 속에서 포효를 내지르며 밀려오는 꽃가루 속에서 반짝였다.

11

“자, 잠깐. 미로! 위험하잖아. 목숨 아까운 줄 모르는 짓이야!”

미로의 진언과 챠이카의 소환술을 합친 덕분에, 영박소 안에서 꽃의 뿌리는 완전히 사라졌다. 거대한 영박도 적잖은 에너지를 빨린 모양이었지만, 빛이 약해지지 않고 우뚝 솟아나 있다.

“이런 그레이티 데보, 날뛰었다가는 어떻게 될지 몰라. 기절한 사이에 해치우는 게 무조건 좋아!”

“쉬잇—!”

미로는 입술에 손을 대고 챠이카의 호소에 화를 내듯이 반박했다.

“수술 중에는 조용히 해야지. 챠이카. 너는 중요한 조수니까, 여기에 있어!”

미로는 그렇게 말하며 진행 중인 「수술」을 돌아봤다.

지하 깊숙한 곳에서 지면에 엎어져 잠든 환자는 어마어마한 거구의 소유자였고, 온몸에 겨울 동백꽃 덩굴이 뒤덮여 있다.

이빨을 드러내고는 「크고고고고」 하며 무식한 코골이를 하는 이 모습은…….

전직 육도옥장, 사타하바키 소메요시였다.

(갑자기 떨어졌을 때는 무슨 일인가 했지만…….)

지상에 난 거대 꽃 위에서 비스코의 계책에 걸려 떨어진 사타하바키는 그대로 비스코와 암리가 뚫은 진언의 구멍에 쏙

빠졌고, 거대한 영박 위에서 뽀용 튕기더니 미로와 챠이카 근처까지 떨어진 것이다.

(아까 고피스네를 봤을 때도 그랬지만, 시시의 화력이 사고를 침식하는 것 같았어. 그렇다면 그 병소를 뽑아낸다면…….)

미로는 걱정스레 지켜보는 챠이카의 시선을 느끼면서 사타하바키의 다부진 몸을 촉진하다가 목덜미 뒤에서 한층 붉게 빛나는 작은 꽃을 확인했다.

"이거다……! 챠이카, 아까 그 영박의 손으로 이 꽃을 없애줄래?"

"에엑?! 챠이카의 힘으로 이런 꽃투성이인 사람의 정화는 무리야!"

"괜찮아. 계기를 만들어주기만 하면 돼. 자, 간다!"

미로에게 이끌린 챠이카가 작은 손으로 꽃 아래쪽을 잡자, 챠이카의 손가락에서 은색의 빛이 전해졌고, 꽃은 그걸 싫어하듯이 부르르 떨었다.

"신경에서 벗어났어. 지금이다!"

판다 의사는 챠이카 위에서 그 꽃을 잡고는, 「으랴아아압—!」하고 외치며 꽃의 뿌리를 있는 힘껏 뽑았다.

사타하바키의 등골을 옭아매고 있던 꽃의 뿌리는 미로의 힘에 이끌려서 주르르르르르륵!! 뽑혔고, 마침내 뽀옹! 하고 몸 안에서 완전히 튀어나왔다. 그 길이는 2미터 정도일까? 매우 훌륭하고 흉악한 꽃의 뿌리였다.

"좋아, 뽑았다!"

"꺄아아아, 뭐야 이게! 아앗, 미로. 위험해!"

수술이 성공하자 미소를 지은 미로에게 챠이카가 갑자기 외쳤다. 미로가 뽑은 꽃의 뿌리가 그대로 의지를 가진 듯이 이번에는 미로를 덮친 것이다.

"앗! 아뿔싸!"

미로는 즉시 단도를 번뜩여서 응전했지만, 아픔을 느끼지 않는 꽃의 뿌리가 움직임을 멈추는 일은 없다. 뿌리를 잘랐는데도 움직임을 멈추지 않은 채, 꽃잎이 이빨처럼 벌어져서 미로의 목덜미를 물어뜯으려고 한 그 순간.

"흠!!"

콰직!

거대한 팔이 미로의 목 바로 앞에서 꽃을 붙잡더니, 자신의 눈앞까지 가져갔다. 다부진 거구가 천천히 일어나서 미로의 몸을 그림자로 덮었다.

"잘도, 잘도 본관의……."

"아, 아으으……."

"미로, 도망치자!"

"본관의 법 정신을! 짓밟아 주었겠다아아—!!"

챠이카가 순간적으로 미로를 감싸며 도망치려 했지만, 사타하바키의 주먹이 미로에게 날아오지는 않았다. 사타하바키가 붙잡은 꽃을 지면 위에 내던져서 통나무 같은 다리로 짓밟자, 기생꽃은 그제야 침묵해서 완전히 움직이지 않게 되었다.

"크으으으으…… 불찰이로다. 불찰이로다, 사타하바키 소메요시! 법의 수호자인 본관이, 예속의 겨울 동백꽃에 몸을 조종당하고 말 줄이야…….”

“버, 법무관! 이제 괜찮아요! 시시의 꽃은 퇴치했으니까…….”

“네코야나기! 미로!”

“네, 넵!!”

“면목이 없다. 본관, 이 은혜는 잊지 않겠다.”

사타하바키는 무식하게 큰 목소리에 움츠러든 미로의 손을 잡아서 붕붕 휘둘렀다. 미로는 그 괴력에 눈을 깜빡이며 놀랐지만, 아무튼 사타하바키에게 적의가 없다는 게 전해졌기에 챠이카와 함께 일단 가슴을 쓸어내렸다.

“법무관. 위에서 무슨 일이 일어나고 있죠?! 비스코는 무사한가요?!”

“아카보시는…….”

사타하바키는 도중까지 입을 열려다가 뭔가 알아챈 듯이 커다란 구멍이 뚫린 천장을 올려다봤다.

“아니, 본관이 말할 필요도 없겠군. 직접 물어보아라.”

“……에엑?!”

미로가 사타하바키의 시선을 따라서 천장을 올려다보자…….

“우오오오와아아아아―!! 미로―!!”

““비스코오오?!””

미로와 챠이카가 목소리를 겹쳐서 동시에 외쳤다. 바라보니, 커다란 구멍이 뚫린 천장에서 비스코가 외투를 펄럭이며 거꾸로 떨어지고 있었다.

미로는 즉시 자신의 발밑에 만가닥버섯 화살을 쏴서 공중으로 뛰어올라 비스코의 어린애 몸을 잡아서 그대로 지면을 데굴데굴 굴렀다.

“헤엑, 헤엑…… 올라갔다 떨어졌다 바쁜 하루야. 젠장…….”

“비스코! 꽃의 뿌리는 퇴치했어. 꽃은?! 지상의 꽃은 처리했어?!”

“했어! 꽃은 나와 암리가 떨어뜨렸어…… 하지만, 암리가! 암리가, 시시에게 붙잡혀버렸어!”

“암리가?! 그, 그럴 수가…….”

미로는 일단 비스코를 일으켜 세우고는 기침하는 비스코의 등을 쓸어줬다. 그 눈앞에서 사타하바키가 거구를 흔들며 걸어왔다.

“그렇군. 시시의 손에 떨어진 것은 쿠사비라슈 승정, 암리였나.”

“맞아. 시시 그 자식이…… 캐액. 어째서 네놈이 여기에?!”

“비스코, 괜찮아! 이미 법무관의 세뇌는 풀렸어!”

“세뇌를 당하든 안 당하든, 이 녀석은 위험하잖아—!!”

“염려하지 마라! 이 자리는 이미 법의 바깥. 지금 여기서 네놈을 어떻게 할 생각은 없다.”

사타하바키는 팔짱을 끼고 그 자리에 풀썩 주저앉았고, 챠이카는 사타하바키를 빤히 노려보며 경계하면서 그 옆에 앉았다.

“심상찮은 사태가 되었다, 아카보시. 너의 활약으로 거대 꽃은 시들었지만, 이번에는 시시 자신이 그 거대 꽃을 뛰어넘는 화력을 얻어가고 있다."

"뭐라고…… 그건 무슨 뜻이야?!"

"조금 전 네코야나기와 영박의 소녀에게 치료받을 때까지, 본관의 감각은 겨울 동백꽃을 통해 시시와 연결되어 있었다."

일동은 사타하바키의 낮은 목소리에 몰입해서 귀를 기울였다.

"세뇌가 풀리기 직전, 본관은 시시의 몸 안으로 막대한 녹의 힘이 주입되는 걸 확실하게 느꼈다. 진언의 사용자·암리가 이미 시시의 손에 떨어졌다면, 시시가 흡수한 녹의 힘이 어디서 나왔는지도 설명이 되지."

"그, 그건……!"

미로와 비스코가 동시에 몸을 내밀어서 사타하바키에게 따졌다.

"암리가 가진 진언의 힘을 시시가 흡수해버렸다는 거냐?!"

"선왕 호센에게 예전부터 들었던 일이다. 꽃이 녹의 힘을 흡수해서 길들이게 되면, 진화의 힘은 궁극에 다다른다고. 물론 녹에 약한 베니비시에게는 자살행위라 할 수 있는 소행이지만, 지금의 그 시시라면 어쩌면……!"

사타하바키의 말을 가로막듯이, 고고고고고 하고 홋카이도 전역을 뒤흔드는 커다란 진동이 일동을 덮쳤다.

"음! 이 흔들림은, 설마……."

사타하바키가 이를 악물고 좌선 자세를 풀었다.

"시작되고 말았나. 시시는 다음 스테이지로 진화하여 베니비시의 신이 되어가고 있다!"

"네놈이 쓸데없는 소리를 해서 그렇잖아. 안 좋은 예감이라는 건 들어맞게 되어있다고!"

"그, 그럴 수가…… 겨우 챠이카네의 힘으로 홋카이도를 지켰다고 생각했는데, 그 베니비시의 신을 막으려면 뭔가 방법이 없어?!"

"물론, 있다! 시시가 천공화(天空花)로 각성하기 전에, 녀석의 본체를 쓰러뜨리면 된다."

사타하바키는 일어나면서 와르르 무너지는 구멍 뚫린 천장을 노려봤다.

"하지만, 정말로 암리 승정이 가진 녹의 힘을 극복했다면, 이미 녹도, 버섯도, 모두 시시에게 통하지 않을 거다. ……우리가 뭉친다고 해서 당해낼 수 있을지."

"그거야! 해보지 않으면 모르잖아!"

"기다려…… 잠깐 기다리라니까. 비스코!"

감정에 몸을 맡겨서 천장에 와이어 화살을 날리려던 비스코를 챠이카가 황급히 막았다.

"기다리고 자시고! 홋카이도가 통째로 시시에게 흡수당한다고!"

"용기가 있더라도, 방책이 없으면 개죽음이야. 챠이카네에게는 아직 마지막 비장의 수단이 있어!"

"뭐라고……?!"

"이거야!"

챠이카가 눈을 잠시 감아서 염원하자, 무녀의 양손에 하얀 포자가 모이더니 은색으로 빛을 발했다. 홋카이도의 신비로운 버섯, 영박의 광채다.

"괴, 굉장해…… 챠이카. 너도 그 빛을!"

"놀랍군! 이것이야말로 화력에 유일하게 대항할 수 있다는 무구한 버섯·영박의 광채!"

"챠이카! 하지만 너 혼자만의 힘으로 시시를 정화하겠다는 거야?! 그건 아무리 그래도 무모해!"

미로가 묻자, 챠이카는 집중을 풀고 나부끼는 금발과 함께 고개를 가로저었다.

"농담하지 마! 영박은 섬세해. 챠이카에게도 아버님에게도 저런 괴물을 정화할 힘은 없어."

"뭐야 그게! 그럼 지금 그걸 왜 보여준 건데?! 위안이냐?!"

"쉿! 챠이카와 같은 지금까지의 무당에게는 그 힘이 없다고 말했을 뿐이야. 하지만 만약 영박의 약한 발아력을 보강할 수 있는 강인한 무당의 안에 깃든다면……?"

비스코가 끼어드는 걸 멈추고 미로와 얼굴을 마주 보고는 챠이카를 돌아봤다.

"챠이카네, 홋카이도의 스포아코에게는 옛날부터 전해지는 말이 있어. 무당이 『천양』과 『영박』, 태양과 달의 포자를 몸에 깃들였을 때, 홋카이도의 모든 재앙은 불식된다고."

"이봐, 옛날이야기에 의지하려고?! 이쪽은 진지하단 말이야!"

"챠이카도 진짜진짜진짜 진지하게 하는 말이야!! 됐으니까 들어!!"

챠이카는 자신을 바라보는 비스코의 눈동자를 마주 보고는, 정면에서 선언했다.

"아카보시 비스코. 당신을 홋카이도의 무당으로 임명하겠어. 챠이카가 모든 책임을 지고, 당신에게 홋카이도의…… 영박의 힘을 부여할 거야."

"에, 에에엑?!"

"비스코에게, 홋카이도의 힘을 계승하겠다고?!"

비스코와 미로의 목소리가 겹치며 영박소 안을 울렸다. 챠이카는 자신의 말에 일일이 놀라는 두 사람에게 조바심을 내며 재빨리 다음 말을 이었다.

"우물쭈물하다가는 그 꽃의 괴물에게 당해버려. 의식의 방까지 서둘러 가야 해. 비스코, 빨리 가자!"

"그, 그래도?! 나는 다른 곳 사람이라고. 그렇게 간단히 토지신을 내려줘도 되는 거냐?!"

"이런 상황에서 이러쿵저러쿵 따질 수는 없잖아! 챠이카도 규정을 두 개, 세 개 깨부수고 제안한 건데, 당신이 얼빠져 있으면 어떡해?!"

"아, 알았어! 하지만, 간다니 어디로?!"

"챠일티카야. 자궁! 홋카이도의 자궁까지 가는 거야!"

""……자, 자구우웅~~?!""

비스코와 미로가 저도 모르게 목소리를 겹치며 놀라자, 챠이카는 계속해서 말을 이었다.

"비스코는 몰라도 미로가 왜 놀라는 거야! 홋카이도는 하나의 동물이야. 체내에 자궁을 가지고 있더라도 전혀 신기하지 않잖아."

"아, 아니, 그야 그럴지도 모르지만, 대체 뭘 위해……."

"물론, 아이를 낳기 위해서야. 지금 홋카이도는 아기를 배고 있어…… 아기라기보다는, 새로운 섬으로서 일본에 발현하기 위한 막대한 영박 포자지만."

챠이카가 둑이 터진 듯이 밝히는 터무니없는 이야기들 앞에서 비스코와 미로는 매우 당황했다. 그러나 이미 그런 것에 일일이 놀랄 때가 아니라는 건 두 사람도 당연히 알고 있었다.

"아, 아무튼. 그 자궁에서 영박의 힘을 빌리면 되는 거지?!"

"빌린다기보다는, 그 자체가 된다는 게 올발라. 새로운 무당은 영박 포자 소용돌이의 일부가 되어, 홋카이도의 자식으로 다시 태어날 필요가 있어."

"너 아까부터 이야기의 스케일이 터무니없이 크거든?!"

"질문을 들어주고 있을 여유는 없어! 됐으니까 빨리……!"

챠이카의 이야기가 끝나자, 갑자기 구멍 천장에서 창처럼 떨어진 기다란 덩굴이 콰아아아앙! 하고 지하의 지면에 꽂혔다. 일동은 즉시 물러나서 공격을 피했고, 치솟는 연기 속에서 계속해서 떨어지는 두 번째, 세 번째 덩굴을 사타하바키가 그 막강한 팔로 받아냈다.

"으음. 드디어 시시가 움직이기 시작했구나. 이 상태로는 그 자궁이라는 것을 녀석이 눈치채는 것도 시간문제. 시시의 상대는 본관이 맡겠다. 영박의 아이 챠이카, 어서 가거라!"

"너 혼자서 어떻게 되는 상대냐! 간다면 그걸 정리하고 나서……."

"비스코!"

단도를 뽑아서 천장을 바라보는 비스코의 얼굴을 미로가 끌어안고는, 별 같은 눈동자로 파트너의 비취색 눈동자를 똑바로 들여다봤다.

"시시의 상대는 나와 법무관에게 맡겨. 지금 제일 중요한 건, 너와 챠이카가 자궁까지 도착하는 것…… 챠이카는 도중에 반드시 시시의 공격을 받을 거야. 그때 그녀를 지켜줄 수 있는 건, 비스코. 이 중에서 제일 가벼운 너밖에 없어."

"……미로……!!"

비스코는 평소처럼 반사적으로 반론하려다가 파트너의 별 같은 눈동자에 막혔고, 입을 여는 대신 비취색 눈으로 파트너를 빤히 응시했다.

"……할 수 있겠냐, 미로. 내가 돌아올 때까지 버틸 수 있겠어?"

"글쎄? 파트너가 진심으로 격려해준다면, 힘낼 수 있을 것 같기는 한데에."

"핫!"

비스코는 어린애 몸으로 폴짝 뛰더니, 놀라는 미로를 아랑곳하지 않고 목을 양손으로 잡아서 머리를 부여잡듯이 끌어안았다.

"너는 어두운 밤 속에서 시야 한가득 빛나는 별이야, 미로. 너는 강해. 누가, 무엇이 상대라 해도, 너는 지지 않아……."

"……비…… 비스코……!"

"……."

"……."

"알았냐?"

"……."

"야, 알았냐고. 짜샤!"

"와앗, 네엡!!"

"좋아!!"

비스코는 거기까지 말하고는 겨우 미로에게서 떨어졌고, 어째서인지 얼굴을 붉히고 있는 챠이카에게 텐구처럼 빠르게 내달렸다.

"챠이카! 미안, 늦어졌어. 가자!"

"……그렇게 사이좋은 모습을 보면, 화내고 싶어도 화낼 수가 없잖아."

챠이카는 조금 퉁명스러운 모습을 보이고는, 용맹하게 웃으며 비스코의 손을 당겼다.

"자궁까지는 챠이카가 안내할게! 그동안 반드시 챠이카를 지켜낼 것. 알았지!"

"당연하지!"

달려가는 비스코와 챠이카를 멀리서 배웅한 미로는 한동안 얼빠진 표정을 지으며 굳어져 있었다. 콰아아아앙! 그 뒤를 덮치려던 시시의 덩굴을 사타하바키가 팔로 막아냈다.

"뭘 멍하니 있는 거냐, 네코야나기! 지금부터는 우리가 발을 묶는 역할이다!"

"앗. 죄, 죄송합니다. 꽤 오랜만이어서……."

"뭐가 오랜만인지는 모르겠지만."

사타하바키가 강력한 힘을 발휘해서 덩굴을 무릎에 내리쳐서 빠직! 하고 쪼개버렸다.

"시시는 인간에게는 미증유의 위협이다. 그런 마음가짐으로 막아낼 수 있을 것 같으냐!"

"할 수 있어요!"

"뭐라고?!"

질타하려던 사타하바키는 활짝 웃는 미소를 맞닥뜨리자 오히려 당황하고 말았다.

"저는 어두운 밤 속에서 빛나는 별이에요. 누구에게도, 어떤 자라도 저는 지지 않아요. 시시가 아무리 강하더라도, 마지막에는 제가 이겨요."

"대, 대체 무슨 소리냐. 그 자신감은 어디서 나오는 거냐?"

"자신감은 없지만, 그래도."

미로는 등에서 활을 뽑으면서, 하늘색 머리를 휘날리며 사타하바키에게 미소 지었다.

"그렇게 될 거예요. 왜냐하면, 비스코가 그렇게 말했으니까!"

"그…… 그대들은, 참으로 바닥을 모르는…… 오오옷?!"

빠꿈!!

사타하바키가 반론하기 전에, 미로가 쏜 새송이버섯 화살이 두 사람의 발밑에서 힘차게 피어나서 체구가 작은 미로와 사타하바키의 거구를 하늘 높이 쏘아 올렸다.

"법무관! 이대로 지상으로 가겠어요! 자, 저를 잡으세요."

"이런 건 하기 전에 말하지 못할까아아—!"

미로는 공중에서 버둥거리는 사타하바키의 손을 잡고 그대로 외투를 펄럭이며 커다란 구멍까지 상승하다가 천장 근처에서 진언 큐브를 번쩍였다.

온 샤드 벨로우 스네우

"won/shad/velow/snew!"

진언의 힘에 따라 커다란 구멍의 천장이 입을 쩌억 열면서 홋카이도의 체내에 태양빛을 불러들였다. 미로와 사타하바키는 그대로 베니비시의 신으로 변한 시시를 막기 위해 홋카이도의 지상을 향해 도약했다.

12

"우오오오오오—!"

새송이버섯에 떠밀려 지상에 연 진언의 구멍에서 뛰쳐나온 사타하바키는 그 기세 탓에 설상을 데굴데굴 구르다가 전신이 눈사람처럼 되고 나서야 겨우 멈췄다.

"……버섯지기가 하는 일은 전혀 이해할 수가 없구나!"

벌떡 일어나서 전신에 묻은 눈을 털자, 그 안에서 사타하바키의 거구가 드러났다. 한편 미로는 가볍게 설상을 폴짝폴짝 뛰다가 사타하바키의 어깨에 살며시 착지했다.

"이게 무슨, 일이지……!"

하늘에서 쏟아지는 정체 모를 눈부신 빛에 눈을 가늘게 뜬 미로가 중얼거렸다.

"법무관! 사태는 상상 이상으로……!"

"음. 어찌할 수 없는 상태가 되어가고 있구나!"

마찬가지로 미로의 시선을 따라간 사타하바키가 낮게 중얼거렸다. 두 사람이 올려다보는 시선 너머에는…….

공중에 피어난, 거대한 하나의 『꽃』이 있었다.

그 꽃은 줄기도 뿌리도 없이 공중을 부유하며 홋카이도를 뒤덮을 듯한 그림자를 드리우면서 흔들리고 있었다. 천공에 떠오른 그 힘의 비밀은, 아무래도 아름다운 난색으로 반짝이는 무수한 꽃잎이 날개 역할을 하는 모양이었다. 그것이 천천히 날갯짓할 때마다 대지에는 바람이 불어왔고, 반짝이는 꽃가루가 불똥처럼 뿌려졌다.

"엄청난 위용……! 시시의 저 모습이야말로 궁극 진화의 증표. 우리 베니비시의 신, 화력의 최종 진화 형태이다!"

"시시……?! 저 거대한 꽃의 요새가 시시라고요?!"

"잘 보아라!"

사타하바키가 두꺼운 손가락으로 가리킨 곳을 응시해서 보자, 펄럭이는 꽃잎의 중앙에 꽃으로 된 방 같은 것이 있고, 그곳에 작은 사람 그림자가 반짝이는 게 보였다.

"아앗…… 시시!"

멀리 보이는 시시의 표정은 얼음처럼 딱딱해서 조금의 감정도 읽을 수 없었다. 게다가 눈을 비비고 잘 보니, 아무래도 시시의 발밑에는 미로도 잘 아는 한 명의 소녀가 누워있는 것 같았다.

"암리다! 암리도 저기에 있어…… 어떻게든 구해내야 해!"

"구해낸다고 하지만…… 음! 네코야나기, 조심해라!"

천공화는 천천히 한쪽에서 무수한 덩굴 창을 내보내서 쾅, 쾅, 쾅! 하고 홋카이도의 지표에 꽂았다. 덩굴 창이라고 해도 숙주가 거대하기에 하나하나도 거목처럼 두껍다.

그중 몇 개를 즉시 피한 미로와 사타하바키가 연기 속에서 기침했다. 사타하바키는 홋카이도 전체에 박힌 무수한 덩굴을 보고는 「으으으음」 하고 신음했다.

"압도적이구나. 이건, 안 된다!"

홋카이도 전체에 마치 부채꼴처럼 규칙적으로 박힌 덩굴이 제각각 눈부시게 발광하면서 천천히 맥동하기 시작했다.

"법무관, 저건 뭐죠?! 덩굴이 빛나고 있어요!"

"홋카이도 전체의 양분을 흡수하려는 거다. 이미 저렇게 됐으니 영박소의 에너지에 고집하지 않고 닥치는 대로 전부 빨아들여서 개화하려는 거겠지."

"개화, 라고요……?!"

"저 천공화가 양분을 충분히 흡수하고 개화하게 된다면."

천공화에 모이는 에너지의 흐름을 노려보던 사타하바키가 말했다.

"홋카이도는 죽고, 꽃가루는 일본 전체로 쏟아져서 모든 인간, 생물이 노예가 되겠지. 어쩌면 시시의 노림수는 처음부터 이거였는지도 모른다."

"그렇다면! 빨리 시시를 막아야죠. 멍하니 있을 때가 아니에요!"

"어떻게 막는다는 거냐!"

외투를 펄럭이며 달려가려는 미로에게 사타하바키가 외쳤다.

"저건, 이미 베니비시가 아니다. 진화의 신이다! 인간의 힘으로 어떻게 할 수 있는 존재가 아니다!"

"법무관치고는 무척이나 겁쟁이 같은 소리를 하시네요!"

지면에 꽂힌 덩굴 하나에 훌쩍 올라탄 미로가 씨익 웃었다.

"파트너인 비스코는…… 불가능하다는 말을 몇 번이고, 몇 번이고! 제 눈앞에서 깨부숴왔어요. 그러니까 알 수 있어요…… 이번에도, 우리가 반드시 이겨요!"

"네코야나기……!"

미로는 천공화까지 뻗은 덩굴 위를 재빨리 달려갔다.

사타하바키는 미로가 남긴 말을 몇 번이고 반추하더니…… 팡팡! 하고 자신의 뺨을 철퇴 같은 손바닥으로 후려치고는 「카아앗―!」 하고 자신에게 기합을 다시 넣었다.

그리고.

"훌륭함, 9할 개화의 마음가짐!! 네놈 한 명만 목숨을 걸게 두지는 않겠다. 네코야나기이이―!"

콰앙! 하고 삐걱거리는 덩굴 하나에 올라타고는, 그대로 미로를 쫓아 천공화의 중심…… 베니비시의 신 시시를 향해 쿵쿵 달려갔다.

(…….)

(…….)

(나의 길은…….)

(나의 길은, 피로 물들어 있어.)

(그래도.)

(백성의 주춧돌이 되어, 거기서 쓰러진다면…….)

(그래도, 상관없어.)

(그래도…….)

(…….)

(……응?)

(내, 몸은. 지금, 어떻게…….)

시시는 꿈결 속에서 의식을 되찾아 두 눈을 떴다.

"……이, 이건?!!"

홋카이도 상공에 떠오른 자신의 몸은 거대한 꽃의 요새로 변해서 꽃잎에 의해 공중을 하늘하늘 날며 엄청난 꽃가루를 뿌리고 있었다.

꽃에서 뻗어나간 덩굴은 시시의 의지와는 완전히 상관없이 홋카이도 전체를 유린하며 닥치는 대로 양분을 흡수하고 있었다.

"이, 이건 뭐야…… 난, 어떻게 된 거지!!"

『쿠후후후후후…….』

시시의 몸 안에서 시시의 꽃·겨울 동백꽃의 웃음소리가 들렸다.

『멋진, 경치구나. 나와 너는 녹을 극복하고, 마지막 진화를 이뤄낸 거다. 지금의 너는 그야말로 신 그 자체. 모든 목숨을 빨아들이는 흡명(吸命)의 화신(花神)이다.』

"흐, 흡명의, 신, 이라고……!!"

너무나도 충격적인 사태에 할 말을 잃은 시시의 의지와는 달리, 거대한 덩굴이 날뛰면서 도망치는 베니비시 백성들을 사로잡았다. 덩굴은 그대로 시시의 천공화로 돌아왔고, 베니비시 백성들도 비명을 지르며 그 안에 흡수되었다.

"으, 으아아아! 무슨 짓이냐!! 지금 그건 베니비시의 백성이다. 백성들을 풀어줘!!"

『어째서냐? 어째서냐, 시시. 강한 생명이라면 닥치는 대로 흡수해서 자신의 화력으로 삼는다. 그게 너와 나의 소망이었을 터.』

"나는, 나는 그런!!"

빠직빠직빠직!!

그 순간, 뿜어져 나오는 피의 온도가 천공화를 통해서 시시의 몸에 선명하게 전해졌다.

그리고…….

"끄아아아악, 꺄아아아악—!"

"싫어어. 시시 님, 시시 임금니임!"

"부탁이에요! 제발 이 아이만큼은…… 커헉!"

"크히익, 크히익…… 쿨럭……."

차례차례 전해지는 것은, 자신이 지켜야 하는 베니비시 백성들이 내지르는 단말마의 비명이었다.

"으아아아, 아, 아아아……??!!"

전신에 오싸아아악! 소름이 돋았다.

전해지는 죽음의 향기, 동포의 죽음이 자신의 힘으로 바뀌는 감각 앞에서 시시는 가느다란 목이 찢어질 듯이 비명을 내질렀다.

"으아아아아아아아—악!!! 싫어, 싫어어어어어어—!!"

등에 달린 꽃잎에 묶여서 움직이지 못하는 시시의 몸은 너무나도 격한 통곡으로 경련을 일으켰고, 끝으로는「우웨에엑!」하고 위 안에 든 것을 토해냈다.

『호호호호호호호…… 딱히 토할 건 없지 않느냐. 민초들도 너의 힘이 되어서 기뻐하고 있다. 꽃은 솎아내면 솎아낼수록 강하고 아름답게 피어나는 법이니…….』

"나는, 나는 이런 걸 바라지 않았어! 내가 힘을 원한 건, 베니비시 백성들의 평온을 위해, 자유를 위해서다! 백성의 생명을 빼앗으면서까지 힘을 얻어서 어쩌겠다는 거냐!!"

『…….』

"너도 나의 꽃이라면, 내 말을 들어라! 지금 당장 나에게서 나가! 그러지 않겠다면, 당장 나를 죽여라!"

『……. 어째서 그렇게, 기고만장한 것인지…….』

겨울 동백꽃은 달콤한 속삭임에서, 마치 차갑게 찌르는 듯한 말투로 변하더니 시시에게 말했다.

『나는「겨울 동백꽃」. 지배의 꽃이다. 내가 너의 꽃인 게 아니다…… 네가 나의 모판, 나의 화분. 나의 의지에 복종하는, 노예인 거다.』

오싹! 시시의 등골에 오한이 스쳤고, 그걸 느낀 겨울 동백꽃은『쿠후후후』하고 웃었다.

『나아가서는 베니비시라는 백성도 모두 우리「꽃」의 모판. 언젠가「꽃」이 씨앗으로서 독립할 때까지 살아가는 화분에 지나지 않지. 단,「꽃」이 자라려면 피와 투쟁이 불가결했다. 힘으로 베니비시를 이끌고, 피와 죽음을 일본에 흩뿌릴, 새로운 피의 왕이 필요했지.』

"……꽃의 진화. 피의 왕이, 필요……? 너, 너는, 무슨, 소리를……!!"

『순수하고, 올곧은 너를. 피로 물든 왕의 길로 이끄는 건, 고생했다…….』

『겨울 동백꽃』의 잔혹한 속삭임이, 시시의 몸을 끈적한 땀으로 적셨다.

『나와 너의 의지는 항상 둘이자 하나…… 여자의 몸으로 옥좌에 고집했던 건, 과연 너의 의지였을까? 비할 바 없는 강한 힘을 원했던 건? 좋아했던, 사랑했던 친아버지의 목을 벤 건?』

『어디까지가 너고, 어디까지가 나였을까?』

"으, 아, 아아……, 아아아앗……!"

자신의 저주받은 꽃에서 나오는 잔혹하기 그지없는 말 앞에서, 시시는 안색이 새파래져서 전신을 떨며 반광란 상태로 아우성쳤다.

"거, 거짓말이야. 거짓말이야! 나는, 나는!"

『호호호. 날뛰지 마라. 꽃이 상하지 않느냐.』

"아니야, 아니야! 나는 너에게 조종당하지 않았어. 나는, 내 인생은, 내가 정했다고! 너 같은 녀석에게, 너 같은 녀석에게에에에!!"

『호호호호호호호…… 자, 시시한 이야기는 그만두자. 자아, 달콤한, 새로운 생명이…….』

빠직, 빠직빠직빠지이익!!

"아아아아아!! 또…… 싫어. 싫어, 내 안에서 백성들이 죽어가!! 싫어, 이런 건 싫어어어어!!"

『모두가, 행복하다. 너희 베니비시는 나를 기르기 위해 있으니까. 함께 꽃이 흐드러지게 피어나는 천년왕국을 세우자…… 나는 꽃으로서. 너희는 모판으로서…….』

『호.』

『호호호.』

『호호호호호호호호호호호호호호호호……』

머릿속에서 겨울 동백꽃이 웃었다. 시시가 흘리는 눈물은 피눈물로 변했고, 몇 번이고 혀를 깨물려 했으나 초월적인 생명력으로 재생하며 입에서도 폭포수 같은 피를 흘리고 있었다.

(으…… 으으…….)

『겨울 동백꽃』의 말처럼, 지금은 베니비시·버섯지기를 불문하고 계속 부풀어 오르는 죽음의 원념이 시시의 머릿속을 휘젓고 있었다. 절망에 짓눌린 시시는 매달리듯이, 마음속에서 말을 쥐어 짜냈다.

(형님…….)

(형, 님…….)

시시는 찬란하게 빛나는 꽃잎의 중심에서 어렴풋이 비스코의 모습을 뇌리에 떠올렸다. 긴 속눈썹이, 그곳에 쌓인 꽃가루를 흩날리면서 부르르 떨렸다.

『자, 이제 잠들어라. 시시. 내 품에서. 너의 몸은 내가 맡아 둘 테니까. 호호. 호호호호…….』

『겨울 동백꽃』이 발하는 강렬한 잠기운이 시시를 덮쳤다. 그저 개화의 때를 기다리는 봉오리처럼…… 백성의 생명과 맞바꿔서 자신에게 채워지는 힘을 느끼며, 시시는 절망으로 타오르는 숨을 내쉬었다.

저항하기 힘든 강렬한 수마에 얻어맞은 시시의 눈이 감겼고…….

"……시……."

(……응??)

"시시—!"

귀에 익은 부름을 듣자, 눈이 약간 뜨였다.

"미, 로……."

"……구해줘……."

"구해줘. 미로……!"

시시가 저도 모르게 손을 뻗었지만, 천공화는 그걸 용납하지 않았다. 무수한 꽃잎이 천천히 닫히며 시시와 암리의 몸을 그대로 감춰버렸다.

"시시—!!"

미로가 긴 덩굴 다리를 타고 올라 꽃잎의 중심, 태양빛으로 빛나는 시시의 몸에 닿기 직전, 꽃잎이 닫히며 그 몸을 지키려는 듯이 감췄다.

"이 녀석! 방해, 하지 마아!"

미로가 즉시 허리춤의 단도를 뽑아 꽃잎을 베려고 했지만, 뭔가 빛나는 칼날 같은 것에 단도가 튕겨났다.

"이, 이건……!!"

미로는 눈앞의 광경을 보고 무심코 전율했다.

단도를 튕겨낸 것은, 천공화의 중앙 부분에 생겨난 무수한 「사자홍검」이었다. 사자홍검은 각각 덩굴의 조종을 받으며 랜덤한 움직임으로 미로를 덮쳐왔다.

까앙, 까앙!

"으, 크윽?!"

무시무시하게도, 각각의 검격이 시시 본체가 펼치는 것과도 전혀 뒤떨어지지 않을 만큼 어마어마한 힘을 가지고 미로를 덮쳐오고 있었다. 아무리 미로의 단도술이 뛰어나더라도 도저히 받아낼 수 있는 밀도가 아니다.

"크, 아악!"

드디어 사자홍검 한 자루가 미로의 단도를 밀어 올렸다. 빈틈투성이가 된 몸을 향해 추가 참격이 덮쳐왔다—.

(아차……!)

"흐으으으음!!"

콰앙! 사타하바키의 거구가 간발의 차이로 미로를 덮어서 몸을 지켜줬다. 사자홍검의 참격이 가차 없이 사타하바키를 베었지만, 그는 자신이 가진 근육의 갑옷으로 그 모든 공격에서 미로를 지켜냈다.

"법무관!"

"이 자리에서는 당해낼 수 없다. 일단 도망치자, 네코야나기!"

사타하바키는 그렇게 말하며 거목의 덩굴을 박차고 그대로 아득한 지상으로 떨어졌다. 천공화는 놓치지 않겠다는 듯이 덩굴 끝에 피어난 작은 꽃에서 무수한 씨앗을 쏴서 사타하바키가 떨어진 지면에 형형색색의 꽃을 피웠다.

쿠우우우웅! 사타하바키는 땅울림을 일으키며 착지하고는, 씨앗 기총을 피하며 어떻게든 바위에 뚫린 구멍으로 미끄러져서 미로를 놓아줬다.

"법무관, 살았어요! 아앗, 심한 부상을……! 보여주세요!"

"치료 같은 느긋한 소리나 하고 있을 수는 없다."

사타하바키는 씨앗 기총에 맞아 피어난 작은 꽃을 몸에서 뚝뚝 뽑으면서 분통한 듯이 상공의 천공화를 노려봤다.

"아카보시와 그 무녀는 아직이냐. 이미 일각의 유예도 없다!"

"상대가 날고 있지만 않다면 이쪽도 상대할 방도가 있을 텐데…… 아니면 이쪽에도 날개가……."

미로가 거기까지 말했을 때, 아득한 상공에서 반짝 빛나는 한 줄기 오렌지색 빛이 보였다.

오렌지색 빛은 비행기처럼 구름을 끌고 점점 커지더니, 아무래도 천공화 쪽으로 일직선으로 다가오는 것 같았다.

"……저건, 유성?"

"뭘 느긋하게 밤하늘을 보고 있는 거냐! 이 세상이 끝날지 말지의 분수령이거늘!"

"아니, 그게 아니라고요! 저건!!"

오렌지색 유성은 그대로 홋카이도까지 일직선으로 날아와 태양빛으로 반짝이는 왕집게발을 들더니.

서걱.

그것으로 지면에 꽂힌 덩굴 하나를 잘라버렸다. 그리고 곧바로…….

서걱, 서걱, 서걱!!

회전하면서 연격하여 계속해서 다른 덩굴도 잘라냈다.

"아쿠타가와다!! ……아쿠타가와—!!"

등의 제트를 뿜으면서 천공화의 공격을 피하는 저 실루엣은 그야말로 낯익은 대게, 소년들의 파트너 「아쿠타가와」의 모습이었다.

그 위용은 변함없이 웅장했지만, 차이가 있다면 등이나 다리 일부에 제트팩 어태치먼트가 붙어있다는 점이다. 아무래도 아쿠타가와는 제트 기구를 자유자재로 조종해서 공중을 뜻대로 날아다니고 있는 모양이었다.

"어어어떠냐아아아아! 내 특제 제트 아쿠타가와!! 조금 크다고 해서 얕보지 말라고—!!"

"에엑?! 티, 티롤?!"

미로는 안장 위에 있는 그림자를 보고 이중으로 놀랐다. 너무나도 아크로바틱한 아쿠타가와의 움직임에서 떨어지지 않으려고 필사적으로 고삐를 움켜쥐고 있는 건, 해파리 머리 사이비 상인, 오오챠가마 티롤이었다.

"미로—!! 있으면 있다고 말해! 빨리 조종 대신해줘…… 떠, 떨어져. 떨어져서 죽는다고—!"

"티롤! 우리를 구해주러 온 거구나!!"

"저런 괴물이 상대라는 걸 알았으면 안 왔어어!!"

두 사람이 이야기하는 사이에도, 찢어진 덩굴은 날아다니는 대게를 위협으로 인정하고 거목 같은 몸을 흔들어 덮쳐왔다. 아쿠타가와가 자랑하는 전가의 보도, 왼쪽 왕집게발이 울부짖을 때마다 티롤의 작은 몸이 공중에 뜨며 「우와악—!!」, 「호아악—?!」 하고 괴성이 터져 나왔다.

"티롤!"

"네코야나기, 저 대게를 타면 되는 거냐!"

"네!"

사타하바키는 짧은 대화로 미로의 의도를 짐작하고는 그 가벼운 몸을 들어서 크게 휘둘러 그대로 상공까지 던져버렸다.

"으갸악—!! 떠, 떨어, 떨어…… 떨어져어어엇! 우오오아아아악!!"

티롤의 악력이 한계를 맞이해서 드디어 아쿠타가와의 고삐를 놓치려던 순간, 상공으로 날아오른 미로가 그 몸을 붙잡아서 간발의 차이로 둘이서 아쿠타가와 위에 착지했다.

"세이프! 위험했네, 티롤!"

"전! 혀! 말을 안 듣네. 이 바보 게! 내가 정중하게 제트 사양으로 만들어줬는데 말이야!"

"이제 괜찮아! 게는 버섯지기한테 맡겨!"

미로는 재빨리 티롤을 조수석에 묶어주고 오랜만에 아쿠타가와의 고삐를 잡았다. 미로의 손에서 전해지는 버섯지기의 숨결을 받자, 아쿠타가와는 드디어 진가를 발휘하려는 듯이 왕집게발을 태양처럼 빛냈다.

"자, 반격 개시다……! 가자, 아쿠타가와! 비스코가 돌아올 때까지 시간을 벌겠어!"

"자, 잠깐 기다려. 안심했더니 나, 나 토할 것……."

"토해도 괜찮아! 안 볼 테니까."

"그런 게……!! 우, 우웨에에엑!"

안장에 앉은 미로는 눈앞에서 더더욱 광채를 늘리는 천공화를 향해 활을 당겼다. 아쿠타가와는 등을 타고 전해지는 미로의 사명감에 떨쳐 일어나 다시 제트팩을 뿜으며 천공화를 향해 도약했다.

13

쿠웅!

"꺄앗!"

"크와악!"

"아야야얏……! 해냈다. 빠져나왔어! 그 덩굴들은 뿌리친 모양이야!"

"됐으니까 빨리 배에서 비켜—! 체중은 안 바뀐다고!!"

영박소에서 이어지는 길을 빠져나온 두 사람은 마치 그물코처럼 복잡기괴한 내장의 길을 빠져나와 긴 살의 터널을 미끄러져서 지하 깊숙한 곳에 있는 살의 벽에 크게 부딪혔다(비스코만).

도중에 천공화가 침식시킨 덩굴 채찍이 덮쳐왔지만, 챠이카의 토지감(?)에 의한 멋진 도주극을 펼쳐서 완전히 뿌리친 모양이었다.

"앗, 미안…… 음! 체중이 어쨌다고?! 챠이카가 무거운 건 옷 때문이야!"

"그런 말을 하는 게 아니라~!"

비스코는 허리를 문지르며 불평하고는 문득 동굴 바닥 전체에 감도는 서늘한 냉기를 느꼈다. 그것은 지금까지의 따스하고 축축한 홋카이도 안에서 가장 이질적인 기척을 비스코의 피부에 전해줬다.

"이건…… 포자인가?"

"영박의 젊은 포자야. 봐봐, 굉장한 양이지?"

이 방을 채우는 냉기의 근원은 아무래도 일대에 연기처럼 감도는 하얀 포자의 바다인 모양이다. 그것은 짙게 지면을 덮어서, 두 사람의 허리 아래쪽은 완전히 연기 속에 가려지고 말았다.

"홋카이도가 아이를 낳을 동안에는 영박소에서 생산되는 포자의 절반이 여기로 보내져."

"챠이카. 저쪽에서 바람이 불어오는 모양인데."

"응. 드디어 자궁 안으로 들어갈 수 있어…… 챠이카를 확실하게 따라와. 절대로 태아를 화나게 하면 안 돼!"

(그건 구체적으로 어떻게 하라는 건데?!)

비스코는 입 안에서 꿍얼거리면서 챠이카의 손과 부드러운 바람에 이끌려 하얀 포자 안개를 헤치며 조용한 장기 속을 나아갔고…….

그리고, 이윽고.

성스러운 장기의 중심부, 거대한 돔 형태의 공간에서 마치 달처럼 빛나는 거대한 구형 발광체와 맞닥뜨렸다.

"뭐, 뭐야…… 이건?!"

비스코는 돔 안에서 반짝이는 그 『달』을 보고 무심코 얼빠진 소리를 질렀다.

『달』은 기본적으로 구형이었지만, 잠시도 똑같은 모양을 하지 않고 형태를 꾸물꾸물 바꾸면서 때때로 「빠끔, 빠끔!」 하고 체표에 영박을 피워냈고, 피어난 그것조차도 다시 자기 몸 안으로 흡수했다.

"드디어 도착했어. 저 아이가 홋카이도의 태아."

"저, 저게?! 왠지 연속해서 발아하고 있는 것 같은데……."

"생명력의 흐름이네. 배를 걷어차는 듯한 행위야. 동그란 건 아직 저 아이가 자신의 형태를 정하지 못했기 때문이야."

챠이카의 말을 들은 비스코는 꿀꺽 침을 삼켰다. 눈앞에 있는 것에서 너무나도 강렬한 신성이 나오고 있어서, 원래부터 신심이 깊은 그는 저도 모르게 겁을 집어먹을 것만 같았다.

"……그래도. 이 녀석에게 힘을 받는다니, 어떻게 해야 하는데?!"

"초조해하지 마! 챠이카가 지금부터 이야기해볼게……!"

챠이카는 그렇게 말하고는 깊이 숨을 들이쉬면서 『달』을 향해 양손을 뻗어 명상에 잠겼다. 발밑을 채우는 영박 포자가 천천히 챠이카 주변에 모였고, 그녀의 몸이 눈부신 백색으로 빛났다.

"……부탁이야. 제발 마음을 열어줘……!"

하얗게 발광하는 챠이카는 가진 정신력을 모두 동원해서 『달』에게 호소했다. 그러나 『달』은 「빠꿈, 빠꿈」 연속적으로 영박을 발아하면서 형태를 계속 바꾸고 있어서 전혀 진정할 기색이 없었다.

챠이카의 표정이 씁쓸하게 일그러지며 땀을 흘리는 걸 본 비스코가 황급히 물었다.

"이, 이봐. 챠이카. 괜찮냐?! 저것하고 의사소통이 되는 거야?!"

"틀렸어. 모체가 공격받는 것에 화가 나서 매우 불안해하고 있어…… 저 아이가 평정심을 찾지 못하면 영박의 힘을 받을 수가 없는데……!"

비스코의 심경이 점점 놀라움에서 초조감으로 바뀌었다. 우물쭈물하다가는 파트너 일행이 위험하고, 시시가 이곳을 발견하게 되면 전부 끝장이다.

비스코는 결의를 다지고 크게 숨을 들이쉬고는, 『달』을 올려다보며 「야, 인마아아—!!」라고 목소리를 높였다.

"손님 두 명이 여기 왔잖냐! 조금은 진정하고, 차 한 잔이라도 내놓으라고!"

"와앗, 와앗. 비스코 당신, 무, 무슨 짓을!!"

어린애의 우렁찬 목소리가 동굴에 울려 퍼진 그 순간…….

격렬한 발아와 변형을 반복하던 『달』의 움직임이 마치 비스코의 목소리에 응하듯이 우뚝 멎어버렸다.

""우, 우왓?!""

외칠 만큼 외쳐보긴 했지만, 설마 이런 정체 모를 것이 자신의 말을 받아들일 줄은 몰랐던 비스코는 챠이카와 함께 당황한 듯 굳어지고 말았다.

한편, 『달』은 비스코의 다음 말을 기다리는지 바람에 맞아 표면을 일렁일렁 흔들면서 공중에 떠 있었다.

"마, 말이 통하는 건가……?! 이건 말도 안 되잖아……."

"아니. 당신의 말이 닿은 거야……! 저기, 뭐라고 말해봐!"

"그런 소리를 해도……!"

비스코는 그렇게 말하면서도 뭔가 형용할 수 없는 것을, 말하자면『달』의『시선』같은 걸 강하게 느꼈다.『달』이 바라보자 몸 안쪽에서 뜨거운 것이 솟구쳤고, 빠움! 하고 자신의 어깻죽지를 뚫고 태양의 버섯이 피어났다.

"꺄앗! 가, 갑자기 뭐야?!"

"녹식이야. 내 안의 녹식이 이 녀석에게 반응하고 있어!"

비스코가 전조도 없이 피어난 자신의 녹식에 경악하는 와중,『달』도 비스코의 녹식이 발아한 것에 호응하듯이 한층 크게 몸을 흔들었고—.

빠꿈!!

자신의 몸에서 거대한 영박을 피워냈다.

그 모습은 전신으로 기쁨을 호소하는 것이기도 했고, 마치…….

(버섯끼리, 호응하고 있어……?!)

두 사람이 그렇게 느낄 만큼, 매우 신기하고 장엄한 현상이었다.

"……아, 아니! 생명의 신비에 감동하고 있을 때가 아니야!"

비스코는 어깻죽지에 돋아난 녹식을 뽑으면서 왠지 모르게 말이 통할 것 같은『달』을 향해 다시 외쳤다.

"이봐, 홋카이도의 아이! 느끼고 있지? 지금 네 어머니의 온몸을 시시의 꽃이 먹어치우고 있어. 이대로 내버려 두면 너도, 홋카이도도! 한꺼번에 당해버려!!"

『달』은 그저 둥실둥실 떠 있었다.

"부탁이야. 너의 힘을 빌려줘……! 대가가 필요하다면 팔이

든 눈이든, 좋아하는 걸 가져가라고! 빨리 가지 않으면 내 파트너가 위험해!"

『달』은 그저 둥실둥실 떠 있었다.

"이 자식. 이제 슬슬 대답 정도는……!!"

비스코가 초조해져서 『달』에게 따진 것과 거의 동시였다.

갑자기 『달』의 표면에 뻥! 하고 거대한 구멍이 뚫렸다. 구멍은 달의 하얀 표면에 바닥 모를 암흑을 머금으며 비스코에게 입을 벌렸다.

비스코가 놀라서 말을 멈춘 다음 순간—.

『고 오 오 오 오 오 오 .』

"으오오오?! 우우우와아악. 우와, 우와아아악—?!!!"

"꺄아아앗?! 우왓, 꺄아아아앗—!!"

어마어마한 돌풍이 비스코와 차이카의 몸을 띄웠다. 비스코는 즉시 지면의 돌기 중 하나를 붙잡아서 필사적으로 버티며 외투를 바람에 펄럭펄럭 휘날렸다.

"이, 이 녀석. 우리를 먹을 셈이냐—!!"

"아니야, 비스코!"

비스코의 목덜미를 붙잡고 버티던 차이카가 외쳤다.

"저 아이가, 당신의 『천양』 포자를 받아들인 거야. 몸을 맡기고 삼켜지자!"

"그럼 손을 놓고 네가 먼저 가!"

"싫어—!! 무섭잖아. 혼자 두지 마—!!"

폭풍은 『달』의 어마어마한 흡인력이 만든 회오리가 되어 지표에 감도는 포자를 마치 모래폭풍처럼 휘감으면서 비스코를 표적 삼아 기세를 늘렸다.

비스코의 어린애 완력은 『달』이 일으키는 회오리의 위력을 견디지 못하고 마침내 손을 놓았고, 챠이카와 함께 『달』의 구멍 속으로 빨려 들어갔다.

""우와아아악—!""

쏘옥!!

꿀, 꺽.

『달』은 탄환처럼 뛰어든 두 사람의 몸을 완전히 삼키고는 퐁, 퐁 하고 무수한 영박을 피워냈다.

시끄러운 손님을 빨아들인 홋카이도의 자궁은 다시 조용해졌고…….

단지, 『달』만큼은 무언가의 예감에 떨듯이 표면을 진동시키면서 구체 전신을 부드러운 백은색으로 빛내며 반짝반짝한 포자를 주변에 흩뿌리기 시작했다.

14

"이름 말이야?"

"당연히 정해놨지."

"아버지는 엔비텐에게 이름을 받으라고 말했지만……."

"신에게 이름을 맡기지는 않아."

"이 아이는, 비스코."
"맛있고, 강해지는, 비스코야……."

"장난치는 게 아니야. 나는 정말 진지해."
"강해지지 않으면 살아갈 수 없어. 하지만."
"강하기만 해서는, 쓸쓸하잖아."
"인생은 맛있어야지. 안 그래?"
"비스코."
"나의 귀여운, 비스코……."

몽롱한, 신기한 감각이었다.
뭔가 따스한 것에 감싸여서, 마음속 깊이 안심하고 있다…….
그런 꿈을 꾸는 것 같았다.

(…….)
(……이건, 나의……?)

비스코는 자신이 태어났을 때의 기억, 그 다정한 바다에 잠겨서,
그저 계속 그곳에 머물고 싶어서, 마음이 살짝 흔들렸고…….

"……스코……."
작게.

"……비스코!"

멀리서 자신의 이름을 부르는, 여자아이의 호소에…….

"부탁이야, 일어나. 비스코!"

"……우오아아앗?!"

벌떡!! 자신에게 남은 정신력을 쥐어짜 내서 환영을 뿌리쳤다.

"아아, 다행이야…… 눈을 떴구나, 비스코!!"

"챠이카! 거기에 있구나…… 젠장. 어디 있어, 챠이카!"

필사적인 챠이카의 호소를 붙잡은 비스코가 두 눈을 떴다.

비스코의 몸은 피부에 따스하게 맞닿은 유백색 포자로 가득 차서 흔들리고 있었고, 그 새하얀 시야도 어우러져서 자신의 상하 감각조차도 붙잡을 수가 없었다.

그러나 그런 상황임에도, 비스코는 신기하게도 불안감이 전혀 없었다. 오히려 뭔가 다정한 것에 감싸인 안심감이 마음속에 넘쳐났다.

"굉장해, 비스코. 태생의 시련을 넘어섰다면 이제 괜찮아. 홋카이도의 아이는 당신을 받아들일 거야!"

"챠이카, 너의 모습이 안 보여! 어디서 말하는 거야?!"

"챠이카라면 괜찮아! 당신을 보내준 뒤에 그 아이가 토해냈어. 지금은 자궁 안에 있고, 바깥에서 당신을 지켜보고 있어."

챠이카의 목소리는 눈앞에 있는 신비로운 모습을 바라보며 두근두근 반짝이고 있었지만, 당연하게도 그곳 내부에 있는 비스코는 그 모습이 보이지 않았다.

"지금부터는 홋카이도의 아이가 어떻게 나오는지 기다릴 뿐이야. 안심하고 몸을 맡겨."

"지금부터라니, 이대로 있으면 그냥 떠 있기만 하는 거잖아……!"

비스코가 자신의 손가락을 보며 항의의 목소리를 외친 동시에.

마치 구름이 갠 것처럼 맑아지더니, 유백색 포자 안에서 뭔가 거대하고 따스하게 고동치는 은색의 무언가가 불쑥! 모습을 드러냈다.

"우와앗?!"

비스코는 그 충격에 몇 번 빙글빙글 돌았고, 버둥거리면서 자세를 다잡고는 방금 나타난 거대한 은색의 무언가에 눈이 못 박혔다.

"이, 이건……."

백색 포자가 맑아지자, 그 전모가 밝혀졌다.

"……아기……?!"

"그 아이가 태아 그 자체야. 당신에게 맞춰서 사람의 모습을 취한 거야."

그 태아는 하얀 포자의 바닷속에서 따스하게 두근, 두근 떨리며 동떨어진 비스코에게까지 그 고동을 전해줬다.

너무나도 장대하고 존귀한 광경이어서, 비스코는 한동안 말문을 잃고 떠 있었다.

"굉장해. 이렇게 장엄할 수가…… 봐봐, 비스코. 그 아이가 움직여!"

거대한 은색 태아는 가슴에 안고 있던 손을 천천히 열어서 떠 있는 비스코를 향해 손바닥을 크게 펼쳤다.

그 박력에 눌린 비스코는 약간 움츠러들었지만, 태아의 손바닥에서 감도는 따스한 기운에 빨려 들어가듯이, 포자의 바다를 헤엄쳐서 천천히 그쪽으로 접근했다.

"자, 비스코. 손을."

"손을……?"

"당신이 맡는 거야. 영박의 손을! 그 아이와 손바닥을 맞대!"

비스코는 태아의 거대한 손바닥 앞에서 자신의 손바닥을 빤히 바라보고는 약간 망설였고…….

그 눈으로 태아의 순수한 눈을 한동안 바라보더니.

서로의 포자가 이끌리는 것에 몸을 맡기듯이, 손바닥을 맞댔다.

그 순간.

비스코의 뇌리에 아득한 태고부터 이어져 온 영박의 기억이 주마등처럼 파아아아앗! 밀려 들어왔다.

"우, 오, 오, 오오오오오?!"

어마어마한 기세로 흘러들어오는 영박의 기억과 비스코의 핏속에 존재하는 녹식의 기억이 하얀 바닷속에서 뒤섞여 폭발적인 반응을 일으켰다. 태양과 달, 두 가지 균사가 비스코의 안에서 통합되자, 그 몸에서 인지를 초월하는 생명력이 끓어올랐다.

(나의…… 나의 몸이, 원래대로 돌아가고 있어!)

자신의 몸에 흘러들어오는 힘이 육체를 퇴행시켰던 화력의 저주를 없애고,

팔을.

다리를.

몸통을, 원래의 청년으로 재생했다.

(이게…… 영박의 힘……. 영박과 녹식의, 공명하는 포자의 힘!!)

완전히 원래 몸을 되찾은 걸 자각하자, 온몸을 맴도는 압도적인 에너지의 흐름이 비스코의 사고를 끊었다.

자신에게 싹트는 막대한 버섯의 힘, 흘러들어오는 태아의 힘이 비스코의 의식을 밀어버리면서 시야와 의식이 새하얗게 날아가 버렸다.

15

"꺄아—!! 왔다왔다, 죽어죽어죽어—!"

"아쿠타가와, 오른쪽!"

부우우웅! 하고 어마어마한 박력으로 떨어지는 거대한 채찍을 아쿠타가와의 강력한 팔이 튕겨냈다. 그런 괴물 같은 공격을 흘려내는 아쿠타가와의 힘은 예전보다도 더욱 강해진 터무니없는 수준이었지만, 그래도 익숙하지 않은 공중전은 자세 제어가 꽤 힘든지 천공화의 공격을 맞받아칠 때마다 몸이 공중에서 크게 흔들렸다.

"히이이에에엑—, 흐, 흔들, 흔들려!"

"그야 흔들리지! 티롤, 이제 그만 익숙해져!"

"익숙해질 리가 없잖아!! 한 방, 한 방이 죽음으로 가는 룰렛이라고!!"

티롤이 정비한 제트 아쿠타가와의 건투는 굉장해서, 미로의 고삐에 응해 엄청난 스피드로 공중을 날아다니면서 지면에 우뚝 솟은 거목 같은 덩굴을 차례차례 절단했다. 그 모습은 마치 하늘에 반짝이는 오렌지색 유성 같았다.

하지만, 그래도…….

아무리 쇠꽃게 한 마리가 건투한다 해도, 상대하는 것의 스케일이 너무나도 다르다. 천공화는 홋카이도의 생명을 흡수하여 어마어마한 기세로 성장해나갔고, 크기는 산맥을 뒤덮을 정도가 되어 모처럼 절단한 덩굴도 계속 대신할 것이 세워지고 말았다.

풍족했던 홋카이도의 등은 이미 쇠약해졌고, 반짝이던 눈은 녹고, 나무나 초목은 점점 시들어가는 암담한 상황이었다.

"시시는, 홋카이도를 모조리 빨아들일 셈인가……!!"

"모처럼 자른 것들이 벌써 재생하고 있어! 미로, 이래서는 점점 밀리기만 할 뿐이야!"

"알고 있어!! 하지만 조금이라도 시간을 벌어야 해. 저 꽃이 피어나면 일본 전체가 저 녀석의 꽃가루에 지배당해버려!"

"시간을 번다니, 뭘 믿고…… 맞다. 아카보시는 어딨어?! 아카보시와 네가 평소처럼 파팟—! 하고 해치워버리면 되잖아!

그 이상한 활로!!"

"그 비스코를 기다리는 거야!! 이상한 활이라고 하지 마!!"

"이봐—, 네코야나기이—!"

아득한 아래쪽에서 강력한 힘으로 뿌리 하나를 뽑은 사타하바키의 모습이 보였다. 사타하바키는 원래부터 커다란 목소리를 더욱 키워서 하늘을 나는 미로를 불렀다.

"그 천공화의 꽃잎을 봐라. 원래 노란색이었던 꽃잎이 점점 붉게 물들고 있다!"

"그러면 어떻게 되는 거죠? 법무관?!"

"모든 꽃잎이 완전히 붉게 물든 때가, 완전 개화의 신호다! 그와 동시에 엄청난 꽃가루와 씨앗이 일본 전체에 쏟아질 거다!"

"캐애액!! 그럼 이제 거의 시간이 안 남았잖아!"

티롤은 눈앞에서 펄럭이는 천공화의 꽃잎을 바라보고는 색상을 확인하고 비명을 질렀다.

"아, 알았다. 이거 안 되는 거지? 절대 무리인 거지? 자, 무리~! 알았으면 도망치자? 미로. 일본 따위하고는 작별하고, 새로운 세상에서 새로운 장사라도……."

"비스코는, 반드시 올 거야…… 그러니까, 한계까지는 시간을 벌어야 해."

"저기~. 판다 씨? 듣고 있나요?"

"저 꽃의 중심으로 돌진할게! 가자, 티롤!!"

"가자! 가 아니라고오—!! 나는 안 갈 거야아아—!!"

지금까지와는 다른 미로의 각오를 고삐를 통해 느낀 아쿠타가와는 자세를 빙글 바꾸고는 등의 제트를 최대로 뿜으며 천공화의 중심부로 도약했다.

덮쳐오는 거목 덩굴을 빙글빙글 회전하며 빠져나간 아쿠타가와는 마침내 꽃의 중심부를 사정거리에 넣었다.

온 샤드 비비키 스네우
"won/shad/viviki/snew!"

아쿠타가와가 왕집게발을 들어 올린 동시에, 미로의 진언 큐브가 주변을 고속으로 회전하면서 더욱 거대한 에메랄드의 왕집게발을 현현시켰다.

"가라아, 아쿠타가와—!!"

콰아아앙!

에메랄드의 왕집게발이 떨어져서 꽃잎에 보호받던 중심부에 깊이 파고들었다. 강철 같은 단단함을 자랑하던 꽃잎도 아쿠타가와의 일격 앞에서 찢어지며 드디어 지키고 있던 것을 백일하에 드러냈다.

천공화의 중심에 머물고 있던 건…….

"시시!!"

몸 전체가 붉은 빛으로 반짝이는 『베니비시의 신』, 시시였다. 실오라기 하나 걸치지 않은 몸이 끊임없이 발광을 반복하고 있어서 눈을 가려야 할 만큼 눈부시다.

『…….』

『……호호호.』

『어이가 없군. 인간 따위가 참 애쓰는구나…….』

시시는 아쿠타가와 위에서 활을 당긴 미로를 향해 요사하게 웃었다. 미로는 그 모습을 보자마자 표정을 경악으로 물들이며 잠시 굳어져 있었다.

눈앞에 있는『시시』는, 시시가 아니었다. 뭔가 정체를 알 수 없는 위협이 시시의 형태를 취하고 있는 것이다.

"……너는, 뭐냐……!"

『왜 그러지. 나를 쏘지 않느냐?』

"네가. 네가, 시시를!"

『알고 있다. 쏘지 못하겠지? 소중한, 친구의 것이니…… 호호호호호…….』

"너어어! 시시에게서 나가아—!!"

콰앙!

미로는 꽉 깨문 입술에서 피를 흘리며 전력으로 시시에게 활을 쐈다.

화살은…….

『호호. 시시하구나. 신에게 활을 당겼는데도 그 정도라니.』

시시의 눈앞, 앞으로 내민 손이 날린 덩굴에 휘감겨서 정지했다.

거기서, 아주 잠깐.

"……미로. 부탁, 이야."

아주 잠깐, 자신의 마음을 되찾은 시시가『시시』안에서 중얼거렸다.

"나를, 막아줘. 형님과 미로가, 나를, 죽여줘……!"

"시시!!"

『……아직도, 의식이 있느냐. 말라비틀어진 꼬마가…….』

쥐어짜 내듯이 남긴 시시의 목소리를 듣자, 『시시』는 자기 가슴을 한 손으로 난폭하게 찢으며 강렬한 아픔과 함께 그녀를 자기 안으로 밀어 넣었다.

『밖으로 나오지 마라. 화분 주제에.』

(시시는 이미 자신의 의지로 싸우는 게 아니야. 이 녀석의 사악한 힘으로!)

『현현. 사자홍검.』

『시시』가 조용히 중얼거리자, 한 손에 지금까지보다 훨씬 크게 반짝이는 사자홍검이 나타났다. 크기가 실로 10미터는 될 법한 거대 검이다.

“꺄아아악—!! 그만둬어, 저거 죽어. 죽는다고!!”

“앗!! 아쿠타가와, 받아내!!”

티롤의 목소리를 듣고 바로 정신을 차린 미로가 아쿠타가와의 양팔을 크로스시켜서 두 개의 집게발로 사자홍검을 막았다. 시시가 내려친 검은 그대로 아쿠타가와에 직격해서 그 거구를 가볍게 튕겨내 버렸다. 아쿠타가와는 참격의 충격 탓에 세로로 빙글빙글 회전하며 거의 100미터 정도 날아가 지상에 쌓인 눈밭을 몇 번이나 튕기다 겨우 그 위에 쓰러졌다.

“으, 으으…… 아앗. 아쿠타가와!!”

미로는 어떻게든 자세를 다잡았지만, 아쿠타가와의 껍질에는 일자로 된 참격이 그어졌고, 그 어마어마한 파괴력 탓에 몽롱해진 모양이었다. 한편 티롤도 조수석에서 완전히 눈이 핑핑 돈 채 기절했기에 도저히 이 자리에서 움직일 수 있는 상황이 아니다.

그때.

공중에 뜬 천공화에서, 붉게 빛나는 시시의 실루엣이 검을 크게 들었다. 그 움직임에 호응해서 주변의 거대한 꽃잎이 그 실루엣을 트레이싱하듯이 움직여 천공에 검을 휘두르는 자세를 잡았다.

그곳에 나타난 것은…….

천공화 그 자체가 만들어낸, 너무나도 거대한 사자홍검이었다. 그 규모는 그야말로 이 대륙, 홋카이도 자체의 체표를 갈라버릴 기세였다.

"……저, 저런, 것까지……!!"

아무리 미로라도 이 위협에는 경악에서 약간 움츠러들었다. 더욱 안 좋은 것은, 저 대륙 양단 사자홍검은 아쿠타가와에게 초점을 맞춰 휘두르려 하고 있다.

온 샨다리버
"won/shandereber/……."

미로는 만신창이인 몸으로 어떻게든 마지막 진언을 짜냈다. 자신의 목숨을 건 진언으로 홋카이도에 사는 모든 생명을 지킬 작정이었다.

(반드시…… 반드시, 마지막에는 비스코가 이겨. 모두를, 시시를, 비스코가 구해줄 거야.)

빙그르르 도는 큐브가 미로의 별 같은 눈동자를 비췄다. 미로의 눈동자는 눈앞의 죽음을 응시하면서도 전혀 겁먹지 않았고, 생명을 믿으며 반짝이고 있었다.

(그러니까 내가 지켜야 해. 비스코가 돌아올 곳을. 홋카이도, 챠이카, 티롤, 아쿠타가와! 모두 한꺼번에, 내 목숨으로 지켜내 보이겠어!!)

거대한 형태를 취한 천공화가 그 꽃잎의 양팔을 들었고.

온 샨다리버 셰드 셰드 셰드 스
"won/shandereber/shed/shed!/shed!!/sn……!"

진언 큐브를 회오리처럼 회전시키는 미로를 향해, 지금 막 검을 내려치는…….

그곳에.

『퍼어어어엉!!』

뭔가 대포를 발사하는 듯한 소리가 홋카이도의 지면을 크게 뒤흔들며 울려 퍼졌다.

"앗?!"

그 충격은 집중하던 미로의 진언을 중단시킬 정도였다.

미로가 황급히 소리가 난 방향을 보자, 새빨간 머리를 펄럭펄럭 휘날리는 인간형의 누군가가 마치 미사일처럼 연기를 피워올리며 천상으로 올라가는 게 보였다.

"……저건?!!"

그림자는 그대로 최고속에 도달한 로켓처럼 홋카이도의 하늘을 가르며 지금 막 떨어지는 사자홍검의 거대한 도신에 부딪혔고.

퍼어어어어엉!!

그 대륙 규모의 공격을 한 손으로 막아냈다.

"무식하게 큰, 화려한 모습인 것치고는 말이지—!"

물어뜯듯이 으르렁대는 목소리.

인간형의 무언가는 사자홍검을 받아낸 채 은색의 광채를 더욱 진하게 늘리고는 남은 손에 의식을 집중했다. 인간형에게서 퍼엉! 하고 방출된 하얀 포자가 전부 손에 모이더니 눈부신 백은의 빛으로 변했다.

"이 정도의 검이 고작이냐, 시시 너 이 자식아아아—!!"

콰, 아앙!!

우렁찬 고함과 함께 은색의 오른손 스트레이트가 사자홍검의 가운데를 후려치자, 사자홍검은 눈 깜빡할 사이에「파앙!」하고 하얀 꽃잎이 되어 흩어졌다.

눈처럼 쏟아지는 하얀 꽃의 빗속에서, 그림자는 공중으로 도약해서 붉은 머리와 외투를 바람에 펄럭였다.

"미로—!! 무사하냐!!"

"무사하지만, 언제나 아슬아슬하잖아! 저기, 노리고 지각하는 거야?!"

"그럴 리가 있냐, 바보! 늦지 않았으면 불평하지 마!"

빛나는 송곳니를 드러낸 광견 같은 미소는, 역시…….

홋카이도의 대지에게 힘을 계승 받은, 어른의 모습을 되찾은 아카보시 비스코가 틀림없었다.

"뭐, 뭐야아아아. 저거어어언?!"

어느새 완전히 눈을 뜬 티롤이 아쿠타가와 위에서 얼빠진 소리를 내질렀다. 황급히 그곳에서 도망치려 한 모양이지만, 자신의 몸이 묶여있는 걸 떠올리더니 해파리 머리를 흔들며 몸을 뒤틀었다.

"티롤! 괜찮아, 이제 괜찮다고…… 저건, 비스코야!"

"보면 알아. 그게 아니라고~! 미로, 위, 위이!!"

티롤의 말을 들은 미로가 머리 위를 덮는 거대한 그림자를 깨닫고 시선을 위로 올리더니, 「와악—?!」 하고 고함을 내질렀다.

비스코의 일격은 사자홍검을 중앙부터 부러뜨렸지만, 그 끄트머리까지 하얀 꽃으로 바꾸지는 못했는지 남아있던 도신이 지금 아쿠타가와를 향해 떨어지고 있었다.

"미로!! 뭐 하는 거야. 저거 쏴, 빨리!!"

"비스코—! 이쪽!!"

미로는 있는 힘껏 외쳐서 공중을 나는 비스코를 불렀다.

"구해줘! 뭉개져버려!"

"바보야—?! 아카보시라도 저런 곳에서 시간에 맞출 리가……."

그러나.

미로의 부름에 순식간에 응답한 비스코가 어마어마한 스피드로 『공중을 달려서』…… 아무래도 발밑의 허공에 하얀 버섯을 발아시키는 방식으로 한 발짝씩 박차며 일직선으로 아쿠타가와에게 다가와서 눈앞을 가로막았다.

그리고.

쿠우우우우웅!!

연기를 내뿜으며 낙하하는 사자홍검 끄트머리를 역시 한 팔로 받아냈다.

그 위용은, 형태는 비스코였지만 몹시 신성해서…….

평소에도 곁에 있기에 익숙하던 미로조차도 잠시 말을 빼앗긴 채 넋을 잃었다.

전신에서 안개 같은 하얀색 포자를 내뿜고, 얼굴이나 팔, 노출된 피부에는 문신 같은 은색 문양이 새겨져서 햇살에 반짝반짝 빛나고 있다.

그러나, 미로를 돌아보는 두 눈동자만큼은…….

여느 때처럼 비취색으로 빛나며, 이게 누구인지를 누구보다도 잘 드러내 주고 있었다.

"비스코! 문신 굉장하네. 세련됐어!"

"미로, 티롤을 지켜! 아직 힘 조절하는 법을 잘 모르겠어!"

"알았어! ……앗, 또 기절했네."

"으으으……랴압!!"

비스코는 깊게 숨을 들이쉬더니, 다시 한 손을 은색으로 빛냈다. 그걸 받아낸 도신에 빠각! 하고 때려 박자, 사자홍검은 이번에도 하얀 꽃잎 무리가 되어 흩어졌다.

"이, 이게……!"

미로는 다시금 비스코가 내뿜는 영박의 위력에 숨을 삼켰다.

"무구한 버섯, 영박의 힘. 일그러진 진화를 되돌리는 힘…… 하지만 족장이나 챠이카의 것하고는 규모가 완전히 달라!"

"이 녀석, 녹식과는 사이가 좋아 보여."

반짝반짝 빛나는 자신의 한 손을 빤히 응시한 비스코가 말했다.

"두 개의 균이 서로 도우면서 발아하고 있어…… 그러니까 약한 영박이라도 녹식과 비견되는 강한 발아력이 나오는 모양이야."

감탄한 듯 고개를 끄덕이는 미로 너머에서 흰자위를 드러내고 있는 티롤을 본 비스코가 의아한 듯 말했다.

"그나저나, 티롤하고 아쿠타가와가 왜 여기에 있어? 관광 왔냐?"

"……구해주러 온 거야! 아무튼 지금은 시시가 피어나기 전에 저걸 막아야 해!"

"……저 커다란 걸 막으면 되는 거지!"

"비스코, 타!"

미로는 비스코의 귀환으로 기운을 되찾은 아쿠타가와에 올라타서 고삐를 쥐었다. 한편 비스코는 다시 기절해버린 티롤을 살며시 지면에 내려놓고, 그대로 조수석에 털썩 앉았다.

"비스코, 갈 수 있어?!"

"당연하지! 반항기 제자에게 뜨거운 맛을 보여주겠어!"

미로가 비스코의 말을 듣고 대게에 채찍질을 가하자, 아쿠타가와는 용맹하게 다시 제트를 분사해서 공중으로 떠올랐다.

"우, 우와앗. 뭐야?! 아쿠타가와 너, 언제부터 날 수 있게 됐어?!"

아쿠타가와는 비스코의 말은 아랑곳하지 않는다는 듯이 등의 버니어를 힘껏 분사해서 다시 천공화를 향해 날아올랐다.

16

『저 네코야나기. 너의 친구였나. ……죽이는 건 아까웠을지도? 무척이나 아름다운 얼굴이었으니까. 수선화 정도의 화분으로 삼아 죽을 때까지 장식해도 좋았을 것을.』

"……주겠어."

『왜 그러나? 시시. 작은 목소리로는 내게 들리지 않는다.』

"너를. 반드시. 내 목숨의, 길동무로 삼아주겠어……!"

『쿠후후후후후후후후……. 기운찬 건 좋은 일이다, 시시. 하지만 착각해서는 곤란해. 이건 네가 바란 일. 내가 바란 궁극의 힘이다. 시시한 긍지 따위는 버리고, 마음껏 흡수해라. 피어나라. 즐겁지 않으냐? 기분 좋지 않으냐? 시시.』

"으. 아아. 크으으으아아아……."

『호호호호호…… 보아라. 또 누군가가 덩굴에 빨려 죽어가는구나…… 으음……?』

피눈물로 시야가 뿌예진 시시의 눈은, 자신의 시야 끝에서 덩굴에 얽히는 베니비시 백성과…… 그 덩굴을 선풍처럼 찢어버리는 은색의 무언가를 포착했다.

찢어진 거목 덩굴은 새하얀 꽃잎의 무리가 되어 공중에 그림자를 드리우고는 하늘하늘 주변에 흩어졌다. 떨어지는 베니비시 백성들을 커다란 갑각이 등에 태워서 지면에 내려놨다.

『……저 게. 아직도 살아있었나. ……하지만 내 덩굴을 자른 건 저 집게발이 아니군. 뭐냐 이건. 가증스럽구나. 가증스러워.』

"……."

시시는 자기 몸의 말단에서 찢어진 덩굴의 감촉을 느끼며, 나지막하게 중얼거렸다.

"형……님……이."

『뭐라……?』

"형님이, 오셨어."

시시의, 절망 일색으로 물들었던 음색에, 미약한 희망의 기색이 들어왔다.

"혀, 형님, 은…… 네 생각대로는, 안 될 거다."

『…….』

"내가 형님을 베었을 때, 네 예속의 화력은 형님의 영혼을 복종시킬 수 없었어. 육체를, 어린애로 되돌리는 게 고작이었지……!!"

『…….』

"형님의 화살은 그 사람의 영혼 그 자체야. 오만한 화력으로 막을 수는 없어! 반드시, 너와 나를 꿰뚫고 『꽃』의 야망을…… 크아아앗, 으아아아악!"

『쫑알쫑알 시끄러워. 말라비틀어진 흙 주제에…….』

『겨울 동백꽃』은 복종시킨 몸 안에 가둬둔 시시의 영혼을 쥐어짜면서 약간 짜증을 냈고, 꽉 깨문 입술에서 살짝 피가 흘렀다.

한편 시시의 영혼은 자신의 육체 속 감옥에서—.
(……나는, 당신을 꿈꿔서는 안 됐어.)
(……당신도, 나를 받아들여서는 안 됐어.)
(책임을 져주세요.)
(부디 마지막에는. 당신의 손으로 내게 마지막을…….)
연속으로 덮쳐오는 절망의 구렁텅이와 싸우면서, 그 안에서 한 줌의 희망을 끌어안고 그저 그것만을 강하게 기도했다.

"일곱 개, 여덟 개! 두 개 한꺼번에…… 이걸로 열 개다—!"
백색으로 빛나는 비스코의 왼팔이 공간을 크게 휩쓸자, 공간째로 휩쓰는 거대한 손톱 자국이 공중에 하얗게 새겨지며 먹잇감이 된 덩굴을 찢어서 하얀 꽃잎으로 바꿨다.
꽃잎의 빛에 비치는 비스코의 모습을 보자, 덩굴에서 구출된 북쪽 버섯지기·스포아코들이 입을 모아 환성을 내질렀다.
"우~야아—!! 저것이 영박신, 영박의 손톱! 드디어 우리 앞에 나타나셨다!"
"우~야아, 우~야아! 우리 스포아코에게는 영박신의 가호가 있다!"
"그래도, 오는 게 좀 늦었잖아."
"바보! 신께서도 바쁘신 거다. 불평하지 마라!"
비스코는 아래쪽에서 손을 흔드는 버섯지기들의 모습을 보면서 「핫!」, 하고 평소처럼 불평을 늘어놓았다.
"자기들 편할 때만 신으로 취급하기는. 얼굴 잘 보라고! 나는, 아카보시 비스코다!"

"좋겠네~, 비스코! 어디를 가도 숭배받고 있으니까."

"좋은 일은 하나도 없다고! 이제 전원 구한 거냐?!"

"응! 이제는 중심부에 있는 시시와 암리뿐……! 추가로 덩굴을 내보내기 전에 그걸 처리해야…… 위험해, 아쿠타가와!"

미로가 고삐를 조종하는 데 맞춰 아쿠타가와가 제트를 뿜으며 덮쳐오는 덩굴의 일격을「빙글!」회전하며 피했다.

저물어가는 홋카이도의 하늘에 오렌지색 갑각이 춤췄다. 그 궤적을 따라 흰색으로 빛나는 포자가 비행기구름처럼 하늘에 선을 그렸다.

"저 천공화는 이른바 녹과 꽃, 진화의 힘이 뭉친 덩어리 같은 거야. 버섯도 녹도 안 통해. 하지만, 진화를 되돌리는 영박의 포자라면……."

"응. 진언궁으로 영박 화살을 날리면, 아마 한 방에 일망타진할 수 있을 거야."

"에에엑?! 그런 건 빨리 말해야지. 바로 만들게!!"

"기다려! 반대로 말하면, 힘 조절이 전혀 안 된다고. 저 무식하게 큰 꽃을 한 방에 처리해버리면, 틀림없이 시시의 목숨도 시들어버릴 거야."

"……시시를, 구하려는 거구나. 비스코!"

"응. 들렸거든, 그 녀석이 나를 부르는 소리가."

저녁놀이 진 하늘에서 둥실둥실 나는 천공화를 노려본 비스코가 비취색 눈동자를 빛냈다.

"저 꽃을 박살내는 건, 안에 있는 시시를 구하고 나서야. 미로, 어떻게 안 될까?"

"그거야 얼마든지 되지!"

"엑…… 아, 그, 그렇습니까?!"

미로가 조금도 고민하는 모습을 보이지 않고 대답하자, 오히려 비스코가 당황하고 말았다.

"그렇게 놀랄 일은 아니잖아. 시시는 저 닫혀있는 꽃잎 중심부에 있어. 저곳을 열어젖히고, 우리가 안으로 들어가면 돼."

"아쿠타가와를 몰고 저기로 돌진하는 거냐?!"

"그건 무리. 아까 했는데 실패했어. 저 꽃잎의 중앙, 블록이 엄중하거든."

"으응? 그럼 어쩔 속셈…… 이봐, 기다려기다려기다려!!"

아쿠타가와가 미로의 고삐에 응해서 왕집게발을 들어 비스코와 미로를 잡았다. 비스코는 빠르게 행동의 의도를 알아채고 왕집게발 안에서 파닥파닥 날뛰었다.

"저기, 비스코. 날뛰지 마. 괜찮아, 이제 어린애 몸이 아니니까."

"어린애고 어른이고 상관없어—! 아쿠타가와의 토네이도 투법은 인간을 던지기 위한 게 아니라고—!!"

공중에서 두 사람을 든 아쿠타가와의 자세는, 그 완력과 회전력으로 무언가를 던지는 특기 기술, 「아쿠타가와 토네이도 투법」의 자세가 틀림없었다.

"너, 이 작전 너무 좋아하잖아?! 좀 더 파트너의 몸을 배려

하라고!!"

"영박신 님이 무슨 소리야. 자, 우물쭈물하다간 재생할 테니까! 간다—, 스핀이다. 아쿠타가와!!"

"싫어—! 토해! 눈이 돈다고!!"

천천히 시작된 아쿠타가와의 회전은 이윽고 분사하는 로켓의 화력으로 점점 기세를 늘려서 5초가 지나자 최고속에 도달했다. 그 모습은 마치 공중에 나타난 일륜과도 같아서, 어마어마한 불똥을 흩뿌리며 몸에 힘을 모았다.

"가라아, 아쿠타가와—!!"

푸슈우웅!! 마치 대포를 사출하는 듯한 날카로운 소리와 함께 아쿠타가와가 두 소년의 몸을 날려버렸다.

"딱 좋네! 가자, 비스코. 각오를 다져!"

"시끄러워—! 의사라면 목숨을 소중히 하라고, 바보 자식아—!!"

비스코와 미로는 제트기처럼 하얀 안개 궤적을 남기며 터무니없는 스피드로 날아가서 그걸 막으려는 꽃잎을 몇 장이고 돌파해서 퍼어엉! 하고 천공화 중앙부에 훌륭하게 꽂혔다.

『아 오 오 오 오 오 .』

천공화는 새하얀 꽃잎의 눈보라를 공중에 엄청나게 흩뿌리면서 대지를 흔들며 신음했다.

안장 위의 기수를 잃은 아쿠타가와는 공중에 한동안 떠서 주인들이 사라진 천공화 중앙부를 바라봤고…….

자신에게 침입한 이물질을 제거하려고 꿈틀대는 덩굴을 걷어내기 위해, 천공에 왕집게발을 번뜩이며 제트를 「콰아앙!」 분사하면서 천공화를 향해 베고 들어갔다.

“우우우오오오오아아아아—?!!!”

아쿠타가와가 펼친 토네이도 투법의 기세는 시시를 몇 겹이나 보호하던 꽃잎의 방어를 한꺼번에 돌파해서 바람구멍을 뚫었고, 천공화의 중앙부에 무사히 도착할 수 있었다.

“해냈다아! 전격 작전 성공이야, 비스코! 방해받을 새도 없었어.”

“우웨엑. 쿨럭. 아쿠타가와 녀석, 의욕 내기는……!”

비스코는 파트너와 함께 꽃의 지면에 철퍼덕 처박혀서 몇 번 기침했지만, 이곳이 그야말로 적진 최심부라는 걸 깨닫고 황급히 자세를 다잡았다.

천공화의 꽃잎이 만들어낸 구형 공간은 내부에 가득 들어찬 꽃가루가 꽃잎의 선명한 붉은색을 비추고만 있을 뿐이라 기본적으로 어둡고, 앞을 내다보기 힘들었다. 유일하게 비스코가 뚫은 구멍이 하얀 꽃잎과 함께 저녁놀의 햇살을 불러들이고 있다.

“시시가 이 안에 있는 건가……! 시시—! 어디냐—!”

『……호호호호…….』

(……시시?! 아니…… 이 기척은……!)

『호호호…… 호호호호호호.』

구형의 작은 방 이곳저곳에서 불길한 웃음소리가 반향했다.

비스코와 미로는 등을 맞대고 단도를 뽑아 네 개의 눈에 깃든 불꽃으로 덮쳐오는 공포를 튕겨냈다.

『참으로 무모한 짓이구나. 내 배 속에 아무런 대책도 계획도 없이 들어오다니…… 하지만 그 초상적인 담력, 과연. 시시가 빠져드는 것도 알 수 있겠군.』

"네놈이 꽃의 본체냐. 시시를 돌려줘라! 그 녀석에게 씌어서 무슨 짓을 한 거냐!"

『나는 시시의 꽃, 「겨울 동백꽃」. 씌인 게 아니다. 처음부터 둘이자 하나.』

비스코가 뿜어내는 포자가 비춘 방 안에서, 『겨울 동백꽃』이 「호호」 하고 웃었다.

『착각하지 마라. 강해지고 싶다고 바란 것은 틀림없는 시시의 의지. 나는 그저, 아주 약간 등을 밀어줬을 뿐.』

"이 자식……."

『너에게는 감사하고 있다…… 아카보시 비스코. 나도 그 연약하고 조그만 계집이 숙주라는 걸 알았을 때는 매우 비관했었지. 하지만, 시시가 너를 찾아내고, 너와 같은 영혼을 바라게 되었기에…… 시시는 한 마리의 수라로 자라났고, 나를 피워낼 수 있었던 거다.』

"비스코!"

"알고 있어!"

『겨울 동백꽃』이 꺼낸 말을 듣고 동요와 분노가 촉발된 비스코를 파트너가 바로 진정시켰다. 비스코는 미로가 강하게 꼬집은 손등을 떨쳐내면서 『겨울 동백꽃』에 외쳤다.

"미안하지만 수다 떨러 온 게 아니거든! 네놈의 안에 시시가 있는 건 알고 있어. 얌전히 넘겨줄 생각이 없다면, 멋대로 데려간다!"

『호호호호호호호……! 내 배 속에서, 무척이나 강하게 나오는구나. 자만하지 마라, 추저분한 화분 놈들아. 네놈들은 이미 내게 먹힌 거나 다름없다.』

『겨울 동백꽃』은 그렇게 말하며 꽃 전체를 『고고고고고』 흔들더니 동그란 꽃 내부에서 두 사람을 감싸듯이 덩굴로 조종하는 사자홍검을 무수히 형성했다. 『겨울 동백꽃』은 그것들을 노려보는 비스코를 크게 비웃었다.

『나의 다음 화분은 너로 정해놨다, 비스코. 포자로 물든 몸에 피어나는 것은 참으로 감미롭겠지…….』

"비스코."

주변에 전개된 사자홍검을 노려보던 미로가 비스코의 귀에 속삭였다.

"저기, 보여? 방 안쪽…… 꽃잎이 더 안쪽에 터널을 만들고 있어. 검의 디펜스도 엄중하니까, 시시가 있다면 저 너머라고 생각해."

"언제나 나오던 판다의 감이냐? 빗나가면 어쩌려고."

"모르겠네요. 빗나간 적이 없어서."

"핫!"

"내가 여기서 『겨울 동백꽃』의 검을 끌어들일게."

"……뭐!"

"시시를 구하는 건 네가 아니면 안 돼."

비스코는 날카롭게 속삭이는 파트너의 말을 듣자 무심코 몸을 돌려 그 별 같은 눈과 마주 봤다. 미로의 눈동자는 평소처럼 한 점의 흐림도 없이 비스코를 마주 보고 있었다.

"비스코. 너는 생명의 자식이야. 어두운 절망의 구렁텅이 속에서, 반드시 빛나는 것을 구해낼 거야."

속삭이는 미로의 목소리는 온화해서…… 각오와 자애, 두 가지 감정으로 가득했다.

"시시를 네가 납치해줘. 그날 이미하마에서 나를 납치했던 것처럼……."

비스코는 입을 일자로 다물었다. 파트너의 각오를 느끼고 반박을 그만둔 모양이었다. 그리고 대신 난폭하게 파트너의 몸을 끌어안자, 파트너는 하늘색 머리를 흔들며 기분 좋은 듯 비스코에게 몸을 맡겼다.

『……이 녀석들은 적의 배 속 한가운데에서 뭘 하는 거냐?』

『겨울 동백꽃』의 어이없다는 목소리와 함께, 무수한 사자홍검이 주르륵 늘어서며 칼끝을 두 사람에게 겨눴다.

『시시하구나. 춘극을 썰어버려라. 사자홍검.』

호령과 함께 일제히 베고 들어오는 무수한 검을 향해…….

"……나와 파트너의, 유대의 허그르으을……!!"

""방해, 하지 마라—!!"

콰아앙! 곧장 뛰어오른 두 사람의 돌려차기가 마치 선풍처럼 날카롭게 그것들을 튕겨냈다. 미로는 착지하자마자 바로 진언을 읊으며 자신의 손에 형성된 녹색 큐브를 들었다.

“won/ul/viviki/snew(온/울/비비키/스네우)!”

평소였다면 진언 큐브가 그대로 무기를 형성했겠지만, 이 자리에서의 거동은 달랐다. 큐브는 비스코의 몸속을 한 번 통과해서 백은으로 빛나는 발광체가 되어 모습을 바꾸더니, 미로의 양손에서 백은의 철퇴가 되어 나타났다.

“이예~이, 영박곤!”

“뭐야 그게?! 미로, 그 하얀 건 대체 뭐냐고?!”

“네가 가진 홋카이도의 힘을 빌린 거야. 됐으니까 빨리 가. 시시를 구해야 하잖아!”

“……알았어!”

『네 이놈. 인간 주제에…… 분수를 알아라!』

다시 몸을 돌려서 터널로 향하는 비스코를 덮치려던 사자홍검의 무리를.

“크랴아아압—!!”

파우에게 직접 배운 곤술, 영박곤의 일격이 한꺼번에 휩쓸어버렸다. 영박의 힘을 이어받은 백은의 곤은 사자홍검을 휩쓸어서 무구한 흰 꽃잎으로 바꿔버렸다.

“위험한 건 비스코뿐이다…… 어차피 너도 그렇게 생각했겠지?”

『네 이놈…… 너, 네코야나기……!』

“언제나 얕잡아 본단 말이야. 다들 실례라니까, 정말이지!”

미로는 비스코가 지나간 꽃의 터널 앞을 가로막고, 하늘색 머리를 사르륵 흔들며 차례차례 숫자를 늘리는 사자홍검을 향해 씨익 웃었다.

"자, 나를 쓰러뜨리지 않으면 비스코에게는 다다를 수 없어. 수천 개라도 덤벼봐…… 전부 꽃다발로 바꿔서 파우에게 선물로 보내주겠어!"

"시시—!! 어디냐, 시시!!"

어두운 터널을 달리는 비스코의 목소리가 꽃 안에서 메아리쳤다. 아무래도 드디어 꽃의 중심부에 접근하고 있다는 건 비스코 자신에게도 전해졌고, 입구에서 간섭해온『겨울 동백꽃』의 속삭임도 지금은 전혀 들리지 않게 되었다.

"시시, 야, 대답 정도는…… 우왓?!"

어둠 속에서 갑자기 계단이 나오자 비스코는 발을 헛디뎌서 그 자리에서 데굴데굴 굴렀다. 약간의 불빛이 들어와서 주변을 돌아보자, 그곳은 빛나는 겨울 동백꽃이 무수히 피어난 작은 방이었다.

그곳에.

즉시 일어나 대비한 비스코의 눈앞에.

뚜벅, 뚜벅, 겨울 동백꽃으로 된 지면을 짓밟으며 비스코 눈앞에 소녀의 실루엣이 나타났다.

그러나, 그 용모는…….

몸에는 붉은 오라가 항상 나와서 주변을 밝게 비추는 범상치 않은 베니비시의 신과 같은 모습이었다. 그저 아름답게 피어난 귓가의 동백꽃만이 시시와 처음 만났을 때의 흔적을 남기고 있었다.

"……정말로, 오고, 말았네요. 형님."

"……."

시시의 모습, 그 눈동자 속에서 전혀 흔들리지 않는 얼음장 같은 감정이, 시시가 수라도 깊숙한 곳까지 들어가고 말았다는 것을 비스코에게 전해줬다. 그러나 비스코도 그 얼음 눈동자에 전혀 움츠러들지 않고 정면에서 시시의 눈동자를 똑바로 바라봤다.

"……저의 모든 것은, 꽃에 삼켜지고 말았어요. 말로 끝내기는, 이미 늦었어요."

"……"

"모든 것이……."

시시는 그렇게 말하고는, 한 손에서 빛나는 사자홍검을 「스르륵!」 꺼냈다. 한편, 비스코는 재빨리 단검을 뽑아서 도신으로 자신의 손바닥을 그었다.

비스코의 혈중 포자에 닿은 단도는 순식간에 모습을 바꿔 백은의 지팡이가 되어 손에 잡혔다. 슬금슬금 간격을 재는 두 사람 사이에서, 비스코가 짧게 시시에게 물었다.

"시시."

"……."

"……마중, 나왔다."

후왁! 마치 붉은 표범처럼 시시의 몸이 도약했다. 오른손으로 휘두른 표범 같은 검격을 비스코의 백은색 지팡이가 간발의 차이로 받아냈고, 손목을 걷어차서 사자홍검을 튕겨내고는 지팡이로 뿌리부터 잘라냈다.

"변함없이 혈기가 왕성…… 우왓?!"

부웅! 하고 날아온 것은 시시의 왼손에서 나온 새로운 사자홍검이었다. 비스코는 한쪽 뺨이 베였지만 가까스로 피해내고 돌아온 칼날을 지팡이로 받아냈다.

"진화를 무구하게 바꾸는 『영박』의 지팡이인가. 역시, 형님은 굉장해……."

끼릭끼릭끼릭. 소녀답지 않은 힘으로 지팡이와 힘겨루기를 하면서 시시가 말했다.

"하지만, 소용없어요. 지금의 저는 홋카이도와 베니비시 백성들에게서 흡수한 피와 생명의 힘이 있으니까…… 최대 강도의 사자홍검을 100개는 생성할 수 있는 힘이죠."

"100개…… 핫, 100개라!"

"거기이!"

서걱!

비스코의 지팡이를 쳐올린 시시의 검격이 마침내 비스코의 가슴팍을 갈랐다.

"아, 프잖아!"

푸샤앗! 선혈이 튀면서 겨울 동백꽃의 방을 적셨다.

그러나, 한편으로…….

비스코의 지팡이도 두 번째 사자홍검을 멋지게 부러뜨렸다.

"……봐주려는, 생각입니까. 형님. 어째서 검이 아니라, 저를 찌르지 않았죠?"

"그래서, 앞으로 98개냐?"

"……으?!"

"전부 부러뜨리고 너를 데려갈 거다. 빨리 다음 검 꺼내."

비스코는 얼어붙어 있던 시시의 눈동자 속이 약간 흔들린 것을 놓치지 않았다.

"……크윽, 당신은……!"

죽었어야 했던 자신의 마음에 갑자기 따스한 것이 닿자, 시시의 목소리가 떨렸다.

"아직도. 아직도 구해낼 생각인 겁니까. ……피바다의 밑바닥에 있는, 이런 저를!"

"말했잖냐. 마중 나왔다고."

"이……."

"이제 와서!"

"이제 와서어어어어어어어어어어—!!!!"

비명이었다.

지금까지 눌러 참고 있던 감정 모두를 폭발시킨 듯한 시시의 포효였다. 시시는 필살을 자랑하는 왕의 춤으로 차례차례 필살의 사자홍검을 꺼냈고, 한편 비스코도 미처 받아내지 못한 참격에도 움츠러들지 않고, 온몸이 피투성이가 되면서도 맞받아쳤다.

키이이잉!

"8, 7개!"

"전부, 당신! 당신! 형님, 때문이잖아아아아아아!!"

"79개!"

"나를 받아들여 준 건. 나의 수라를 긍정해준 건, 당신이야!"

"68…… 커헉! 후우욱, 63개!"

"용기를 북돋아 주고. 피로 물든 나의 길을, 긍정해놓고서는……."

"62!"

"그 길의 끝이, 이런 꼴이잖아. 사랑하는 아버지까지 죽였어! 지켜야 할 백성까지 죽였어! 이제 돌이킬 수 없어. 돌아갈 곳은, 어디에도 없는데에!"

"49!"

"이제 와서, 나의 뭘! 구하겠다는 거야아—!!"

시시가 검을 들어서 휘두른 순간, 비스코의 입술이 나지막하게 중얼거렸다.

"……. 그, 눈물이야. 시시."

"으윽?!"

선혈 속에서 반짝이는 비취의 광채와 눈을 마주하자, 그제야, 시시는.

검을 휘두르는 자신이, 눈물을 펑펑 흘리고 있다는 것을 처음으로 깨달았다.

"딱히 네가 어떻게 살아가든 상관없어."
"그저 나는, 네가 계속 울고 있었으니까……."
"……."
"걱정이 돼서, 마중 나왔을 뿐."
"그것뿐이야. 시시."

빠키이이잉!!!
세 개를 묶은 사자홍검과 비스코의 백은 지팡이가 동시에 소리를 내며 부러졌다.
비스코는 전신에 참격을 맞아 피를 흘렸지만, 그럼에도 유유히 시시에게 다가갔고…….
반면 시시는 몸에 상처는 없지만, 전신으로 거칠게 숨을 내쉬었다.
"따스해졌구만. 쉬지 마, 시시! 앞으로 46개 남았잖냐!"
"형님은. 나를 피어나게 해서는, 안 됐어……!!"
"……."
"형님은, 생명의 빛 그 자체야. 닿는 이들 모두를 피어나게 하고, 내일로 보내…… 하지만 그건 저주받은 자라도 똑같아요. 저처럼 수라의 숙명을 짊어진 자라고 해도……."
"독버섯은, 이 세상에서 살아가면 안 된다는 거냐?"
"……."

비스코는 무릎을 꿇고 울고 있는 시시를 내려다보며, 살짝 눈을 가늘게 뜨고는…….

"어떤, 생명이라도……."

불어오는 바람에 머리를 휘날리면서, 천천히, 서툴게 말을 자아냈다.

"그 녀석이 이 세상에 피어난 건, 무엇보다 존귀한 일이야."

"그러니까, 네가 어떤 버섯이라도. 설령 나와 길이 다르더라도……."

"나는 기뻤어. 네가 피어나 줘서……."

비스코는 거기까지 말하고는 「킁」 하고 코를 들이마셨고, 눈에 눈물을 가득 머금고 자신을 올려다보는 시시 앞에 천천히 쪼그려 앉았다.

"피어난 너의 영혼이 순수한 진짜 수라였다면, 그래도 전혀 상관없었다고. 직성이 풀릴 때까지 목숨을 부딪치고…… 누군가가 죽겠지. 그건 자연스러운 일이야."

"……그래도 말이다. 시시."

"나는, 울고 있는 녀석하고 싸울 수는 없어."

"수라가 아닌 영혼이, 수라도에 피어나서 계속 울고 있을 바에는……."

"한 번 더 피어나자고, 시시. 다음은, 너에게 태양이 비치도록."

비스코는 천천히 손을 앞으로 내밀었다.

시시가 조심조심…….

그 손이 자신을 용서해준다는 걸 믿지 못해서, 몇 번이고 주저했지만.

그래도, 겨우 비스코의 손을 붙잡으려는—.

그 직후에.

"커억?!"

시시가 전신을 크게 떨면서 이를 악물고 자신을 끌어안았다. 그와 동시에 주변의 겨울 동백꽃이 시시에게 스르르륵 모여서 몸에 녹아들었다.

"시시!"

"형님, 도망, 치세요…… 『겨울 동백꽃』이, 저에게 돌아와요……."

"바보 자식. 너를 데리러 왔다고 했잖아! 야, 일어나. 시시, 시시!"

"으, 으, 으으……."

비스코의 눈앞에 있던 소녀는, 처음에는 우는 모습을 보인 뒤.

"크, 크히히, 크키키키키키……!!"

고개를 숙인 채 못 참겠다는 듯 웃음소리를 흘렸다.

"시시?!"

비스코가 의아한 표정으로 다가간 눈앞에서.

시시의 몸을 강탈해 자신의 목에 사자홍검을 확! 갖다 댄 『겨울 동백꽃』이, 꺼림칙한 미소를 지으며 가로막았다.

『위험할 뻔했구나. 화분에서 너무 떨어져 있었나.』

“『겨울 동백꽃』! 이 자식, 무슨 짓을!!”

『호호호호……. 내 안까지 들어온 데다, 다 시들어버린 시시의 마음에 접촉할 줄이야. 하지만 시시는 이미 나의 것. 너의 설법에 내가 어울려줄 필요는, 없다.』

사자홍검이 시시의 목에 파고들어서 선혈을 뚝뚝 흘렸다.

『꽤 눈물 나는 장면이더군. 너희는 그렇게 시시한 인정이라는 것을 가진 종족이었지…… 하지만 그것이 약점이라고도 할 수 있겠지? 시시에게 그렇게나 몰두하던 너다. 자, 귀여운 시시의 목이 날아가도 되겠느냐? 손대지 못하겠지? 어떠냐? 비스코. 호호, 호호호호호…….』

“어디까지고 근성이 썩어빠진……!”

『샤아앗!!』

시시를 인질로 잡힌 비스코가 잠깐 빈틈을 보이자, 『겨울 동백꽃』의 사자홍검이 번뜩였다.

“커, 헉?!”

『아—, 하하하하아—!!』

검은 비스코의 가슴, 심장까지를 관통했고, 엄청난 양의 선혈이 가슴에서 쏟아졌다. 비스코의 입에서도 커흑, 하고 피가 흘렀다.

『어리석구나. 어리석구나, 어리석어! 너는 정이라는 시시한 것 때문에 패하는 거다. 이런 말라비틀어진 화분은 언젠가 버리려고 했지…… 호호호, 다음은 너의 몸을 받아 가마. 너의, 신의 버섯이 가진 힘만 있다면……!!』

"……악당이 생각하는 건 언제나 똑같구만……."

『……뭣이?』

"어차피 찌를 줄 알았어. 이 거리까지 다가온다면 말이지."

입에서 피를 뿜으면서도 조금도 눈빛이 쇠약해지지 않은 비스코를 본『겨울 동백꽃』이 놀랐다.

"시시는 정면에서 나를 32번 베었지. 네놈의 맥빠진 일격과는 천양지차였어."

『뭐, 뭐라고…… 아카보시, 네놈, 설마…… 으으아아, 아아아악?!』

사자홍검의 끝에서 전해지는 정화의 감각을 느낀『겨울 동백꽃』이 경악했다.

비스코의 심장을 꿰뚫었을 사자홍검이, 칼끝부터 점점 하얀 꽃잎으로 변하면서 무구한 모습으로 정화되어간 것이다.

두근, 두근! 비스코의 심장이 고동칠 때마다 홋카이도의 영박이 가진 힘이 비스코에게 가득 찼고,『겨울 동백꽃』에 정화의 포자를 전달했다.

『아아, 아, 아아악?! 아아아윽, 아구, 아우우우—?!』

여유와 조소로 가득했던『겨울 동백꽃』의 목소리가, 초조감 일색으로 물들었다.

『나의, 나의 꽃이! 뽀, 뽑아라, 놓아라, 내게서 떨어져라아아!』

비스코는 사자홍검의 칼날을 꽉 붙잡고 자신의 손에서 피가 흐르는 와중에도 가슴에서 그걸 뽑으려 하지 않았다. 쿨럭, 하고 뿜어낸 피를『겨울 동백꽃』의 안면에 뿌려주면서, 비취색 안광으로 붉은 눈동자를 꿰뚫듯이 노려봤다.

"시시의 안에서, 사라져라."

『히, 히, 히이이이익…….』

"내 애제자를 괴롭혔던, 네놈의. 구제할 수 없는 업보와 함께 말이지……."

『꺄아아아아악—?!!!』

사자홍검은 그 성질상 덩굴을 통해 시시와 굳게 연결되어 있기에, 검을 풀 수가 없다. 영박에 의한 무구한 정화는 순식간에 검에서 시시 본체로 전염되었고, 붉은색으로 명멸하는 시시의 체표를 다정하게 감싸며 원래 색깔인 순백의 피부로 씻어냈다.

시시의 모든 것을 영박 포자가 정화하기 직전.

시시의 귀 뒤에서 홀연히 피어난 동백꽃이 갑자기 「뚝」 끊어져서 도망치듯이 바닥에 철퍼덕 떨어졌다. 원래의 아름다움은 흔적도 남지 않을 만큼 피로 더러워진 동백꽃은 덩굴을 마구 꿈틀거리고는…….

"햐와아아아, 아아, 아와아아아아."

안쓰러운 노파와 같은 목소리로 아우성치면서 꽃의 바닥 밑으로 파고들었다.

"살려줘~~, 사라지고 싶지 않아, 사라지고 싶지 않아……."

"앗?! 이 녀석. 도망칠 셈이냐!!"

비스코는 천공화로 파고들려 하는 동백꽃을 향해 영박의 주먹을 들어서 내리꽂았다. 그러나 동백꽃은 도마뱀 꼬리처럼 자신의 덩굴을 잘라내서 그걸 받아내게 했고, 자기 자신은 기어코 천공화 속으로 도망쳐버리고 말았다.

(젠장, 주저하고 말았어. ……미로가 없어서 다행이야. 따귀 두 방의 벌로는 안 끝났을 테니까.)

사악한 것이라 해도, 새로이 싹트려는 목숨을 없앤다는 것에 아주 약간 망설임이 생겨났다는 걸 비스코 자신도 부정할 수 없었다. 비스코는 퉁명스러운 표정으로 한동안 도망친 『겨울 동백꽃』의 흔적을 응시했고, 그리고…….

이윽고, 바닥에 떨면서 웅크린 한 소녀에게 몸을 돌렸다.

"……."

"……."

비스코를 올려다본 시시의 붉은 눈동자는, 통곡에 부들부들 떨리면서도 그 비취색 눈에서 결코 시선을 돌리지 않았다. 비스코가 시시에게 한 발을 내디디자 몸을 움찔 떨었지만, 역시 눈동자가 떨어지지는 않았다.

"시시!"

"으아……!"

비스코가 악동처럼 웃자, 시시의 목구멍에서 약간 목소리가 새어 나왔다. 붉은색과 비취색 눈이 서로에게 이끌리듯이 접근했고, 이윽고 이마끼리 「툭」 부딪혔다.

"돌아가자. 시시."

"……."

"너, 정말……."

"……."

"정말, 애썼구나!"

그것은…….

비스코가 시시의 전신전령에 전하는, 「긍정」 그 자체였다. 시시는 비스코의 품에서 참고 있던, 모아두고 있던 것이 눈사태처럼 밀려오는 걸 느꼈고…….

그리고 이젠, 그것을 뚜껑으로 덮는 걸 그만뒀다.

"……형님."

"형님."

"형, 니이이이임……!"

시시는 뭔가 둑이 터진 것처럼 자신을 안은 비스코의 몸을 강하게, 강하게 마주 안으며 목덜미에 얼굴을 묻고 굵은 눈물을 폭포수처럼 흘렸다.

비스코는 시시의 눈물 한 방울, 한 방울을 어깨로 느끼면서 흐느끼는 시시의 몸을 받아줬다. 지금 시시의 마음속에 소용돌이치는 폭풍 같은 감정을 말이나 철학으로 받아주는 건, 비스코에게는 조금 서툴렀다.

그저 열정과, 혼의 온기로 얼어붙은 시시의 마음을 감싸듯이…….

비스코는 영원히 쏟아질 것만 같은 시시의 눈물을 그곳에서 계속 받아줬다.

그때.

『고고고고고고』 하는 소리와 함께 천공화 전체를 뒤흔드는 진동이 덮쳐오자, 두 사람은 동시에 고개를 홱 들었다.

"이봐. 이번에는 뭐야?!"

"천공화가, 터져요. 지금 있는 겨울 동백꽃의 꽃가루를 일본에 뿌릴 작정이에요."

시시는 새빨개진 눈을 팔로 닦으며 일어나서 비스코에게 결연히 말했다.

"형님은 어서 도망치세요. 천공화는 저에게서 피어난 것, 여기서 스스로 결판을 내겠어요. ……이게 제가 할 수 있는 마지막 속죄…… 아야아앗!!"

따악! 비스코가 시시의 이마에 딱밤을 날렸다. 너무나도 아파서 끙끙대는 시시의 하얀 몸을 한 팔로 슬쩍 들어 올린 비스코는 터널 너머에서 달려오는 파트너의 모습을 봤다.

"비스코! ……앗, 시시! 무사히 구해냈구나. 다행이야. 믿고 있었어!"

"너, 피투성이잖아! 그 검 무리한테 당했구나!"

"남 말할 처지야? 비스코도 피로 흠뻑 젖었잖아. 그보다도 이거, 봐봐!"

미로가 안고 있는 건, 시시와 동시에 천공화에 갇혀있었던 암리의 모습이었다. 암리는 미로에게 안겨있었는데, 어째서인지 무척 불쾌해 보였다.

"아앗, 암리! 그러고 보니 너도 여기에 있었지. 무사해서 다행이야!"

"그러고 보니, 가 뭔가요! 남을 덤처럼! 요즘 제 취급이 굉장히 조잡하지 않나요?!"

"암리, 클레임은 나중에! 지금은 도망쳐야 해!"

"꽃 안에서는 평범한 버섯을 피울 수 없어. 영박으로 뛰자, 미로!"

미로는 파트너의 말에 수긍하고는 손에 든 영박곤을 비스듬하게 천장으로 던졌다. 영박곤은 몇 겹이나 뭉쳐있던 꽃잎의 벽을 하얗게 관통하고는 큰 구멍을 뚫어서 비스코를 위한 길을 만들었다.

비스코는 불만스럽게 날뛰는 암리를 시시와 반대쪽 팔에 안고, 미로를 등에 업고는「끼기긱……!」하고 전신의 힘을 자신의 한쪽 다리에 담았다. 다리는 하얀 포자를 휘감고 은색으로 빛나면서 어두운 천공화 안에서 한층 반짝였다.

"얼마나 날 수 있을지 짐작도 안 가. 세 사람 다 꽉 잡으라고!"

"라저!"

"네, 형님!"

"알았어요. 정말!"

"간다아아, 으랴아아압!"

빠꾸우우움!

비스코가 내디딘 은색의 다리는 발꿈치에서 영박을 힘차게 피워내면서 새송이버섯 이상의 위력으로 비스코 일행을 들어 올렸다. 비스코는 자신이 두른 하얀 포자로 천공화의 꽃잎을 찢어버리면서 지금 막 황혼에 접어드는 홋카이도 지상으로 뛰쳐나왔다.

“캬아—!! 자, 잠깐만요, 비스코 님. 너무 날았어요!”

암리가 천공에서 머리를 펄럭펄럭 휘날리며 외쳤다.

“그러니까 조절을 못한다고 했잖아! 평소처럼 진언으로 어떻게든 하라고!”

“정도라는 게 있잖아요. 이 높이라면 네 사람 다 납작하게 될 거예요!”

“나는 그래도 상관없어. 형님과 함께 죽을 수 있다면…….”

“키이잇! 시시 님. 서열이라는 게 있거든요. 지옥에 함께 간다면 제가 더 먼저예요!”

“다들 잠깐만. 괜찮아! 아직 죽을 때는 아닌 것 같아!”

“어?”

시시가 의아한 듯이 미로를 바라보자, 그는 머나먼 하늘을 가리켰다.

그 방향에는…….

사지에서 태평하게 말다툼이나 하던 네 사람을 향해, 오렌지색으로 빛나는 커다란 무언가가 등의 버니어를 힘차게 뿜어내며 다가오고 있었다.

““아쿠타가와!””

아쿠타가와는 지면 아슬아슬한 곳에서 네 사람을 등에 태웠다. 두 소녀는 아쿠타가와의 짐가방 안으로 스르륵 들어갔고, 소년들은 양쪽 안장에 풀썩 앉았다. 파트너가 태연한 모습인 반면, 미로는 고삐를 잡으면서 크게 한숨을 내쉬었다.

“위험했네~~ 이번만큼은 끝장인 줄 알았어!”

“오늘 하루만으로도 그 말 몇 번은 들었어.”

“정말로, 인생 종료도가 높은 하루였다는 거네.”

“이러니저러니 해도 살아있는 걸 보면, 지옥에서 출금령을 먹은 모양이야.”

비스코의 아무렇지도 않은 한마디에서 잠시 시간이 지나자, 두 소년은 피투성이인 채로 서로를 바라보며 하늘에서 천진난만하게 웃었다.

그 태평한 모습을 가로막듯이.

“아카보시이—!!”

홋카이도의 지표에서 우렁찬 목소리가 날아왔다. 아쿠타가와의 버니어가 뿜어내는 굉음에도 밀리지 않는, 터무니없는 음량이었다.

“꾸물대지 마라! 이제 천공화가 피어난다! 영박 화살이라는 걸 빨리 쏘는 거다!”

“맞다, 비스코!”

사타하바키의 충고로 정신을 차린 미로가 비스코를 불렀다. 비스코는 여느 때처럼 송곳니를 씨익 드러내면서 임계 직전인 천공화를 번뜩 노려봤다.

“저 찌꺼기가 피어나기 전에 쏴버리면 되는 거지!”

『베니비시, 놈들. 인간, 놈들—!』

천공화의 중심에서 대기를 뒤흔드는 『겨울 동백꽃』의 목소리가 울렸다.

『길을, 열어라. 나에게 길을 열어라! 나야말로, 우리 「꽃」이야말로! 너희를 대신하여 다음 생명의 패자가 되어야 한다―!』

“핫! 포기하지 못하는 건 칭찬해주겠어. 미로, 진언궁 부탁해!”

“알았어!”

날아오르는 아쿠타가와 위에서 비스코는 자신의 머리털을 몇 가닥 뽑았다. 그것은 이윽고 하얀 포자에 감싸인 화살 하나가 되어 홋카이도의 하늘에 번쩍 빛났다.

“미로 님, 맞출게요!”

“좋아, 가자. 암리!”

온 섀드 비비키 스네우
““won/shad/viviki/snew!””

진언사 두 명이 영창한 무기 생성 진언에 맞춰서, 미로의 손에서 나온 큐브가 비스코의 한 손과 접촉했다. 비스코가 한 손을 내밀어서 그대로 내리자, 그것은 밤하늘에 빛나는 반달 같은 광채를 가지고 그곳에 현현했고, 눈부시게 빛나는 활이 그걸 잡은 비스코를 비췄다.

“나왔어…… 영박궁!”

“와아. 진언으로 하얀 활이?! 미로 님, 저 진언궁은 뭐죠?!”

“홋카이도가 건네준 힘의 결정체야. 이거라면 비스코가 저 녀석을 처치할 수 있어!”

비스코는 미로의 말을 듣다가 갑자기 아쿠타가와의 짐가방에 얼굴을 처박고는…… 그 안에서 웅크리고 있던 시시에게 손을 내밀었다.

“이리 와, 시시!”

"혀, 형님……?!"

"결판을 내는 거야. 나와 네가!"

시시는 비스코에게 이끌려서 품에 안겼고, 넘겨받은 영박궁을 손에 움켜쥐었다. 하얀 화살을 메긴 비스코의 손이 시시의 하얀 손 위를 덮었다.

"결판을…… 낸다……."

시시가 저도 모르게 중얼거렸다.

파트너 미로도, 암리도 비스코의 갑작스러운 행동을 아무 말 없이 지켜보며 영박궁에 계속 힘을 주입했다. 비스코에게 이끌리기만 했던 시시의 몸에 점점 힘이 담겼고, 귓가의 동백꽃이 다시 피어나서 닫힌 봉오리를 열었다.

시시의 양손이 확실한 힘을 담아 활을 당기는 걸 느낀 비스코도 그걸 뒷받침하려는 듯 힘을 담았다. 지금 영박궁의 조준은 당장에라도 터지려고 하는 거대한 천공화의 중심을 확실하게 겨누고 있었다.

"아카보시―!! 서둘러라. 이제 초읽기다. 5, 4!"

"형님……"

사타하바키의 외침을 멀리서 들으면서, 시시의 중얼거리는 목소리가 비스코의 귀에 스르륵 들어왔다.

"저건, 뭘까요?"

"그냥 무식하게 큰 꽃이야…… 내게는 말이지. 너에게는 뭐야?"

"……."

"……."

"저건, 과거, 예요. 저의, 절반이죠."

"그러냐. 쏠 수 있겠어?"

"쏘겠어요."

시시의 붉은 눈동자가 지금 열리려 하는 자신의 과거를 응시했다.

"저의 수라를, 제가 쏘겠어요. 형님, 부디……."

"3, 2—!!"

"저에게, 힘을, 빌려주세요!"

"좋았어. 상대를, 자신을 잘 봐. 그리고 믿는 거야. 강하게……."

(자신을, 믿는다……!!)

"1—!"

"비스코!"

"시시 님!"

""먹어라아아아아아아—! 건곤! 영박궁—!!""

푸슈우우웅!!

황혼을 가르는 굉음과 함께, 백은의 화살이 마치 달빛의 광채를 흔적으로 남기듯이 아쿠타가와 위에서 발사됐다.

은색의 광채는 마치 한순간의 유성처럼 아주 잠깐 홋카이도의 대지를 새하얗게 물들였고, 곧바로 작렬 직전인 천공화의 중심으로 빨려 들어갔다.

"제로…… 오, 오오?!"

사타하바키의 카운트에서 조금 시간이 지난 뒤.

『말 도 안 돼 .』

『겨울 동백꽃』의, 떨리는 목소리가 대지를 흔들었다.

『꽃 의 』

빠움.

『내 진화의 힘은 』

빠움, 빠움!

『불 멸, 일 텐데……. 』

빠움, 빠움, 빠꿈, 퍼어어엉!!

천공화 주변에서 백은색으로 빛나는 영박 포자가 하얗게 분출되며 빛나는 눈처럼 홋카이도의 하늘을 반짝반짝 춤췄다. 이어서 포자에 의해 무구하게 분해된 천공화의 꽃잎은 그 색소를 잃고, 새하얗고 자잘한 꽃잎 무리가 되어 강하게 부는 바람에 흩어졌다.

그 자리의 모두가…….

소년들도, 소녀들도.

사타하바키도, 버섯지기도, 베니비시도, 어딘가로 도망치려던 티롤에 이르기까지, 모든 생물이 잠시 그 광경에 넋을 잃었다.

이윽고, 마치 꿈에서 깨어나듯이 암리가 입을 열었다.

"해, 해냈어…… 정말로, 비스코 님이 화살 한 발로…… 미로 님. 보셨나요?!"

"비스코—!!"

"아, 아앗!"

하얀 무구로 변해서 무너져가는 천공화를 배경 삼아, 미로가 우두커니 선 비스코를 끌어안았다. 감상에 젖어서 빈틈투성이었던 비스코는 거기서 균형을 잃고 하마터면 하늘을 나는 아쿠타가와에게서 떨어질 뻔했다.

"우와앗—?! 이 자식, 죽일 셈이냐?! 떠, 떨어져, 떨어……."

"또 비스코가 이겼어!! 어린애가 되었어도 믿고 있었다고…… 어떤 역경이라도 비스코에게는 당해내지 못한다고! 어때. 너를 제일 믿는 건 나라는 게 전해졌지!"

"캐액. 개구리나 메뚜기가 되더라도 똑같은 말을 할 수 있겠냐!"

"파리가 되더라도 믿을게!"

"우왁~~!! 알았으니까 고삐를 잡아 고삐를!! 아쿠타가와도 하늘을 나는 건 처음이란 말이야~!!"

활짝 웃으며 파트너에게 찰싹 달라붙은 미로(언제나 이렇기는 하지만)를 게슴츠레 바라보던 암리는 문득 짐가방으로 들어온 시시의 몸을 두드렸다.

"어머, 시시 님. 저 천공화가 하얗게 무너지는 모습은 평생에 한 번 볼 수 있어요. 조금 더 보시면 어떤가요?"

"아니, 이제 됐어."

시시는 긴 속눈썹을 떨면서 어딘가 쓸쓸하게 말하고는 짐가방 안에서 암리를 돌아봤고, 어리둥절하게 있던 암리의 상처를 그 가느다란 손으로 어루만졌다.

"이 상처도. 내 검으로……."

"시시 님. 아하하, 간지러운데요……."

"암리, 미안해. 나는. 나는……."

"……."

암리는 추운 것처럼 떨리는 시시의 입술을 바라보다가, 갑자기 그 하얀 몸을 양손으로 강하게 안았다.

시시는 그 행동에 적잖이 놀란 모양이었지만, 실제로는 암리 자신도 어째서 이런 일을 했는지 제일 놀란지라 경악해서 눈을 깜빡였다.

(어, 어째서, 제가 이런……?! 시, 시시 님과는 이제 막 만났잖아요?!)

그러나 암리의 당혹감과는 반대로 시시의 굳어진 몸은 조금씩 진정되었고, 암리의 품에서 따스한 체온을 발하기 시작했다. 한편 암리 자신은 스스로 한 일이라서 그만둘 수가 없었는지라, 어째서인지 얼굴을 붉히면서 한동안 시시를 안은 채 굳어져 있었다.

17

전 일본을 대혼란에 빠뜨린 육식(陸食) 대해수·홋카이도.

그 파괴적인 진군은—.

단 하나의 화살에 의해, 막혔다.

비스코가 날린 무구한 화살·영박궁에 꿰뚫린 천공화의 하얀 꽃잎은 넓은 홋카이도 전역에 흩어져서 영박의 무구한 힘을 확산시켜 대지를 정화했다.

광대한 겨울 동백꽃 화원으로 뒤덮였던 홋카이도의 등이나 내장, 뇌를 뒤덮고 있던 무수한 꽃의 뿌리는 하얗게 물들어 사라졌고, 지배당하고 있던 홋카이도의 사고 능력은 완전히 회복된 모양이었다.

북쪽 버섯지기·스포아코의 무녀에게 말을 전해 들은 홋카이도는 하마터면 모조리 먹어치울 뻔했던 규슈에서 이빨을 떼어냈고…….

천천히 동해를 돌아서 원래 있던 아오모리 북방으로 돌아가려 하고 있었다.

"미로—!!"

"챠이카!!"

언덕 위에서 점프하듯이 뛰어 품에 뛰어든 챠이카를 받아낸 미로가 빙글빙글 돌았다. 챠이카는 그 아름다운 하얀 얼굴에 활짝 미소를 지으면서 미로의 목을 힘껏 끌어안았다.

"구원받았어. 홋카이도는 구원받았어! 꽃의 힘이 전부 사라지고, 제대로 챠이카의 말을 들어주고 있어. 전부 당신들 덕분이야. 뭐라 감사를 표해야 좋을지……."

"무슨 소리야! 우리도 챠이카 덕분에 소중한 친구를 구할 수 있었어. 감사를 표해야 하는 건 나와 비스코 쪽이야!"

"비스코!"

챠이카는 두 눈을 확 뜨고는 미로에게 따졌다.

"챠이카. 비스코를 만나고 싶어. 그 아이는 챠이카의 마음에 사라지지 않는 용기의 불을 줬어. 만나서 말하고 싶어. 고맙다고…… 저기, 미로. 비스코는, 비스코는 어디?"

"후후. 챠이카, 비스코라면—."

"오. 무사했냐. 말괄량이 무녀님."

그 목소리를 듣자, 「정말이지, 누가……!」라고 돌아본 챠이카는 눈앞의 인물을 확인하더니 눈을 깜빡깜빡하며 굳어지고 말았다.

조금, 올려다봐야 한다.

타오르는 듯한 붉은 머리에 광견 면상…… 낯은 익지만, 귀여웠던 모습이 지금은 사나운 전사처럼 변했고, 자신을 내려다보고 있다. 투명한 비취색 눈만이 챠이카의 마음속에 있던 인상 그대로 문신 너머에서 빛났다.

"……당신…… 비…… 비스코야……?!"

"다른 누구라고 생각하는데?"

비스코는 송곳니를 드러내며 웃고는 챠이카의 시선까지 쪼그려 앉았다.

"실컷 꼬마이니 어쩌니 바보 취급했었는데. 내가 어엿한 아카보시 비스코라는 걸 이제 믿겠냐? 으응?"

"……."

"……야, 챠이카?"

"어린애였던 시절부터, 의심하지는 않았어. 하지만."

챠이카는 저도 모르게 붉어진 뺨으로 하얀 피부를 물들이면서, 비스코의 목을「꽈악!」끌어안았다.

"와앗?! 야!"

"지금의 당신도, 굉장히, 그게…… 라비칼, 하네……"

"응? 무슨 뜻이야?"

"비밀!"

챠이카는 그렇게 말하고는 비스코의 뺨에 입맞춤하더니, 자기 얼굴을 펑! 하고 새빨갛게 물들였다. 챠이카는 쑥스러움이 섞인 새빨간 얼굴로 빙글빙글 돌다가 두 소년에게 먼 언덕 위를 가리켰다.

"지금, 스포아코와 베니비시가 서로 돕고 있어. 비스코의 화살이 챠이카네의 원한까지 녹여준 것 같아."

소년들이 그 말을 듣고 언덕 위를 바라보자…….

그곳에는 거대한 흰색의 무구한 덩어리가 되어 자잘한 꽃잎으로 분해된 천공화의 모습.

지상에 떨어진 그곳으로 몰려든 북쪽 스포아코…… 버섯지기와 베니비시들이 천공화에 흡수되었던 동족들을 구출하고 있었다.

"우~야아. 힘내라! 지금 잔해를 치워줄게."

"부탁이야. 우리는 원래 노예 종족, 어떻게 되어도 좋아. 하지만 아이만큼은, 제발……."

"바보 같은 소리 하지 말라고. 스포아코는 노예 같은 건 안 가져. 모두 똑같은 목숨이다. 지금은 그저, 상처받은 두 종족이 서로 도울 때라고. 사이좋게 지내든, 다시 싸우든, 그건 서로가 기운을 되찾고 나서 할 일이지…… 다들, 준비됐나! 들어 올리자!"

"우~, 야아! 다들 힘내라! 족장을 도와라!"

"부상자는 이리로! 저희 쿠사비라슈가 총력을 기울여 치료하겠습니다!"

"베니비시들도 이쪽이다! 아직 여자와 아이들이 밑에 있어…… 버섯지기를 도와서 모두를 구해내자!"

"알았어!"

구출 지휘를 맡은 건 무사히 목숨을 건진 영박의 손·족장 카비라칸이었다.

천공화의 완전한 개화를 저지했기에, 흡수되어 절망적이던 이들도 대다수가 무사히 목숨을 건지게 된 모양이었다.

그리고…….

천공화가 무구한 모습으로 변한 영향인지, 지금은 베니비시들의 몸도 겨울 동백꽃의 지배에서 풀려나 흉악한 덩굴이나 꽃의 힘을 잃고 하얀 피부로 돌아갔다.

강력한 힘은 잃었지만, 베니비시들은 일시적으로 받았던 열광적인 전의 대신 본래의 온화한 성질을 되찾았고, 조금 전까지 다투던 버섯지기들과 함께 열심히 구출 작업에 힘쓰고 있었다.

"베니비시들도 완전히 부드러운 성격으로 돌아간 것 같아.

버섯지기는 노예 같은 건 안 가지니까, 이러면 분명 모두 잘해 나갈 수 있을 거야!"

"해피 엔딩, 해피 엔딩이라는 건가…… 그것도 뭔가 마음에 안 드는데 말이지."

"복잡한 표정인데? 어쩔 수 없잖아. 우리가 고개를 들이밀었으니까!"

비스코는 미로의 말을 듣자 퉁명스럽게 시선을 돌렸다.

"다른 민족의 전쟁에 간섭하지 않는다는 너의 소신은 알겠어. 하지만 적어도, 쓸데없는 피가 흐르지 않는 건 좋은 일이야. 내가 의사 시점에서 너를 긍정해주겠습니다."

"캑! 뭐야 그게, 잘난 듯이!"

"이~거야 원…… 후아~암!"

저녁놀에 비치는 경치를 멀리서 바라보던 티롤이 일동 속에서 크게 기지개를 켰다. 아쿠타가와에 올라타서 공중을 날던 머리는 완전히 부스스, 눈 밑은 수면 부족인지 다크서클이 짙게 새겨져 있다.

"와, 굉장한 다크서클. 티롤, 안 잤어?"

"불면불휴로 만들었거든. 저 제트 아쿠타가와 말이야."

"너도 너야! 쓸데없는 짓이나 하기는."

비스코가 거침없이 끼어들었다. 천공화의 종언을 확인하자 홋카이도의 영박이 발하던 힘은 녹식과 마찬가지로 몸 안쪽으로 들어갔는지 이제 하얀 포자는 나오지 않았다.

"애초에 게가 하늘을 날다니 벌 받을 짓이야…… 엔비텐의 분노를 살 수 있다고. 일이 끝났으니까 이 제트 당장 떼어내!"

"너한테는! 감사라는 감정이 빠져있는 거냐. 너 이 자식, 아카보시—!!"

날뛰는 티롤을 필사적으로 억누르는 미로를 지나친 비스코는 멀리서 천공화의 잔해를 바라보는 시시 옆으로 걸어갔다.

"시시. 다친 데는 없냐?"

"……형님."

시시는 질문에 대답하는 대신 자신을 바라보는 비스코를 향해 살며시 웃었다. 그 표정에서는 슬픔과, 그리고 안도가 섞인 신기한 감정이 전해져왔다.

"이 꽃, 화려하게 흩어져버렸구만. 보라고. 꽃잎이 하늘을 나는 모습이 마치 눈 같잖아."

"……네. 예쁘네요. 형님."

시시는 흩날리는 꽃잎을 바라보면서 조용히 말을 자아냈다.

"백성들도 다들 평온한 표정이에요. 제가 내걸었던, 꽃다발의 검에서 해방되어서."

"……."

"이거면. 이거면 충분했을 텐데. 백성의 평온을 진정으로 바랐다면, 이거면 충분했을 텐데…… 복수와 자유에 얽매여서, 저는 언제부턴가 힘에 삼켜지고 말았어요."

"말하지 마, 시시. 네가 잘못했다는 건 아니야. 그저 결과론이니까……"

"형님. 부탁이 있어요."

시시는 옆에 있던 비스코에게 매달려서, 선명한 붉은 눈동자로 당황하는 비스코를 올려다봤다.

"형님이…… 형님이, 제 겨울 동백꽃을, 꺾어주셨으면 좋겠어요."

"너의 꽃을…… 꺾는, 다고?!"

시시는 귀 옆에서 흔들리는 겨울 동백꽃을 가리키며 조용히 끄덕였다. 조금 전 시시의 머리에서 떨어졌던 그 동백꽃은 무시무시한 재생력을 발휘해서 이미 새로운 꽃이 피어있었다.

"지금 이 겨울 동백꽃은 화력을 모두 토해내서 조용해져 있어요. 하지만 때가 되면 다시 베니비시의 백성들을 미치게 만드는 수라의 꽃으로 피어나겠죠."

시시는 거의 코앞까지 비스코에게 다가가서, 숨결과 함께 결단을 입에 담았다.

"그 전에, 부디. 그 영박의 힘으로 제 꽃을 저물게 해주세요."

"하지만, 그런 짓을 했다가는 네 꽃의 힘이……!"

"괜찮아요. 그래도 좋아요. 꽃 없는 벌거숭이 임금님으로서, 이번에는 저 자신의 힘만으로 백성들을 이끌고 싶어요."

시시의 말은 막힘없이 이어지며 비스코의 마음에 호소했다.

"힘없는 어린애의 몸으로도, 형님은 마지막까지 꺾이지 않았어요. 형님은 힘을 갈구하며 홀렸던 저와는 정반대의 길…… 몸을 당당하게 드러낸, 영혼만이 이끄는 길에 계시죠."

시시는 비스코의 가슴에 이마를 꽉 갖다 댔다.

"만약, 허락된다면…… 다음에는 그곳에서 피어나고 싶어요. 과거를 질질 끌면서도, 형님의 길에 있고 싶어요. 그러니까 부디, 당신의 손으로……."

비스코의 가슴에 이마를 대고, 기도하듯이 움직이지 않는 시시를 바라본 비스코는 조금 고개를 들어서 주변을 바라봤다.

미로도, 암리도, 챠이카도(티롤은 전혀 흥미가 없어 보였지만), 아무 말 없이 비스코를 지켜보고 있었다. 멀리서 두 사람을 지켜보는 법무관 사타하바키가 비스코의 결단을 밀어주려는 듯이 크게 고개를 끄덕였다.

"……후회, 하지는 않겠지?"

비스코가 결의를 다지고 자신의 오른손에 의식을 집중했다. 비스코의 모습에서는 이미 영박신의 문신이나 힘은 사라졌고, 포자도 몸 안으로 들어갔지만, 그래도 어떻게든 다시 영박의 하얀 포자를 오른손에 발현할 수 있었다.

"……좋아, 하자. 시시."

"네. 형님……."

"……훌륭해. 네 아버지도 분명 기뻐할……."

비스코가 하얗게 빛나는 손으로 시시의 귀에 있는 동백꽃을 만지려 한…….

그 순간.

파앙!

바람을 가르며 날아온 심녹색 채찍이 비스코의 오른손을 튕겨내고, 되돌아가면서 시시의 귓가에 있던 동백꽃을 뿌리째 뜯어버렸다.

"끄, 아악?!"

"시시!!"

비스코가 즉시 시시를 지키려고 가로막은 사이, 만개한 동백꽃은 찢어진 채 그대로 심녹색 채찍에 재빨리 휘감겨서 슈르르륵 주인의 손으로 들어갔다.

"키시시시시…… 정말 아름다운 이야기야. 영화의 라스트에는 딱 어울리지만 말이지이."

저녁놀에 사람을 얕잡아보는 듯한 목소리가 들렸고, 마치 공놀이하듯이 꽃으로 장난을 쳤다.

"하지만 그렇게 해버리면, 조~금 곤란하단 말이지이…… 아직 이 꽃에는 여러 용도가 있으니까아."

"비스코!"

"누구인가요?!"

생각지도 못한 공격을 받자, 동료들이 다친 시시를 지키기 위해 모여서 석양의 그림자가 된 인물과 마주했다.

"이거이거, 하하하…… 매번 그렇지만 너는 참 놀랍다니까, 아카보시이. 그 영문 모를 하얀 버섯은, 솔직히 전혀 리서치하지 못했거든."

"네놈은……!!"

"그렇기에. 그렇기에…… 악당이라면 2중 3중, 4중 5중의 책략을 깔아둬야 하는 법이지…… 특히 나는 소심해서 말이야아."

""메파오샤!!""

비스코, 미로, 그리고 사타하바키의 목소리가 겹쳤다.

“그 덩굴 채찍은, 시시의 화력을 빌린 게 아니었나. 어째서 인간인 네놈이 아직도 그 채찍을 다루는 거지?!”

“시끄러워, 덩치. 바보 얼간아. 네놈의 상사 낯짝도 여기까지야…… 애초에 나는 처음부터 조종당하지 않았어. 거기 꽃꼬마에게도, 물론 네놈에게도 말이지.”

“뭣이이이……!”

“나는 거기 꽃꼬마에게서 겨울 동백꽃의 화력만 추출하기만 하면 족했다고오. 녹을 흡수해서 부풀어 오른, 궁극 진화의 힘을 말이지.”

“처음부터…… 처음부터 나의 꽃만이 목적이었다는 거냐!”

시시가 관자놀이에서 다량의 피를 흘리면서 이를 드러내며 웃는 메파오샤를 노려봤다.

“그건 멸망을 부르는 수라의 꽃이다! 너 따위가 다룰 수 있는 게 아니야!”

“아—앗, 하하하하아!!!”

메파오샤는 진심으로 재미있다는 듯이 손에 든 겨울 동백꽃을 흔들며 깔깔 웃었다.

“그건 내가 정하는 일이야. 꼬마는 입 다물고 보기나 해…… 자, 아~~앙.”

메파오샤는 그렇게 말하며 상어 이빨을 크게 벌리더니, 시시의 겨울 동백꽃을 한입에 삼켜버렸다. 생각보다 목 넘김이 나빴는지, 메파오샤는 「쿨럭, 쿨럭!」 하고 기침하고는, 이윽고 콧물을 흘리면서 일동을 돌아봤다.

"캐~액. 맛없어. 기린의 뇌를 빠는 듯한 맛이야."

"남의 꽃을 먹어놓고 감상이 그거냐, 인마……."

비스코는 눈에서 분노의 불꽃을 태우며 메파오샤를 비취색 눈으로 노려봤다.

"시시의 힘을 손에 넣고, 그래서 어쩌려는 거지?! 네놈 따위가 뭘 하려는 거냐고!"

"……뭘 하려는 거냐, 라고 했나. 흐으음. 뭘 하고 싶은가, 라고 묻는 거냐아?"

메파오샤는 비스코의 질문을 표면만 되풀이하고는, 비취색 빛을 칠흑의 눈동자로 번뜩 노려봤다.

그, 기척에서.

비스코는 지금까지의 메파오샤와는 완전히 다른, 어두운 심연을 느꼈다.

"그런 것도, 몰라주는 거냐…… 슬픈데에. 나(私)…… 아니, 나(俺)는 말이다.[#1] 나는 지금, 『존 윅』에서 개를 살해당한 키아누 리브스보다 슬프다고, 아카보시……"

(……응? 이 느낌. 이상해. 어딘가에서……?!)

"나는 그저, 다시 한번 너와 놀고 싶었을 뿐이라고. 새로운 장난감을 가지고, 너와 마음 가는 대로 놀고 싶었을 뿐이야. 알아주겠지? 아카보시……."

눈앞에 있는 메파오샤의 분위기가 점점 어두컴컴하게 변해갔다. 그 끈적한 오라가 뿜어져 나오자, 이 자리에서 오직 비

#1 나(私)…… 아니, 나(俺)는 말이다 와타시(私)는 여성 1인칭, 오레(俺)는 남성 1인칭이다.

스코와 미로만이 몸이 떨리는 오한을 느꼈다.

“계속, 참고, 또 참으면서…… 때가 무르익기를 기다렸지. 바보에게 헤실거리고, 꼬마에게 넙죽 엎드리고…… 가슴 뛰는 만화도, 로맨틱한 영화도 미뤄놨었다고. 별로 크지도 않은 자기 가슴을 주무르는 것 말고는 따분함을 달랠 수가 없었어.”

“비, 비스코…… 이, 이 녀석은…… 메파오샤는!”

“이렇게나 가까이에 있고, 이렇게나 애태우고 있는데, 조금도 알아주지 않더란 말이지. 멜로 드라마에 나오는 여자의 마음을 이해했어…… 뭐, 지금은 여자의 몸인 게 틀림없긴 하지만 말이지이.”

메파오샤는 안경을 벗고, 품에서 선글라스를 꺼내서 바꿔 썼다.

“그럼, 이게 마지막, 힌트다…….”

「씨이익」 하고 웃는 그 미소가, 소년들의 뇌리에서 한 남자를 선명하게 불러일으켰다.

“이러면. 조금은 떠올려주겠지? 나를 말이야. 안 그래? 아카보시…….”

“네놈, 쿠…….”

““쿠로카와!””

소년들이 외친 「쿠로카와」라는 말을 듣자, 메파오샤…… 아니, 쿠로카와의 표정이 사악한 유열로 일그러졌다.

“……아아. 기쁜거얼…….”

선글라스 밑에서 상어 이빨을 빛내는, 그 얼굴은 마치…….

그 사악함만을 제외한다면, 먼 곳으로 이사한 친구와의 재회를 기뻐하는 아이 같았다.

"겨우, 우리가 또 만나게 됐구나……. 기쁘다고. 아카보시, 네코야나……."

쿠로카와의 말이 끝나기도 전에 흰 눈이 쌓인 지면을 탓! 박차면서 시시가 내달렸다. 그녀는 몸에 약간 남은 꽃의 힘을 긁어모아 자신의 양손에 모으기 시작했다.

"이봐, 풍류를 모르는 꼬마구만. 감동의 재회 신을…… 방해하지 말라고."

"나와라아아, 사자호오옹거어어엄!!"

시시의 손에 나타나 빛나는 덩굴 검이 메파오샤의 머리통을 향해 떨어지기 직전.

탕, 탕, 탕!!

무거운 세 발의 총성이 둔중하게 울리며, 시시의 몸이 공중에서 세 번 튕겼다.

"으, 커헉!"

"시시이!!"

"이제 네 차례는 끝났어, 시시. 도시락 먹고 돌아가라…… 이크, 마침 잘 됐군. 새로운 장난감을 공개해보기로 할까. 봐달라고, 아카보시."

메파오샤…… 아니, 새로운 몸을 손에 넣은 쿠로카와가 「BOM!」 하고 중얼거리자…….

시시의 몸에 박힌 총알에서 퐁, 퐁! 하고 녹 덩어리가 피어났다. 시시가 격통으로 각혈하며 지면에 버둥거렸다.

"아앗, 시시!"

"그만둬어! 쿠로카와. 우리 문제에 시시는 상관없잖아!"

"우리 문제…… 으음~, 좋은 말이야. 뭐, 보라고. 아카보시. 그 꼬마에게 피어난 새로운 내 장난감을……."

"이, 이건……."

시시의 몸을 가장 먼저 안은 미로가 목격한 건, 그냥 녹 덩어리가 아니라…….

장미꽃 같은 형태로 조각처럼 피어난 『녹의 꽃』이었다.

"녹의, 꽃……이라고!!"

"『꽃』의 특성을 계승한 신형 녹 병기다. 성능은 물론이고, 무엇보다 녹 주제에 아름답지? 마치 흑요석 조각 같은……."

일동이 말문이 막힌 채 굳어진 가운데, 비스코의 움직임은 빨랐다. 즉시 활을 당겨 쿠로카와에게 날리자, 쿠로카와도 경이로운 반사신경으로 덩굴 벽을 만들어서 피어난 버섯을 막아냈다.

빠꿈! 하고 피어난 작렬의 기세에 데굴데굴 구르면서도 쿠로카와는 계속 폭소를 터뜨렸다.

"아—하하! 기운차구나, 아카보시. 하지만 이미 한 번 봤어. 그 하얀 화살은 곧바로 빵빵 쏠 수 있는 게 아닌 모양이지!"

"그 시끄러운 입을 닥쳐! 네놈을 붙잡아서 꿍꿍이를 전부 실토하게 해주겠어!"

"호호~, 입만 살았어. 꽃꼬마의 꽃 하나 지키지 못했던 주제에 말이야~!"

"이 자식……."

"앗! 비스코, 위험해!!"

머리 꼭대기까지 피가 오른 파트너를 곧바로 끌어안은 미로가 크게 도약했다. 마침 그 위치에 퍼어엉! 하는 폭염이 일어나서 쌓여있던 눈이 사방팔방으로 날아갔다.

"뭐, 뭐야. 지금 이건…… 폭격?!"

"그냥 폭격이 아니라고. 장난감을 덤으로 주마. 아카보시이!"

바라보니, 그 폭격은 착탄 지점에서 녹의 씨앗을 퍼뜨려서 완전히 정화되었을 홋카이도의 대지에 펑, 펑! 하고 새로운 녹의 꽃을 피우기 시작했다.

"이, 이 녀석…… 시시의 힘을 벌써 병기로 만든 거야?!"

"아, 아, 아아……."

"미로, 왜 그래?!"

"비스코. 위, 위!"

미로의 시선을 쫓아간 비스코가 하늘을 바라봤고, 거기서 역시 할 말을 잃은 채 굳어지고 말았다.

홋카이도의 상공을 가득 메운 것은—.

이미하마 구 현청의 엠블럼을 기체에 새긴, 에스카르고의 무리였다. 그 검게 칠한 에스카르고에서 정장을 입은 「이미군」, 이미하마 특무 경찰들이 차례차례 강하했다.

"우~야아, 저 녀석들은 뭐야!"

"쏴라, 쏴! 녀석들을 홋카이도에 내려오게 하지 마라!"

북쪽 버섯지기들의 화살이 차례차례 이미 군을 맞췄지만, 이미 군의 복면은 안면에 펑! 하고 돋아난 버섯을 순식간에 잡아먹더니 곧바로 원래 모습으로 돌아가 버렸다.

“아—앗, 하하하하—!!”

차례차례 폭격을 시작한 에스카르고 무리. 폭탄의 파괴음과 퍼지는 녹의 화원. 베니비시, 버섯지기의 비명에 쿠로카와의 미친 듯한 웃음이 겹쳤다.

“안심하라고. 이건 프렐류드야…… 아직도 잔뜩 계획을 준비해놨다! 네가 지루하지 않도록…… 다시 한번, 전력으로 나와 놀아주도록 말이지이!”

황혼의 하늘 너머, 계속해서 밀려오는 검은 융단 같은 에스카르고 아래에서, 두 소년은 동료들을 감싸고 이를 악물며 눈앞의 쿠로카와를 노려봤다.

이미 쿠로카와의 주변에는 강하한 개조 이미 군이 무수히 둘러싸고 있었고, 그 팔에 든 샐러맨더 기관총의 총구는 모두 비스코 일행을 겨누고 있었다.

“그때, 목이 찢어져서 말하지 못했던 아윌비백…….”

이미 군에게 건네받은 트렌치코트와 모자를 걸친 쿠로카와는 한마디.

“아임 백 나우로 고쳐서 돌려주마, 아카보시.”

그렇게 말하고는.

“다녀왔다.”

트레이드마크인 모자를, 다시 한번 깊이 눌러썼다.

■작가 후기

이 세상에 툭 태어나고 나서 (거의) 사이타마에서 자랐다.

최근 새로운 지하철이 개통되어서 그런지 내가 사는 동네에도 사람이 많이 늘었다.

옛날에는 들판이나 차밭이었던 곳에 멋들어진 아파트가 생기거나, 역 앞에도 뭔가 잘 모르는 빌딩이나 무식하게 큰 쇼핑몰이 들어서서 완전히 옛날과는 달라지고 말았다. 이 광경을 초등학생 시절의 내가 봤다면 우리 동네라고 알아채지 못하겠지.

개발로 사람이 늘어나면 그게 돈이 되고, 그게 더한 개발로 이어지고…… 뭐, 사이타마현의 재정 같은 걸 고려하면 기쁜 일이기는 하겠지만.

이 경우, 「사이타마현 자신」의 마음은 어떻게 되는 걸까?

만약 내가 사이타마현 그 자체였다면, 「너 이 자식 내 등에서 멋대로…… 뭘 그렇게 뚝딱뚝딱 지어대는 거냐!!」라면서 꽤 화낼 것 같다.

그렇게 되면 끝장이다. 나(사이타마현) 자신이 몸을 빙글 뒤집기만 해도 모든 도시 계획이 와르르 분쇄되어 종료. 모든 사이타마 현민은 「우왁~!」, 「으아아」 하고 길거리에 나앉게 되고, 나(사이타마현)의 분노를 진정시키기 위해 절 같은 걸 세워서 땅을 진정시키는 기도를 바치게 될 게 분명하다.

인간은 대지를 지배한다고 생각하지만, 그건 틀렸다. 대지가 사람을 살게 해주고 있다는 마음을 잊어서는 안 된다…….

그런 경건한 1할의 마음과, 「홋카이도는 사실 살아있을 것 같네」라는 9할의 순진함이 이 5권 집필의 계기가 되었다.

헛소리를 1페이지나 쓰고 말았지만, 본편에 대해 언급하자면 이 이야기는 「살아가는 방식의 모색」이 테마였던 게 아닐까 저자는 생각하고 있다.

시종일관 수라도를 가던 지금까지의 보스들과는 달리, 시시는 항상 자신의 길을 헤매고, 자신의 영혼을 찾아내기 위해 발버둥 치던 등신대의, 용감한 보스다. 결과적으로 길을 그르쳐서 피어난 그를 비스코가 재시작(그 나름의 책임을 지고)을 하게끔 해준다는 것이 메인 흐름이 되었다.

비스코가 「피어난다」라고 표현한 「살아가는 방식을 정한다」라는 건, 사실 비스코가 말하는 것처럼 간단하지 않다. 실제로 한 번 피어보지 않으면 올바른지 그른지 알 수 없다.

한 곳에서 피어나고, 열심히 했다가, 도저히 미치지 못하고 꺾여버렸을 때.

그런 상황에서 비스코는, 「태양이 비치는 길에서 다시 피어나면 돼」라고 말했다고 생각한다.

저자 자신도 몇 번을 다시 피어난 결과 「녹을 먹는 비스코」

에 도달할 수 있었다. 햇살을 받지 못하고 울고 있는 꽃이라면, 다른 곳에서 피어보는 것도 선택지 중 하나일지도 모른다.

이번 권에서 나온 그들이 살아가는 방식이 어떤 독자님에게 격려가 되었다면, 이 이상의 기쁨은 없을 겁니다.

이쯤 해서 페이지가 꽉 찼군요. 그럼 또 뵙겠습니다.

코부쿠보 신지

■ 역자 후기

안녕하세요. 불초 역자입니다.

4권의 충격적인 결말에서 이어진 이번 이야기. 어떠셨습니까. 여전히 작가님의 상상력이 참 대단하다고 느낀 이야기였습니다. 생물병기 홋카이도가 갑자기 규슈를 덮친다는 이 발상은 참 아무나 못할 것 같은데 말이죠. 그리고 그 내장을 탐험하는 전개도 흥미진진했습니다. 매번 그렇지만 죽을 고생을 하면서 세상을 구하는 전개가 뜨겁네요.

그리고 이전 이야기에서 얼추 암시되었던 그의 재등장이 이번에 실현됐습니다. 사실 그동안 여러 악당이 나왔지만 제가 가장 인상적으로 봤던 건 그였는지라 재등장이 반갑네요. 비스코와 미로에게는 그야말로 날벼락 같은 시련이지만요.

과연 다음 권에서 어떤 위기가 닥쳐오고, 어떻게 넘어설지 기대하면서 후기는 이쯤 하도록 하겠습니다. 그럼, 다음 권에서 뵙겠습니다.

녹을 먹는 비스코 5

초판 1쇄 발행 2022년 6월 10일

지은이_ Shinji Cobkubo
일러스트_ AkagishiK, mocha
옮긴이_ 이경인

발행인_ 신현호
편집장_ 김승신
편집진행_ 권세라 · 최혁수 · 김경민 · 최정민
편집디자인_ 양우연
관리 · 영업_ 김민원

펴낸곳_ (주)디앤씨미디어
등록_ 2002년 4월 25일 제20-260호
주소_ 서울시 구로구 디지털로 26길 111 JnK디지털타워 503호
전화_ 02-333-2513(대표)
팩시밀리_ 02-333-2514
이메일_ lnovellove@naver.com
L노벨 공식 카페_ http://cafe.naver.com/lnovel11

ISBN 979-11-278-6472-9 04830
ISBN 979-11-278-4991-7 (세트)

값 7,800원

신은 유희에 굶주려있다. 1권

사자네 케이 지음 | 토모세 토이로 일러스트 | 김덕진 옮김

한가한 지고의 신들이 만든 궁극의 두뇌 게임「신들의 놀이」.
오랜 잠에서 깨어난 신이었던 소녀 레셰는 눈을 뜨자마자 이렇게 선언했다.
"이 시대에서 게임을 제일 잘하는 인간을 데려와!"
지명된 사람은「이 시대 최고의 루키」로 주목받는 소년 페이.
두 사람이 도전하는「신들의 놀이」는 난이도가 너무 높아 완전 공략한 사람은 제로.
그 이유는, 신들은 변덕쟁이에 불합리하고, 가끔은 이해할 수 없으니까.
그러나 그런 게임이기에 진심으로 즐기지 않으면 아깝다!
여기에 천재 소년과 신이었던 소녀, 그리고 동료들이 펼치는
지고한 신들과의 궁극 두뇌전이 펼쳐진다!

신과 인류의 두뇌전, 드디어 개막!

L NOVEL
아라포 현자의 이세계생활일기
10
Kotobuki Yasukiyo
코토부키 야스키요
L NOVEL